DE REPENTE UMA
noite de paixão

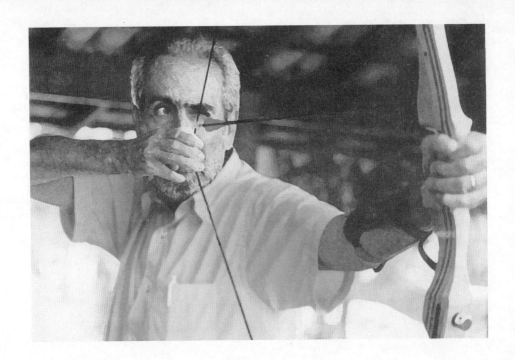

O Arqueiro

GERALDO JORDÃO PEREIRA (1938-2008) começou sua carreira aos 17 anos, quando foi trabalhar com seu pai, o célebre editor José Olympio, publicando obras marcantes como *O menino do dedo verde*, de Maurice Druon, e *Minha vida*, de Charles Chaplin.

Em 1976, fundou a Editora Salamandra com o propósito de formar uma nova geração de leitores e acabou criando um dos catálogos infantis mais premiados do Brasil. Em 1992, fugindo de sua linha editorial, lançou *Muitas vidas, muitos mestres*, de Brian Weiss, livro que deu origem à Editora Sextante.

Fã de histórias de suspense, Geraldo descobriu *O Código Da Vinci* antes mesmo de ele ser lançado nos Estados Unidos. A aposta em ficção, que não era o foco da Sextante, foi certeira: o título se transformou em um dos maiores fenômenos editoriais de todos os tempos.

Mas não foi só aos livros que se dedicou. Com seu desejo de ajudar o próximo, Geraldo desenvolveu diversos projetos sociais que se tornaram sua grande paixão.

Com a missão de publicar histórias empolgantes, tornar os livros cada vez mais acessíveis e despertar o amor pela leitura, a Editora Arqueiro é uma homenagem a esta figura extraordinária, capaz de enxergar mais além, mirar nas coisas verdadeiramente importantes e não perder o idealismo e a esperança diante dos desafios e contratempos da vida.

LISA KLEYPAS

DE REPENTE UMA
noite de paixão

Título original: *Suddenly You*

Copyright © 2001 por Lisa Kleypas
Copyright da tradução © 2020 por Editora Arqueiro Ltda.

Todos os direitos reservados. Nenhuma parte deste livro pode ser utilizada ou reproduzida sob quaisquer meios existentes sem autorização por escrito dos editores.

tradução: Ana Rodrigues
preparo de originais: Marina Góes
revisão: Camila Figueiredo e Suelen Lopes
diagramação: Ana Paula Daudt Brandão
capa: Renata Vidal
imagens de capa: © Malgorzata Maj / Arcangel
impressão e acabamento: Bartira Gráfica

CIP-BRASIL. CATALOGAÇÃO NA PUBLICAÇÃO
SINDICATO NACIONAL DOS EDITORES DE LIVROS, RJ

K55d   Kleypas, Lisa
          De repente uma noite de paixão/ Lisa Kleypas; tradução de Ana Rodrigues. São Paulo: Arqueiro, 2020.
          272 p.; 16 x 23 cm.

          Tradução de: Suddenly you
          ISBN 978-85-306-0125-6

          1. Romance americano. I. Rodrigues, Ana. II. Título.

19-61656   CDD: 813
                                                         CDU: 82-31(73)

Todos os direitos reservados, no Brasil, por
Editora Arqueiro Ltda.
Rua Funchal, 538 – conjuntos 52 e 54 – Vila Olímpia
04551-060 – São Paulo – SP
Tel.: (11) 3868-4492 – Fax: (11) 3862-5818
E-mail: atendimento@editoraarqueiro.com.br
www.editoraarqueiro.com.br

Para o meu irmão, Ki,
pelo amor, compreensão e apoio constantes,
e por estar sempre presente quando preciso de você.
Tenho muita sorte de ser sua irmã.

– L.K.

Prólogo

*Londres
Novembro de 1836*

— Qual é o seu estilo preferido, Srta. Briars? Gostaria que seu homem tivesse cabelos claros ou escuros? Altura mediana ou bem alto? Inglês ou estrangeiro?

A madame era de um profissionalismo impressionante, como se elas estivessem decidindo sobre um prato a ser servido em um jantar e não sobre um homem a ser contratado para a noite.

As perguntas fizeram Amanda se encolher por dentro. Ela sentiu o rosto arder até as bochechas formigarem e se perguntou se os homens se sentiam dessa forma na primeira vez em que visitavam um bordel. Por sorte, aquele bordel em particular era bem mais discreto e mobiliado com muito mais bom gosto do que ela tinha imaginado. Não havia quadros obscenos ou gravuras vulgares, e nenhum cliente ou prostituta à vista. O estabelecimento da Sra. Bradshaw era bem bonito, com as paredes cobertas de um damasco verde-musgo, a sala de recepção privada cheia de confortáveis peças de mobília em estilo Hepplewhite. Uma pequena mesa de tampo de mármore fora elegantemente posicionada ao lado de um sofá estilo imperial com uma estampa de escamas douradas.

Gemma Bradshaw pegou um pequeno lápis dourado e um caderninho que estava na beirada da mesa e encarou Amanda na expectativa.

— Não tenho um estilo preferido – disse Amanda, mortificada, mas com determinação. – Vou confiar no seu julgamento. Apenas mande alguém na noite do meu aniversário, daqui a uma semana.

Por algum motivo, a Sra. Bradshaw achou aquilo muito divertido.

— Como um presente para si mesma? Que ideia deliciosa. – Ela encarou

Amanda com um sorriso lento, que iluminou seu rosto anguloso. A madame não era uma beldade, sequer era bonita, mas tinha a pele muito lisa, cabelos ruivos bem-cuidados e um corpo alto e voluptuoso. – Srta. Briars, posso perguntar se é virgem?

– Por que quer saber? – devolveu Amanda, em tom cauteloso.

A Sra. Bradshaw arqueou uma das sobrancelhas ruivas e perfeitamente delineadas em uma expressão bem-humorada.

– Se realmente deseja confiar no meu julgamento, Srta. Briars, devo estar ciente das particularidades da sua situação. Não é comum uma mulher como a senhorita procurar o meu estabelecimento.

– Pois bem. – Amanda respirou fundo e falou rapidamente, movida por algo mais próximo do desespero do que do bom senso que sempre se orgulhara de ter. – Sou uma solteirona, Sra. Bradshaw. Daqui a uma semana completarei 30 anos. E, sim, ainda sou v-virgem... – Ela engasgou com a palavra, mas continuou com determinação: – Mas isso não significa que deva permanecer assim. Vim procurá-la porque é de conhecimento geral que a senhora é capaz de providenciar qualquer coisa que um cliente pedir. Sei que deve ser uma surpresa ver uma mulher como eu aqui e...

– Minha cara – interrompeu a madame com uma risadinha discreta –, há muito tempo nada mais me surpreende, mas creio que entendi bem o seu dilema e vou, sim, lhe garantir uma solução agradável. Então me diga... alguma preferência em relação à idade ou aparência? Algo de que goste, ou desgoste, em particular?

– Preferiria um homem jovem, mas não mais jovem do que eu. E também não velho demais. Não precisa ser belo, embora eu não deseje que seja desagradável à vista. E asseado – acrescentou Amanda quando um pensamento lhe ocorreu. – Na verdade, insisto em limpeza.

Com o lápis, a Sra. Bradshaw anotava tudo rapidamente no caderninho.

– Não imagino que isso venha a ser um problema – comentou, com um brilho nos belos olhos escuros, o que sugeria uma risada contida.

– Também insisto em discrição – apressou-se a dizer Amanda. – Se alguém um dia descobrir isso...

– Minha cara – interrompeu a Sra. Bradshaw, acomodando-se mais confortavelmente no sofá –, o que acha que teria sido do meu negócio se eu permitisse que a privacidade dos meus clientes fosse violada? Para seu conhecimento, meus funcionários atendem a alguns dos membros mais

importantes do Parlamento, para não mencionar os lordes... e damas... mais abastados da alta sociedade. Seu segredo está a salvo, Srta. Briars.
– Obrigada – falou Amanda.
Ela se sentia dividida entre o alívio e o terror, e tinha a terrível desconfiança de que estava cometendo o maior erro de sua vida.

Capítulo 1

Amanda sabia exatamente por que o homem à sua porta era um amante profissional. Desde o momento em que ela o fizera entrar às pressas, como se estivesse abrigando um prisioneiro foragido, ele a encarara em um silêncio atônito. Obviamente lhe faltava a capacidade mental necessária para almejar uma ocupação mais intelectualmente desafiadora. Mas é claro que o homem não precisava do cérebro para prestar o serviço para o qual fora contratado.

– Rápido – sussurrou ela, ansiosa, puxando-o para dentro pelo braço musculoso. E bateu a porta assim que ele entrou. – Acha que foi visto por alguém? Não imaginei que você simplesmente apareceria na porta da minha casa. Os homens na sua profissão não são treinados para mostrar certa discrição?

– Na minha... profissão? – repetiu ele, perplexo.

Agora que ele estava escondido das vistas de qualquer passante, Amanda se permitiu encará-lo com atenção. Apesar de sua aparente lentidão mental, era muito bem-apessoado. Na verdade, era lindo, se é que era possível usar essa palavra para se referir a uma criatura tão obviamente máscula. Ele era esguio e musculoso, os ombros tão largos que pareciam encobrir toda a largura da porta da frente. Os cabelos negros e brilhantes eram cheios e bem-cortados, e o rosto bronzeado cintilava com um barbear preciso. Além disso, tinha um nariz longo e reto e uma boca voluptuosa.

E olhos azuis impressionantes, de um tom diferente de qualquer outro que Amanda já vira – exceto, talvez, na loja de tintas, onde o químico local fervia anil e sulfato de cobre por dias até conseguir uma tinta de um tom azul tão escuro e intenso que se aproximava do violeta. E ainda assim os olhos daquele homem não tinham a qualidade angelical que normalmente se associaria a uma cor do tipo. Eram sagazes, experientes, como se vissem com frequência excessiva um lado da vida completamente desconhecido por Amanda.

Foi fácil entender por que mulheres pagavam pela companhia dele. A ideia de contratar aquela criatura tão máscula e de encher os olhos para uso particular era extraordinária. E tentadora. Amanda sentiu-se envergonhada pela reação secreta que teve a ele, as ondas de calor e os calafrios que percorreram seu corpo, o rubor ardente que dominou seu rosto. Havia, afinal, se resignado a ser uma solteirona digna... chegara mesmo a se convencer de que ser solteira lhe garantia uma enorme liberdade. No entanto, seu corpo enervante parecia não entender que, na idade dela, uma mulher não deveria mais ser perturbada pelo desejo. Em uma época em que aos 21 anos as moças eram consideradas velhas, aos 30 elas certamente já haviam sido postas de lado. Amanda já tinha passado do seu auge, não era mais desejável. Era uma "moça velha", como as pessoas às vezes chamavam mulheres da sua idade. Se ao menos conseguisse se convencer a aceitar o próprio destino...

Amanda se forçou a encarar o homem bem no fundo de seus extraordinários olhos azuis.

– Pretendo ser franca, senhor... Não, não importa, não me diga seu nome, não vamos nos relacionar pelo tempo necessário para exigir apresentações. Veja bem, a questão é que tive tempo para pensar melhor sobre a decisão que tomei um tanto precipitadamente, e o fato é que... bem, mudei de ideia. Por favor, não veja isso como uma afronta pessoal. Não tem nada a ver com o senhor, ou com a sua aparência, e vou me certificar de deixar isso claro para a sua patroa, a Sra. Bradshaw. O senhor é um homem muito bonito e pontual, e não tenho dúvidas de que é muito bom em... bem, no que faz. Mas a verdade é que cometi um erro. Todo mundo erra, certo? Eu com certeza não sou exceção. Muito de vez em quando, cometo algum errinho de julgamento...

– Um segundo. – Ele ergueu a enorme mão em um gesto defensivo, o olhar firme fixo no rosto ruborizado de Amanda. – Pare de falar.

Ninguém na vida adulta dela lhe dissera para parar de falar. Mas a surpresa fez Amanda se calar e se esforçar para conter a enxurrada de palavras que ameaçava escapar de seus lábios. O estranho cruzou os braços na frente do peito musculoso e apoiou as costas contra a porta para encará-la. Sob o brilho da luminária no minúsculo hall de entrada da elegante casa de Amanda em Londres, os longos cílios dele projetavam sombras em seus malares.

Amanda não pôde deixar de pensar que a Sra. Bradshaw tinha um gosto excelente. O homem que ela mandara parecia um cavalheiro. Era surpreendentemente bem-arrumado, vestido em roupas elegantes e bastante tradicionais: um paletó preto, calça cinza-chumbo e sapatos pretos engraxados à perfeição. A camisa engomada era branca como a neve em contraste com a pele morena, e a gravata de seda cinza estava arrumada em um nó simples e perfeito. Até aquele momento, se pressionada a descrever o homem ideal, Amanda o teria descrito como louro, de pele clara e ossos delicados. Agora, se via forçada a rever inteiramente essa opinião. Nenhum Apolo de cabelos louros seria páreo para o homem grande e robusto diante dela.

– A senhorita é Amanda Briars – disse ele, como se exigindo uma confirmação. – A romancista.

– Sim, escrevo romances – retrucou ela, com paciência forçada. – E o senhor é o cavalheiro que a Sra. Bradshaw enviou a meu pedido, não é?

– Pareço ser – falou ele, lentamente.

– Bem, eu lhe peço desculpas, senhor... não, não, não me diga. Como expliquei, cometi um erro e acho que o senhor deve ir embora. Naturalmente, pagarei por seus serviços, embora eles já não sejam mais necessários, já que a culpa é toda minha. Só me diga quanto costuma cobrar e acertaremos o assunto imediatamente.

Como o homem continuou a encarar Amanda, ela viu a expressão dele mudar, o divertimento dando lugar ao fascínio, os olhos azuis cintilando com um humor malicioso que mexeu com os nervos dela.

– Diga, por favor, que serviços foram requisitados – sugeriu ele gentilmente, afastando-se da porta. Então se aproximou mais de Amanda, até seu corpo quase encobrir o dela. – Temo não ter discutido os detalhes com a Sra. Bradshaw.

– Ah, apenas o básico. – A compostura de Amanda desabava rapidamente a cada segundo. Ela sentia o rosto quente e seus batimentos acelerados pareciam reverberar por todo o corpo. – O de sempre.

Sem de fato ver, ela se virou para a mesa de madeira acetinada, em formato de meia-lua, que estava encostada à parede. Em cima dela havia um maço de cédulas cuidadosamente dobradas.

– Sempre pago as minhas dívidas, e acabei dando trabalho ao senhor e à Sra. Bradshaw por nada, por isso estou mais do que disposta a compensá-los...

Amanda se deteve e deixou escapar um som estrangulado quando sentiu a mão do homem se fechar ao redor de seu braço. Era inimaginável que um estranho tocasse qualquer parte do corpo de uma dama. Ainda mais inimaginável, é claro, era que uma dama recorresse ao expediente de contratar um amante de aluguel, mas fora exatamente o que ela fizera. Arrasada, Amanda decidiu que se enforcaria antes de fazer algo tão tolo de novo.

Seu corpo enrijeceu sob o toque do estranho, e ela não ousou se mover enquanto ouvia a voz dele junto à nuca.

– Não quero dinheiro. – A voz profunda tinha um toque de humor sutil. – Serviços que não foram realizados não são cobrados.

– Obrigada. – Ela cerrou os punhos com força. – É muito gentil da sua parte. Mas me permita ao menos alugar-lhe um cavalo. Não há necessidade de o senhor voltar para casa a pé.

– Ah, ainda não pretendo partir.

Amanda ficou boquiaberta. Então encarou o homem, horrorizada. Como assim, ele não pretendia partir? Ora, seria convidado a fazê-lo, querendo ou não! Ela considerou rapidamente as opções que tinha, mas, infelizmente, eram poucas. Tinha dado a noite de folga ao criado, à cozinheira e à camareira. Nessa frente não conseguiria ajuda. E com certeza gritar pedindo socorro a um policial não era uma opção viável. A exposição poderia ser prejudicial para a carreira dela, e seus livros eram o único meio de sustento da casa. Amanda reparou em um guarda-chuva com cabo de madeira, no apoio de porcelana perto da porta, e se moveu naquela direção o mais discretamente possível.

– Está planejando me expulsar à força usando aquilo? – perguntou o convidado indesejado, em tom educado.

– Se necessário.

A confirmação foi recebida com uma risadinha divertida, e o homem tocou o queixo de Amanda, para que ela erguesse o olhar para ele.

– Senhor! – exclamou Amanda. – Se importa...

– Meu nome é Jack. – O vislumbre de um sorriso surgiu nos lábios dele. – E em breve irei embora, mas não antes de discutirmos algumas coisas. Tenho algumas perguntas para a senhorita.

Ela deixou escapar um suspiro de impaciência.

– Sr. Jack, não tenho dúvidas quanto a isso, mas...

– Me chame só de Jack.

– Muito bem... Jack. – O olhar de Amanda agora era severo. – Agradeceria se fizesse a gentileza de partir imediatamente!

Ele se adiantou a passos lentos pelo hall de entrada, parecendo relaxado, como se Amanda o tivesse convidado para o chá. Ela se viu forçada a reconsiderar a impressão que tivera à primeira vista, de que realmente se tratava de um homem de capacidade de compreensão lenta. Depois que Jack se recompusera da surpresa de ser puxado tão rapidamente para dentro da casa dela, sua inteligência mostrava rápidos sinais de recuperação.

Com um breve olhar crítico, o estranho esquadrinhou a casa, reparando nas peças em estilo clássico que mobiliavam a sala de estar, decorada em tons de creme e azul, e no console de mogno nos fundos do hall de entrada, acima do qual havia um espelho emoldurado. Se Jack estava procurando por enfeites elegantes, ou por sinais óbvios de riqueza, se desapontara. Amanda não suportava pretensão ou falta de praticidade, e por isso escolhera sua mobília por funcionalidade, não por estilo. Para ela, cadeiras precisavam ser grandes e confortáveis. Um aparador tinha que ser firme o bastante para sustentar uma pilha de livros, ou uma luminária grande. Amanda não gostava de objetos dourados ou de pratos decorativos de porcelana, nem de todos os entalhes e hieróglifos que estavam na moda.

Quando o visitante parou perto da porta da sala de visita, Amanda falou secamente:

– Como parece que o senhor vai agir como lhe convém, sem levar em consideração o que desejo, entre logo e sente-se. Deseja beber alguma coisa? Uma taça de vinho, talvez?

Embora o convite tivesse sido feito com o mais puro sarcasmo, Jack aceitou com um rápido sorriso.

– Sim, se me fizer companhia.

O relance dos dentes muito brancos e o brilho inesperado do sorriso dele provocaram uma estranha sensação em todo o corpo de Amanda, como um banho de água quente em um dia cinza de inverno. Amanda estava sempre com frio. O clima úmido e escuro de Londres parecia penetrar em seus ossos e, apesar de não economizar em aquecedores para os pés, mantas de colo, banhos quentes e chás temperados com conhaque, nunca estava completamente aquecida.

– Talvez eu tome um pouco de vinho – disse, para a própria surpresa. – Por favor, sente-se, senhor... hum, quero dizer, Jack. – Ela lançou um olhar irônico ao visitante. – Como está na minha sala de visitas agora, pode muito bem me dizer seu nome completo.

– Não – respondeu ele calmamente, com o brilho divertido ainda nos olhos. – Tendo em vista as circunstâncias, acho que permaneceremos na base do primeiro nome... Amanda.

Ora, certamente não faltava ousadia ao homem! Ela gesticulou abruptamente para que ele se sentasse enquanto ia até o aparador. No entanto, Jack permaneceu de pé até ela servir uma taça de vinho tinto para cada um. Só depois que Amanda ocupou o sofazinho de mogno, ele finalmente se acomodou em uma poltrona próxima a ela. A luz do fogo na lareira de mármore bem-abastecida cintilava nos cabelos negros dele e na sua pele lisa e dourada. Jack irradiava saúde e juventude. Na verdade, Amanda começou a desconfiar seriamente se ele não seria alguns anos mais novo do que ela.

– Devo fazer um brinde? – perguntou o convidado.

– Você obviamente deseja fazer isso – retrucou ela, com ironia.

Aquele sorriso ofuscante voltou a iluminar o rosto dele, que ergueu o copo na direção dela.

– A uma mulher de grande ousadia, imaginação e beleza.

Amanda não bebeu. Apenas franziu a testa para ele, que logo tomou um gole do vinho. Na verdade, ele deveria se envergonhar por forçar a entrada na casa dela, recusar-se a sair quando lhe fora pedido e então ficar zombando dela.

Amanda era uma mulher inteligente, honesta e consciente... Ou seja, sabia que não era nenhuma beldade. Seus encantos eram no máximo moderados, e isso só se a pessoa desconsiderasse completamente o ideal feminino vigente. Ela era baixa e, por mais que às vezes pudesse ser descrita como voluptuosa, no geral era definitivamente rechonchuda. Seus cabelos eram uma massa caótica e indomável de cachos castanho-avermelhados – cachos abomináveis que desafiavam qualquer tentativa de domá-los. Ah, a bem da verdade, Amanda tinha uma pele boa, sem marcas ou manchas, e seus olhos já haviam sido descritos como "agradáveis" por um amigo bem-intencionado da família. Mas eram de um cinza sem-graça, sem nuances de verde ou azul para iluminá-los.

Sem atributos físicos que a tornassem bela, Amanda optara por cultivar a mente e a imaginação, que, como a mãe dela previra com tristeza, haviam sido o golpe de misericórdia do destino.

Cavalheiros não queriam esposas com mentes bem-desenvolvidas. Queriam esposas atraentes, que nunca os questionassem nem discordassem deles. E com certeza não buscavam mulheres de imaginação vibrante, que sonhavam acordadas com personagens de livros. Assim, as duas irmãs mais velhas e mais bonitas de Amanda haviam conseguido se casar, e Amanda se dedicara a escrever romances.

O convidado indesejado continuou a encará-la.

– Por favor, me diga por que uma mulher com a sua aparência precisa contratar um homem para a sua cama.

A rudeza dele a ofendeu. No entanto, havia algo inesperadamente atraente na perspectiva de conversar com um homem que não se rendia ao comedimento que a sociedade costumava adotar.

– Antes de mais nada – disse Amanda, em tom sarcástico –, não há necessidade de ser condescendente comigo, sugerindo que eu seja a própria Helena de Troia quando é óbvio que não sou nenhuma beldade.

A declaração fez com que ela recebesse outro olhar demorado.

– Mas você é – disse ele, calmamente.

Amanda balançou a cabeça com determinação.

– Bem, pelo que vejo, está claro que ou me considera uma tonta que vai sucumbir facilmente a adulações ou seus padrões são realmente muito baixos. Seja como for, está errado.

Um sorriso curvou ligeiramente o canto da boca dele.

– Você não deixa muito espaço para discussão, não é mesmo? É decidida assim em todas as suas opiniões?

Ela respondeu ao sorriso dele com outro, também irônico.

– Lamentavelmente, sim.

– Acha lamentável ser decidida?

– Em um homem, essa é uma qualidade admirável. Em uma mulher, considera-se um defeito.

– Eu não considero. – Ele deu um gole no vinho e relaxou na poltrona, examinando-a enquanto esticava as longas pernas. Amanda não gostou do modo como ele pareceu estar se acomodando para uma longa conversa. – Não vou permitir que fuja da minha pergunta, Amanda. Explique por que contratou um homem para esta noite. – O olhar intenso a desafiou a cooperar.

Amanda percebeu que estava segurando a haste da taça com muita força e se forçou a afrouxar um pouco os dedos.

– É meu aniversário.

– Hoje? – Jack riu baixinho. – Ora, feliz aniversário.

– Obrigada. Pode ir embora agora, por favor?

– Ah, não. Não se eu sou o seu presente de aniversário. Vou lhe fazer companhia. Não vou deixar você sozinha em uma noite tão importante. Agora me deixe adivinhar... hoje começa o seu 30º ano de vida.

– Como sabe a minha idade?

– É que as mulheres reagem estranhamente ao aniversário de 30 anos. Certa vez conheci uma que pendurou tecidos negros na frente de todos os espelhos no dia dessa celebração específica. Para todos os efeitos, era como se alguém tivesse morrido.

– Ela estava de luto pela perda da juventude – disse Amanda, de forma sucinta, e deu um longo gole no vinho, que a fez sentir uma onda de calor espalhar-se por seu peito. – Estava reagindo ao fato de ter se tornado uma mulher de meia-idade.

– Você não está na meia-idade. Está madura. Como um pêssego.

– Tolice.

Amanda estava aborrecida com o fato de que aqueles galanteios, por mais vazios que fossem, estivessem lhe provocando um ligeiro tremor de prazer. Talvez fosse o vinho, ou o fato de ele ser um estranho que ela nunca mais voltaria a ver depois daquela noite, mas a verdade era que Amanda subitamente se sentiu confortável o bastante para dizer o que quisesse àquele homem.

– Eu era madura dez anos atrás. Agora estou meramente conservada, e não demora muito até que seja enterrada de volta no pomar com outros caroços.

Jack riu e colocou o vinho de lado, então se levantou para tirar o paletó.

– Perdão – falou –, mas parece uma fornalha aqui dentro. Você sempre mantém a casa quente assim?

Amanda o observou com cautela.

– Está úmido lá fora, e estou sempre com frio. Na maior parte dos dias uso um gorro e um xale dentro de casa.

– Eu poderia sugerir outros métodos para se manter aquecida...

Sem pedir permissão, Jack sentou-se ao lado dela. Amanda se encolheu contra a lateral do sofazinho, agarrando-se ao que restava de sua compostura.

Por dentro, sentia-se alarmada pelo corpo masculino firme e tão próximo, e pela experiência nada familiar de se sentar ao lado de um homem em mangas de camisa. O perfume dele provocava seus sentidos e Amanda inspirou fundo aquele aroma sedutor... pele masculina, linho, uma nota leve e pungente de colônia cara. Ela nunca se dera conta de como um homem podia cheirar bem. O marido de nenhuma de suas irmãs tinha aquele aroma agradável. Ao contrário do homem ao lado dela, os cunhados eram respeitáveis e conservadores – um era professor de uma escola só para meninos e o outro um comerciante bem-sucedido, que fora criado na nobreza.

– Quantos anos você tem? – perguntou Amanda impulsivamente, franzindo a testa.

Jack hesitou brevemente antes de responder.

– Trinta e um. Você se preocupa muito com números, não é mesmo?

Ele parecia mais novo que 31 anos, pensou Amanda. No entanto, uma das injustiças da vida era que os homens raramente aparentavam a idade, ao contrário das mulheres.

– Esta noite estou preocupada com isso, sim – admitiu ela. – Mas amanhã meu aniversário terá passado e não vou mais pensar no assunto. Pretendo seguir tranquila pelos anos que me restam, tentando aproveitá-los ao máximo.

Jack pareceu achar engraçado o tom prático dela.

– Santo Deus, você fala como se estivesse com o pé na cova! É uma mulher atraente, uma romancista de renome, e está em seu auge.

– *Não sou atraente* – disse Amanda com um suspiro.

Jack apoiou o braço ao longo das costas do sofazinho, sem parecer se importar nem um pouco por estar ocupando a maior parte dele e encurralando-a em um canto. O olhar dele percorreu-a com uma atenção desconcertante.

– Você tem uma pele linda, o formato da sua boca é perfeito...

– Acho grande demais – retrucou Amanda.

Ele ficou encarando os lábios dela por um longo momento. Quando voltou a falar, sua voz saiu um pouco mais rouca do que antes.

– Sua boca é perfeitamente apropriada para o que eu tenho em mente.

– E sou rechonchuda – acrescentou ela, agora determinada a expor tudo que não lhe agradava.

– Perfeitamente curvilínea.

O olhar dele desceu para os seios dela na inspeção menos cavalheiresca a que Amanda já se vira submetida.

– E meus cabelos são lamentavelmente cacheados.

– São? Solte-os para que eu possa ver.

– O quê?

A ordem ultrajante a fez dar uma súbita gargalhada. Nunca conhecera um homem tão presunçoso.

Jack olhou ao redor da sala aconchegante, então voltou os olhos maliciosos para ela novamente.

– Estamos a sós, ninguém vai ver – disse baixinho. – Você alguma vez já soltou os cabelos para um homem?

O silêncio da sala só era interrompido pelo crepitar suave do fogo na lareira e pelo som da respiração deles. Amanda nunca se sentira daquela maneira antes, realmente com medo do que poderia fazer. Seu coração batia com tanta força que a deixou zonza. Ela balançou a cabeça brevemente em um movimento rígido. Jack era um estranho. Ela estava sozinha em casa com ele, e mais ou menos à sua mercê. Pela primeira vez em muito tempo se via em uma situação sobre a qual não tinha qualquer controle. E tudo por culpa dela mesma.

– Por acaso está tentando me seduzir? – perguntou Amanda.

– Não precisa ficar com medo de mim. Eu jamais forçaria uma dama a aceitar as minhas atenções.

É claro, porque não haveria necessidade. Era muito provável que ele jamais tivesse ouvido um "não" saído da boca de uma mulher.

Aquela sem dúvida era a situação mais interessante em que Amanda já se encontrara. Sua vida havia sido espetacularmente monótona, e eram os personagens de seus romances que diziam e faziam todas as coisas proibidas que ela mesma nunca ousaria fazer.

Como se lesse seus pensamentos, o homem ao lado dela deu um sorriso lânguido e ergueu seu queixo com a mão. Se ele estava mesmo tentando seduzi-la, não tinha pressa alguma.

– Você é exatamente como eu imaginei – murmurou Jack. – Li seus romances... bem, o último, pelo menos. Não há muitas mulheres que escrevam como você.

Amanda em geral não gostava muito de comentar o próprio trabalho.

Sentia-se desconfortável quando recebia elogios efusivos e ficava profundamente irritada com críticas. No entanto, estava muitíssimo curiosa sobre a opinião *daquele* homem.

– Eu não teria imaginado que um profiss... que um homem do seu... um *chichibéu* – disse Amanda –, lesse romances.

– Ora, precisamos fazer alguma coisa em nossas horas livres – explicou ele com sensatez. – Não podemos passar o tempo todo na cama. E, aliás, não é assim que se pronuncia essa palavra.

Amanda bebeu o que restava do vinho e olhou para o aparador, desejando mais.

– Ainda não – disse Jack.

Ele pegou a taça vazia da mão de Amanda e pousou-a sobre uma mesinha que estava logo atrás dela. O movimento o deixou bem acima de Amanda, que recuou o corpo até estar quase deitada no braço acolchoado do sofazinho.

– Não vou conseguir seduzir você se tiver bebido demais – murmurou Jack.

Amanda sentiu o hálito quente dele tocar seu rosto e, embora o corpo de Jack não estivesse de fato encostando no dela, foi possível sentir o peso pairando muito próximo.

– Não imaginei que tivesse esse tipo de escrúpulo – disse ela, abalada.

– Ah, eu não tenho escrúpulos – garantiu ele, em tom animado –, mas gosto de um desafio. E se você beber mais, será uma conquista muito fácil.

– Seu arrogante, vaidoso... – começou a dizer Amanda, indignada, até reparar no brilho travesso nos olhos de Jack e se dar conta de que ele a estava provocando de propósito. Ela se sentiu ao mesmo tempo aliviada e triste quando ele se afastou. Um sorriso relutante surgiu em seus lábios. – Você gostou do meu romance? – perguntou então, sem conseguir resistir.

– Sim, gostei. A princípio, achei que seria a típica história de exaltação de nobres ricos. Mas gostei do modo como seus personagens bem-nascidos começam a se desconstruir. Gostei do retrato de pessoas decentes passando por decepções, violências, traições... você parece não evitar qualquer temática quando escreve.

– Os críticos dizem que falta decência no meu trabalho.

– Isso é porque seu tema básico, pessoas comuns capazes de coisas extraordinárias em suas vidas privadas, os deixa desconfortáveis.

– Você realmente *leu* o meu trabalho – disse Amanda, surpresa.

– E isso me faz imaginar que tipo de vida privada leva a decente Srta. Briars.

– Agora você sabe. Sou o tipo de mulher que contrata um *cichisbéu* para seu próprio aniversário.

A declaração melancólica foi recebida com uma risada abafada.

– Também *não* é assim que se pronuncia essa palavra. – Os olhos azuis sagazes a examinaram dos pés à cabeça e, quando ele voltou a falar, sua voz estava diferente. O bom humor agora ganhara um tom que, mesmo em sua inexperiência, Amanda reconheceu como puramente sensual. – Como você ainda não me pediu para ir embora... solte os cabelos.

Quando Amanda não se moveu e simplesmente ficou encarando Jack com os olhos arregalados, ele perguntou:

– Com medo?

Ah, sim. Durante toda a vida, Amanda temera aquilo... o risco, a possível rejeição, o papel ridículo... temera até o desapontamento de descobrir que a intimidade com um homem era realmente algo tão desprezível e repulsivo quanto suas irmãs haviam lhe garantido. No entanto, descobrira recentemente que havia algo que temia mais: não conhecer o irresistível mistério que todo mundo parecia já ter experimentado. Amanda descrevera tão bem a paixão em seus romances, o anseio, a loucura e o êxtase que isso inspirava, só que eram todas sensações que ela mesma nunca experimentara. E por quê? Amanda não tivera a boa sorte de ser amada tão loucamente por um homem a ponto de ele desejar juntar sua vida à dela. Mas isso significava que deveria permanecer para sempre rejeitada, sem que ninguém a desejasse, a arrebatasse? A vida de uma mulher podia ter cerca de vinte mil noites. Ao menos uma delas Amanda não queria passar sozinha.

Sua mão encontrou os grampos de cabelo como se tivesse vida própria. Amanda prendia os cabelos sempre do mesmo jeito havia pelo menos dezesseis anos. Para fazer o coque elegante ela torcera os cachos e os prendera em uma massa pesada. Eram necessários exatamente doze grampos para mantê-los firmes, bem apertados, como Amanda preferia. De manhã, os fios costumavam permanecer relativamente esticados, mas, conforme o dia ia passando, pequenos cachos sempre brotavam por toda a cabeça, formando um halo indistinto ao redor do rosto dela.

Um grampo, dois, três... Amanda os retirava e os segurava até que as pontas começaram a machucar a palma macia de sua mão. Quando tirou o último grampo, os cabelos caíram pesadamente, os cachos longos se derramando por cima de um ombro.

Os olhos azuis de Jack guardavam um brilho ardente. Ele começou a estender a mão para os cabelos de Amanda, mas se deteve.

– Posso? – perguntou com a voz rouca.

Nenhum homem jamais pedira permissão para tocá-la antes.

– Pode – disse Amanda, embora tenha precisado de duas tentativas antes que a palavra saísse com clareza de seus lábios.

Ela fechou os olhos e sentiu que Jack se aproximava mais. Experimentou um formigamento no couro cabeludo quando ele passou a mão levemente pelos fios, separando os cachos. Os dedos de pontas largas se moveram entre as mechas grossas, acariciando o couro cabeludo, espalhando a manta de cachos pelos ombros de Amanda.

Então ele gentilmente separou os dedos dela, fazendo-a deixar cair os grampos de metal. Acariciou com o polegar as minúsculas marcas vermelhas que os grampos haviam deixado na palma e levou a mão dela à boca para beijar os pontinhos doloridos.

Com os lábios pressionados contra a palma da mão de Amanda, fazendo-a sentir o hálito quente em sua pele, ele disse:

– Suas mãos têm cheiro de limão.

Ela abriu os olhos e o encarou muito séria.

– Eu esfrego suco de limão para remover manchas de tinta.

Ele pareceu achar graça da informação e os olhos ardentes ficaram também bem-humorados. Jack soltou a mão de Amanda e brincou com um cacho de cabelo. Ela prendeu a respiração quando os nós dos dedos dele roçaram o ombro dela.

– Agora me diga por que requisitou um homem a madame Bradshaw em vez de seduzir um de seus conhecidos.

– Por três razões – respondeu ela, com muita dificuldade para articular as palavras enquanto tinha seus cabelos acariciados. Uma onda de calor coloriu seu pescoço e seu rosto. – Primeiro porque não queria dormir com um homem e depois ter que encará-lo para sempre em eventos sociais. Em segundo lugar, não tenho talento para seduzir ninguém.

– Esse tipo de talento aprende-se facilmente, pesseguinha.

– Que apelido ridículo – falou Amanda com uma risada insegura. – Não me chame assim.

– E em terceiro lugar... – encorajou ele, relembrando-a de retomar a explicação.

– Em terceiro lugar... não me sinto atraída por nenhum cavalheiro que conheço. Tentei imaginar como poderia ser, mas nenhum deles me atraiu dessa maneira.

– Que tipo de homem a atrai, então?

Amanda se sobressaltou ligeiramente ao sentir a mão quente de Jack encontrar sua nuca.

– Ora... bem, não um que seja belo.

– Por quê?

– Porque a beleza vem sempre acompanhada de vaidade.

Jack sorriu.

– E suponho que a feiura venha acompanhada de várias virtudes.

– Eu não disse isso – protestou Amanda. – É só que eu preferiria um homem de aparência comum.

– E o caráter dele?

– Simpático, sem ser prepotente. Inteligente, mas não presunçoso. E bem-humorado, mas não tolo.

– Acho, pesseguinha, que seu ideal de homem é um paradigma de mediocridade. E acho que você está mentindo sobre o que realmente quer.

Amanda arregalou os olhos e franziu a testa, irritada.

– Pois fique sabendo que sou honesta até demais.

– Então me diga que não deseja conhecer um homem como um dos personagens dos seus romances. Como o herói do seu último livro.

Amanda deu uma risadinha debochada.

– Um bruto sem princípios que desgraça a si mesmo e a todos ao seu redor? Um homem que se comporta como um bárbaro e conquista uma mulher sem demonstrar o menor respeito pelos desejos dela? Fique sabendo que ele não é um herói e que o criei para ilustrar que nada de bom pode resultar de tal comportamento. – O assunto a deixou acalorada, e Amanda prosseguiu, indignada: – E os leitores ousaram reclamar que não houve um final feliz, quando estava mais do que claro que ele não merecia um final feliz!

– Uma parte de você gostava dele – declarou Jack, encarando-a com intensidade. – Percebi isso em seu texto.

24

Amanda deu um sorriso amarelo.

– Bem, no reino da fantasia, suponho que sim. Mas com certeza não na realidade.

A mão atrás da nuca de Amanda segurou-a com mais firmeza, embora ainda gentil.

– Então aqui está seu presente de aniversário, Amanda. Uma noite de fantasia.

Jack pairou acima dela, a cabeça e os ombros largos bloqueando a visão da lareira quando se inclinou para beijá-la.

Capítulo 2

– Espere! – disse Amanda em um lampejo de pânico, e virou a cabeça quando viu a boca de Jack se aproximando da dela. Os lábios dele roçaram seu rosto com um calor tão íntimo que a deixou perplexa. – Espere – repetiu, a voz hesitante.

O rosto de Amanda estava completamente voltado para o fogo, o brilho amarelado ofuscando-a enquanto tentava evitar os beijos exploratórios daquele desconhecido. A boca de Jack roçou gentilmente o rosto dela e seguiu em direção à orelha, deixando-a arrepiada.

– Você já foi beijada, Amanda?
– É claro que sim – disse ela, com um orgulho cauteloso.

Mas parecia não haver como explicar que os beijos que já experimentara não haviam sido nem remotamente parecidos com aquilo. Um beijo roubado em um jardim, outro, desanimado, embaixo da decoração natalina. Não eram nada comparáveis a ser envolvida pelos braços de um homem, sentir seu perfume e o calor da pele dele através do linho da camisa.

– Eu... eu acho que você é muito talentoso nisso – acrescentou Amanda. – Considerando a sua profissão.

Isso arrancou um sorriso largo dele.

– Gostaria de descobrir?
– Primeiro, quero perguntar uma coisa. Há quanto... há quanto tempo você faz isso?

Ele compreendeu imediatamente a que ela se referia.

– Há quanto tempo trabalho para a Sra. Bradshaw? Muito pouco tempo.

Amanda se perguntou o que levaria um homem como aquele a se prostituir. Talvez tivesse perdido o emprego, ou sido dispensado por cometer um erro. Talvez tivesse acumulado dívidas e precisasse de dinheiro extra. Com a aparência que tinha, a desenvoltura e a boa apresentação, havia muitas ocupações nas quais se encaixaria muito bem. Ou Jack estava realmente desesperado ou era preguiçoso e dissoluto.

– Você tem família? – perguntou ela.

– Ninguém que valha a pena comentar. E você?

Ao perceber a mudança de tom dele, Amanda o encarou. Os olhos de Jack estavam sérios e seu rosto era de uma beleza tão austera que a mera visão fez o peito dela doer de prazer.

– Meus pais faleceram – disse Amanda –, mas tenho duas irmãs mais velhas, ambas casadas, e sobrinhos e sobrinhas demais para contar.

– Por que não se casou?

– Por que *você* não se casou? – contra-atacou ela.

– Gosto demais da minha independência para abrir mão de qualquer parte dela.

– Essa também é a minha razão – afirmou Amanda. – Além do mais, qualquer um que me conheça vai confirmar que sou intransigente e obstinada.

Ele deu um sorriso lento.

– Você só precisa ser manejada do jeito certo.

– Manejada – repetiu ela em um tom sarcástico. – Talvez você queira explicar o que quer dizer com isso.

– Quero dizer que um homem que saiba o mínimo sobre as mulheres conseguiria deixá-la ronronando como uma gatinha.

A irritação se misturou a uma risada no peito de Amanda... que canalha, meu Deus! Mas ela não se deixaria enganar pela fachada de Jack. Embora seus modos fossem brincalhões, havia algo mais ali – algo como uma capacidade de observação minuciosa e paciente, um poder contido – que deixava os nervos de Amanda em alerta. Jack não era um rapaz inexperiente, era um homem plenamente maduro. E, embora ela não fosse uma mulher experiente, percebia pelo modo como ele a encarava que ele queria alguma coisa dela, fosse submissão, favores sexuais ou simplesmente dinheiro.

Jack sustentou o olhar de Amanda, levou a mão à gravata de seda cinza ao redor do pescoço e desamarrou-a lentamente, como se temesse que qualquer movimento súbito pudesse assustá-la. Enquanto ela o fitava com os olhos arregalados, ele abriu os primeiros três botões da camisa, então afastou-se e examinou o rosto ruborizado dela.

Na infância, Amanda ocasionalmente vira de relance os pelos grisalhos no alto do peito do pai quando ele andava pela casa de roupão, e é claro que vira operários e fazendeiros com a camisa desabotoada. No entanto, não conseguia se lembrar de já ter visto nada como aquilo – um homem cujo peito parecia ter sido esculpido em bronze, os músculos tão definidos e fortes que literalmente cintilavam. A pele parecia rígida e ainda assim cálida, a luz do fogo dançava e projetava sombras nos músculos e na reentrância triangular na base do pescoço.

Amanda queria tocá-lo. Queria colar a boca àquela reentrância intrigante e inspirar mais daquele perfume irresistível.

– Vem aqui, Amanda. – A voz dele saiu baixa e rouca.

– Eu... eu não posso – disse ela, hesitante. – Acho que você deve ir embora agora.

Jack se inclinou para a frente e segurou-a pelo pulso com gentileza.

– Não vou magoar você – sussurrou ele. – Nem fazer nada que não lhe agrade. Mas antes de eu ir embora, vou segurá-la em meus braços.

Confusão e desejo se debatiam dentro dela, fazendo com que se sentisse desamparada e indefesa. Amanda permitiu que ele a puxasse até que seus braços e pernas, tensos e curtos, estivessem colados aos dele, muito mais longos. Jack deixou a palma da enorme mão correr pelas costas dela, e Amanda experimentou uma onda de sensações. A pele dele era quente, como se chamas ardessem logo abaixo da superfície lisa e dourada.

A respiração dela agora saía em arquejos, e Amanda fechou os olhos, trêmula, deleitando-se com o calor que se espalhava até os seus ossos. Pela primeira vez na vida, deixou a cabeça encostar na curva do braço de um homem, e levantou os olhos para o rosto dele, oculto pelas sombras.

Quando Jack sentiu o tremor dos membros dela, deixou escapar um sussurro suave e acomodou-a mais junto ao corpo.

– Não tenha medo, *mhuirnin*. Não vou magoá-la.

– Do que me chamou? – perguntou ela, atordoada.

Ele sorriu.

– É uma palavra carinhosa. Eu não mencionei que sou meio-irlandês?

Aquilo explicava o sotaque, o tom elegante e culto temperado com uma espécie de suavidade musical que devia ser de origem céltica. E também explicava por que procurara a Sra. Bradshaw em busca de emprego. Com frequência, comerciantes e empresas preferiam contratar ingleses menos qualificados a irlandeses, relegando aos celtas os trabalhos mais servis e subalternos.

– Alguma aversão a irlandeses? – perguntou Jack, encarando-a com intensidade.

– Ah, não – disse Amanda, zonza. – Estava só pensando... deve ser por isso que seus cabelos são tão negros e seus olhos tão azuis.

– *A chuisle mo chroi* – murmurou ele, afastando os cachos do rosto redondo dela.

– O que significa isso?

– Um dia eu conto. Um dia.

Jack a abraçou por um longo tempo, até Amanda se sentir impregnada do calor dele, cada terminação nervosa do corpo plena e relaxada. Os dedos dele deslizaram pela gola alta do vestido de listras marrom e laranja, até os botões que começavam onde as pregas da musselina haviam sido costuradas de modo a formar um pequeno babado. Com muito cuidado e sem pressa alguma, ele abriu os primeiros botões, expondo o pescoço frio e macio de Amanda. Ela era incapaz de controlar a própria respiração. Os pulmões se expandiam em um ritmo inconstante, fazendo os seios se empinarem. Jack inclinou a cabeça sobre a dela e Amanda deixou escapar um som inarticulado quando sentiu a boca dele pressionando seu pescoço, os lábios investigando-o delicadamente.

– Você tem um sabor tão doce... – As palavras sussurradas fizeram um arrepio percorrer as costas dela.

Por algum motivo, sempre que imaginava um momento de intimidade como aquele com um homem, Amanda pensava em escuridão, urgência, mãos tateando. Não imaginara a claridade da lareira, calor e aquela sedução paciente. Os lábios de Jack seguiram lentamente do pescoço de Amanda até a abertura sensível da orelha. Deixavam uma trilha aveludada, brincavam delicadamente com a pele dela, e por fim Jack enfiou a ponta da língua em sua orelha.

– Jack... – sussurrou Amanda. – Você não precisa encenar o papel de amante para mim. Sinceramente... é gentil da sua parte fingir que sou desejável, e você...

Ela sentiu o sorriso dele contra o ouvido.

– Você é muito inocente, *mhuirnin*, se acha que o corpo de um homem reage desse jeito por gentileza.

À medida que ele falava, Amanda sentiu uma pressão íntima contra o quadril e imediatamente ficou imóvel. O rosto dela ardeu e seus pensamentos se embaralharam como flocos de neve varridos pelo vento. Estava mortificada... e extremamente curiosa. Com as pernas entrelaçadas às dele, as saias erguidas até os joelhos, sentia a extensão poderosa das coxas de Jack e a rigidez de sua ereção. Nunca estivera colada ao corpo excitado de um homem antes.

– Essa é a sua chance, Amanda – murmurou ele. – Sou seu para agir como você desejar.

– Não sei o que fazer – respondeu ela, hesitante. – Por isso contratei você.

Ele riu e beijou o pescoço dela, onde uma veia pulsava em ritmo frenético. A situação parecia fantástica para Amanda, tão completamente diferente de tudo que já experimentara que se sentia como se fosse outra pessoa. A solteirona com suas penas e seus papéis, os dedos manchados de tinta, as toucas de velha senhora e as jarras para aquecer os pés fora substituída por uma mulher delicada... vulnerável... capaz de desejar e ser desejada.

Amanda percebeu, então, que sempre tivera um pouco de medo dos homens. Algumas mulheres compreendiam o sexo oposto com muita facilidade, mas isso sempre lhe escapara. Tudo o que sabia era que, mesmo no auge de sua juventude, os homens nunca haviam flertado muito com ela. Conversavam sobre assuntos sérios e a tratavam com respeito e decoro – sem jamais suspeitar de que ela teria gostado que fizessem um ou dois avanços inapropriados.

E agora ali estava aquele homem fantástico, inquestionavelmente um canalha, que parecia mais do que interessado na perspectiva de ver o que havia embaixo das saias dela. Por que não deveria permitir que Jack a beijasse e acariciasse? Que bem isso faria à virtude dela? A virtude era uma companheira de cama muito fria... Amanda sabia disso melhor do que ninguém.

Então ela tomou coragem, segurou Jack pelas laterais abertas da camisa e trouxe a cabeça dele para junto da dela. Ele cedeu na mesma hora e sua boca roçou a de Amanda. Ela sentiu um choque de calor, uma onda de prazer que a paralisou. O corpo dele a pressionou com um pouco mais de intensidade, a boca provocou mais, insistindo até fazer os lábios dela se entreabrirem. A língua de Jack acariciava a parte de dentro da boca de Amanda, e ela teria recuado diante da estranheza da sensação se sua cabeça não estivesse tão bem encaixada na dobra do braço dele. O calor se espalhava do ventre para áreas do corpo que ela nem sequer conseguiria nomear.

Então, ela esperou que ele a saboreasse de novo... ah, o modo como Jack explorava sua boca era estranho, íntimo e empolgante, e ela não conseguiu evitar o gemido baixo que subiu por sua garganta. Seu corpo relaxou lentamente e ela levou as mãos à cabeça de Jack para acariciar os cabelos negros e sedosos, os cachos que afunilavam em sua nuca.

– Desabotoe a minha camisa – murmurou ele.

Jack continuou a beijá-la enquanto ela se atrapalhava com os botões do colete e da pala da camisa de linho. O tecido fino, amassado na barra que se encontrava para dentro da calça, estava quente e tinha o cheiro dele. A pele do torso era macia e dourada, o conjunto de músculos rígidos se contraindo a cada toque tímido de Amanda. O corpo de Jack irradiava calor, atraindo-a como um gato é atraído por um cantinho ensolarado.

– Jack – sussurrou Amanda, ofegante, as mãos se esgueirando por baixo da camisa, pelas costas dele –, não quero ir além disso... eu... isso já basta como presente de aniversário para mim.

Ele deu uma risadinha e enfiou o nariz na lateral do pescoço dela.

– Está certo.

Ela se aconchegou contra o peito nu dele, ansiosa para absorver o máximo daquele calor e daquele cheiro.

– Isso... isso é terrível.

– Por que terrível? – perguntou ele, acariciando os cabelos dela, brincando com os cachos, o polegar se aventurando até a têmpora de Amanda, roçando o ponto frágil.

– Porque às vezes é melhor não saber o que se está perdendo.

– Meu bem – sussurrou Jack, roubando um beijo dos lábios dela. – Meu bem... me deixe ficar com você um pouco mais.

Antes que ela pudesse responder, ele a beijou mais profundamente do que antes, as mãos grandes segurando gentilmente sua cabeça. Amanda esticou o corpo para se encostar mais à boca e ao corpo de Jack, querendo se grudar a ele o máximo possível. Uma agitação profunda, diferente de qualquer coisa que já experimentara, cresceu dentro dela, fazendo-a pressionar ainda mais o corpo contra o dele em uma tentativa de aplacar o anseio. Jack era um homem forte, de ossos largos, capaz de dominá-la fisicamente com facilidade se fosse essa sua intenção, e ainda assim era de uma gentileza impressionante. Em algum lugar de sua mente, Amanda se perguntou por que não o temia como deveria. Fora ensinada desde pequena que não devia confiar nos homens, que homens são criaturas perigosas, incapazes de controlar as próprias paixões. Ainda assim, ela se sentia segura com aquele ali. Amanda pousou a mão no peito nu dele e sentiu seu coração bater rápido e forte.

Jack afastou o rosto do dela e a encarou com olhos tão escuros que já não pareciam mais azuis.

– Amanda, você confia em mim?

– É claro que não – disse ela. – Não sei absolutamente nada sobre você.

Ele deu uma gargalhada.

– Mulher sensata.

Os dedos dele começaram a abrir o corpete do vestido dela, manuseando com destreza os botõezinhos de marfim entalhado.

Amanda fechou os olhos. Sentia as batidas do coração se tornarem ao mesmo tempo superficiais e violentas, como o bater das asas de um pássaro em pânico. *Nunca mais o verei depois desta noite*, pensou. Se permitiria fazer coisas proibidas com aquele homem e, depois daquela noite, as manteria guardadas para sempre em um algum canto escondido da memória. Uma lembrança apenas para ela. Quando estivesse velha, há muito acostumada aos anos de solidão, ainda teria a recordação de que, certa vez, passara uma noite com um belo estranho.

O tecido marrom listrado se abriu, revelando um espartilho ligeiramente estruturado, fechado na frente, e por dentro dele uma camisa de baixo feita de um algodão macio muito fino. Amanda se perguntou se deveria orientá-lo sobre como abrir o espartilho, mas na mesma hora ficou evidente que Jack estava familiarizado com o processo. Claramente aquele não era o primeiro espartilho que ele já havia encontrado na vida. Ela sentiu as costelas serem levemente pressionadas quando ele juntou as duas abas da peça e abriu a fileira de ganchinhos com uma facilidade milagrosa. Depois que Jack a fez passar os braços pelas mangas do vestido, Amanda ficou parada diante dele, com os seios cobertos apenas pelo algodão fino, quase transparente, da camisa de baixo, sentindo-se terrivelmente exposta. As mãos dela tremiam visivelmente com o esforço que fazia para não puxar o vestido para se cobrir.

– Está com frio? – perguntou Jack, preocupado, notando o tremor.

Então puxou-a para junto dele. Era um homem naturalmente cheio de vitalidade e o calor da pele dele atravessava a camisa de linho que usava. E Amanda começou a tremer por um motivo bem diferente.

Jack deslizou a alça da camisa de baixo pelo braço dela e levou os lábios à curva pálida do ombro de Amanda. Ele a tocava com gentileza, as costas dos dedos longos roçando logo acima dos seios arredondados. Jack virou a mão para baixo e a palma quente, ligeiramente úmida, envolveu a curva do seio, até o mamilo latejar docemente e se enrijecer. As pontas dos dedos brincavam com ele, acariciando-o por cima do algodão fino, beliscando-o com doçura. Amanda fechou os olhos e virou a cabeça o suficiente para pressionar a boca no rosto dele, fascinada com a textura ligeiramente áspera da bochecha. Os lábios dela vibraram à medida que desciam até o ponto do maxilar dele onde a aspereza dava lugar a uma pele mais macia e sedosa.

Ela ouviu Jack murmurar alguma coisa em gaélico, a voz indistinta e urgente, e ele segurou a cabeça dela com as duas mãos. Jack recostou o corpo de Amanda nas almofadas do sofá, então abaixou a cabeça sobre os seios dela. Capturou um deles com a boca e beijou-o através do tecido de algodão.

– Preciso de ajuda para tirar a sua camisa de baixo – pediu ele, a voz rouca. – Por favor, Amanda.

Ela hesitou, a respiração acelerada se misturando à dele, então moveu o corpo para soltar os braços das mangas. Sentiu Jack puxando a camisa de baixo até ela estar toda enrolada na altura da cintura dela, deixando a parte de cima do seu corpo totalmente exposta. Parecia impossível que estivesse deitada no sofá com um homem que não conhecia, seminua, o espartilho jogado no chão.

– Eu não deveria estar fazendo isso – falou Amanda, a voz trêmula, tentando em vão cobrir os seios com a mãos. – Não deveria ter deixado que você passasse da porta da frente.

– É verdade.

Ele abriu um sorrisinho torto para ela, enquanto despia totalmente a camisa, revelando um torso musculoso. Parecia perfeito e bem torneado demais para ser real. Uma tensão insuportável se acumulava dentro dela e Amanda precisou lutar contra a inibição e a modéstia quando Jack se inclinou por cima dela.

– Devo parar? – perguntou ele, aconchegando-a junto a seu corpo. – Não quero assustar você.

Ela pressionou o rosto no ombro dele e se deliciou com a incrível sensação das peles nuas se tocando. Nunca se sentira tão vulnerável, com tanta *vontade* de estar vulnerável.

— Não estou assustada — falou Amanda, a voz atordoada, deslumbrada, e afastou as mãos que mantinha entre seus corpos, fazendo os seios encostarem diretamente no peito dele.

Jack deixou escapar um grunhido de desejo e enfiou o rosto no pescoço dela. Ele a beijou e deixou a boca descer até cobrir todo o mamilo dela, a língua acariciando o bico sensível, fazendo Amanda morder o lábio ao sentir uma onda repentina de prazer. A ponta da língua de Jack traçava movimentos circulares, saboreando, provocando, o calor de sua boca fazendo a pele dela arder em chamas. Ele passou então para o outro seio, e Amanda gemeu de frustração diante da lentidão das carícias que pareciam se demorar eternamente, como se o tempo não existisse e ele fosse passar a vida banqueteando-se com o corpo dela.

Jack levantou as saias de Amanda e se acomodou entre as pernas dela, onde o linho fino que a cobria se tornara úmido, de modo que o volume rígido dentro da calça dele se encaixou perfeitamente. Ela ficou deitada, imóvel, embora todo o seu corpo ardesse de vontade de se curvar para cima, na direção do peso e da textura do corpo dele. Jack apoiou os cotovelos de cada lado da cabeça de Amanda e encarou o rosto ruborizado dela. Então, pressionou o quadril contra o dela, fazendo-a arquejar ao sentir a pressão íntima, o membro rígido encostando exatamente no ponto onde ela mais ansiava. Jack era perigoso, conhecia muito bem o corpo feminino. O movimento provocou uma onda de prazer entre as coxas de Amanda que se espalhou pelas partes mais íntimas. Sentia-se embriagada, vibrante e viva, estimulada além do suportável. Ofegante, Amanda passou os braços ao redor das costas dele e sentiu seus músculos quando ele voltou a se mover.

Ainda havia camadas de roupas entre eles, calça, sapatos e roupas de baixo, para não mencionar o monte de saias. De repente, Amanda quis se ver livre de tudo aquilo e sentir o corpo dele totalmente nu tocar o dela. O desejo a deixou extremamente chocada, mesmo enquanto se esforçava para pressionar mais o corpo contra o de Jack. Ele pareceu compreender o que ela queria, pois deu uma risada trêmula e segurou uma das mãos dela.

— Não, Amanda... esta noite você vai permanecer virgem.

— Por quê?

A mão de Jack cobriu o seio macio, apertando-o com delicadeza, e ele deixou os lábios percorrerem o pescoço dela.

— Porque, antes, você precisa saber algumas coisas sobre mim.

Agora que parecia provável que ele *não* faria amor com ela, isso se tornou o maior desejo de Amanda.

– Mas nunca mais vamos nos ver – argumentou ela. – E hoje é meu aniversário.

Jack riu ao ouvir isso, os olhos azuis cintilando. Ele beijou-a com intensidade e abraçou-a com força, enquanto murmurava palavras carinhosas ao seu ouvido. Ninguém jamais dissera coisas daquele tipo a Amanda. As pessoas ficavam intimidadas pela independência dela, por sua praticidade. Nenhum homem sequer sonhara em chamá-la de adorável, de "meu bem", de "querida"... e certamente nenhum jamais a fizera se *sentir* daquele jeito. Ao mesmo tempo que ansiava pelo modo como Jack a fazia se sentir, Amanda odiava o poder que ele tinha sobre ela, a ameaça de lágrimas, o calor da paixão se espalhando pelo corpo. Agora ela sabia exatamente por que nunca deveria ter contratado aquele homem misterioso. Na verdade, era melhor não saber que aquelas sensações existiam, já que ela nunca mais voltaria a experimentá-las.

– Amanda – sussurrou Jack, entendendo errado o motivo dos olhos marejados. – Vou fazer você se sentir melhor... fique bem quietinha... só me deixe...

Ele enfiou os dedos experientes por baixo das saias dela até encontrar o laço que amarrava a calçola e desfazê-lo. Amanda deixou a cabeça cair para trás e ficou deitada, imóvel e trêmula, os braços ainda ao redor dos ombros dele. Jack tocou a pele macia da barriga, o polegar roçando de leve por cima do umbigo e os dedos descendo até um lugar onde ela nunca imaginara ser tocada, onde tentava nunca se tocar. A mão dele passou suavemente por cima dos pelos crespos e os dedos seguiram avançando com cuidado, fazendo-a erguer o quadril e se contorcer.

O sotaque irlandês dele saiu mais acentuado do que antes quando perguntou:

– Essa é a fonte da sua agonia, *mhuirnin*?

Ela arquejou junto ao pescoço dele. Os dedos de Jack continuaram a roçar, a provocar, até encontrarem o ponto mais maravilhosamente sensível de todos, onde a carne tremia, desperta ao toque. Amanda sentiu o calor invadindo seu ventre, seus seios, sua cabeça. Era prisioneira voluntária do modo como Jack manipulava o seu corpo, a pele quente, ruborizada, vibrando do couro cabeludo aos dedos dos pés. Ele pressionou a abertura íntima com o dedo e deslizou-o para dentro, a pequena penetração ardendo ligeiramente à medida que o corpo envolvia o intruso com um sobressalto de inocente relutância. A cabeça dela pendeu para trás e os olhos procuraram o rosto dele, zonzos. Os olhos de Jack ardiam em um tom que ela nunca vira antes, exceto talvez em sonhos... um azul puro e intenso, refletindo uma experiência sexual que a deixou perplexa. Ele moveu o dedo dentro dela e ao mesmo tempo estimulou com o polegar o ponto de prazer mais externo, repetindo a carícia enlouquecedora até Amanda arquear o corpo para cima e soltar um grito trêmulo, os sentidos voláteis finalmente pegando fogo.

Ela foi arrebatada por uma onda de sensações, foi arrastada através do calor intenso que dominava seu corpo, até Jack finalmente se afastar com um gemido abafado e se sentar, desviando o rosto do dela. A ausência das mãos, da boca, do toque dele foi quase dolorosa, e todo o corpo dela ansiava por mais. Então percebeu que o alívio que Jack lhe proporcionara não era algo que ele pretendia permitir a si mesmo. Hesitante, Amanda estendeu a mão e pousou-a na perna da calça em uma tentativa de deixar claro que queria dar a ele o mesmo prazer que acabara de experimentar. Ainda sem encará-la, Jack pegou a mão dela e levou-a à boca, a palma para cima, para receber o beijo que ele pousou ali.

– Amanda – disse Jack –, não confio mais em mim estando tão perto de você. Tenho que ir embora enquanto ainda sou capaz.

Amanda ficou impressionada com o tom etéreo, distante, da própria voz, quando pediu:

– Fique comigo. Fique a noite toda.

Ele olhou para ela com uma expressão irônica e Amanda reparou no rubor que coloria a face dele. Jack continuou a segurar a mão dela e acariciou a palma com o polegar, como se estivesse esfregando o beijo que acabara de plantar ali.

– Não posso.

– Mas... bem... você tem outro... compromisso? – perguntou ela, hesitante, horrorizada com a ideia de que ele poderia ir dos braços dela para os de outra mulher.

Jack deu uma risadinha.

– Santo Deus, não. É só que... – Ele se interrompeu e a fitou com uma expressão melancólica, contemplativa. – Logo você vai entender. – Então, se inclinou e roçou os lábios no queixo dela, no rosto, nas pálpebras fechadas.

– Eu... eu não vou solicitar que você venha de novo, entende? – perguntou Amanda, sentindo-se desconfortável, enquanto ele pegava uma manta do sofá e envolvia o corpo dela.

A voz dele saiu em um tom bem-humorado quando disse:

– Sim, eu sei.

Ela permaneceu de olhos fechados, ouvindo o farfalhar das roupas enquanto ele se vestia diante do fogo. Inundada de vergonha e prazer, Amanda tentou assimilar tudo o que acontecera naquela noite.

– Adeus, Amanda – murmurou Jack.

Então ele se foi, deixando-a descabelada e seminua diante do fogo da lareira. Amanda manteve a manta macia de caxemira ao redor dos ombros nus, os cabelos cacheados cobrindo sua pele e tocando o braço do sofá.

Ideias sem sentido lhe ocorreram... quis visitar Gemma Bradshaw e lhe fazer perguntas sobre o homem que ela mandara. Queria saber mais sobre Jack. Mas de que adiantaria? Ele fazia parte de um mundo muito diferente do dela: um mundo sórdido, secreto. Não havia chance de uma amizade e, embora ele não tivesse aceitado dinheiro dela daquela vez, certamente exigiria na próxima. Ah, Amanda não imaginou que se sentiria tão culpada e agoniada, o corpo ainda pulsando de prazer, a pele vibrando como se estivesse sendo acariciada por véus de seda. Ela se lembrou do dedo dele invadindo-a, da boca estimulando seus seios, e puxou a manta para cima do rosto com um gemido mortificado.

No dia seguinte, continuaria com a vida, exatamente como havia jurado fazer. Mas até o final daquela noite se permitiria deixar levar por fantasias com o homem que já estava se tornando mais um sonho do que um personagem da vida real.

– Feliz aniversário – sussurrou para si mesma.

Capítulo 3

Depois da morte do pai, não fora difícil para Amanda tomar a decisão de se mudar para Londres. Ela poderia facilmente ter permanecido em Windsor, que ficava a apenas 40 quilômetros da capital e também já abrigava algumas editoras de renome. Amanda sempre morara em Windsor, as duas irmãs mais velhas viviam ali perto com suas respectivas famílias, e a pequena mas confortável Casa Briars fora deixada para Amanda como herança do pai.

No entanto, depois de enterrá-lo, Amanda imediatamente vendera a propriedade, provocando uivos de protesto das irmãs, Helen e Sophia. As três haviam nascido naquela casa, argumentaram elas, furiosas, e Amanda não tinha o direito de vender uma parte vital da história da família.

Ela havia recebido as críticas com aparente paciência, mas disfarçara um sorriso implacável enquanto pensava que tinha conquistado o direito de fazer o que quisesse com o local. Talvez Helen e Sophia ainda tivessem carinho pela casa, mas o lugar fora uma prisão para Amanda pelos últimos cinco anos. As irmãs haviam se casado e se mudado enquanto ela permanecera com os pais e cuidara de ambos durante as longas doenças que acabaram por levá-los. A mãe demorara três anos para morrer de tuberculose, em um processo lento, perturbador e especialmente desagradável. E logo depois foi a vez do longo declínio do pai, assolado por várias enfermidades que o fizeram enfraquecer até não resistir mais.

Amanda assumira o fardo totalmente sozinha. As irmãs estavam ocupadas demais com as próprias famílias, e a maior parte dos amigos e parentes havia contado com o fato de que Amanda tinha competência para lidar com tudo sem ajuda. Ela era uma solteirona, afinal. O que mais teria para fazer?

Uma tia bem-intencionada chegara mesmo a dizer a Amanda que acreditava que Deus a havia mantido solteira com a única intenção de garantir que estivesse disponível para cuidar dos pais doentes. Amanda teria preferido que Deus houvesse pensado em outras opções. Aparentemente não ocorrera a ninguém que ela talvez tivesse conseguido um marido caso não houvesse precisado passar os últimos anos de sua juventude cuidando do pai e da mãe.

Aqueles anos haviam sido difíceis física e emocionalmente para ela. A mãe, que sempre fora uma mulher de língua afiada e difícil de agradar, suportara os efeitos devastadores da tuberculose com uma dignidade tranquila, que impressionara a filha. Perto do fim, havia sido mais amorosa e gentil do que Amanda se lembrava, e o dia de sua morte fora muito doloroso.

O pai, ao contrário, passara de um homem animado para o paciente mais exasperante possível. Amanda ficava o tempo todo correndo de um lado para outro para atender suas solicitações, preparar refeições que eram sempre criticadas e satisfazer centenas de exigências rabugentas que a mantinham ocupada demais para dedicar-se a si mesma.

No entanto, em vez de permitir que a frustração que sentia a envenenasse, Amanda começara a escrever no fim da noite e de manhã bem cedo. A princípio, a ideia era apenas encontrar uma forma de se distrair, mas a cada página ela torcia para que o material fosse digno de publicação.

Com dois livros publicados, órfã de pai e mãe, Amanda estava livre para fazer o que quisesse. Seus últimos anos seriam passados na maior e mais agitada cidade do mundo, entre um milhão e meio de habitantes. Ela usara as duas mil libras que lhe haviam sido legadas na herança do pai, assim como o dinheiro da venda da propriedade da família, para comprar uma casa pequena e elegante no oeste de Londres. Levara consigo dois criados da família – Charles e Sukey – e contratara uma cozinheira, Violet, assim que chegara à cidade.

Londres era tudo que ela imaginara e ainda mais. Agora, depois de seis meses morando lá, Amanda ainda despertava toda manhã com uma sensação de surpresa prazerosa. Ela amava o aspecto sujo, a confusão e a pressa da cidade, o modo como cada dia começava com os gritos estridentes dos vendedores de rua do lado de fora, e como terminava com o som das carruagens e coches de aluguel sacolejando pelas ruas de paralelepípedos, levando as pessoas para seus compromissos noturnos. Amava o fato de que em qualquer noite da semana era possível comparecer a um dos muitos jantares festivos, a leituras dramáticas privadas ou a debates literários.

Para a surpresa de Amanda, ela era uma figura notória no círculo literário londrino. Muitos editores, poetas, jornalistas e outros romancistas pareciam reconhecer o nome dela e ter lido suas obras. Quando morava em Windsor, conhecidos viam as criações de Amanda como frívolas. Com certeza nenhum deles aprovava o tipo de romance que ela escrevia, insinuando que eram vulgares demais para serem apreciados por pessoas decentes.

A própria Amanda não conseguia compreender por que suas obras eram tão diferentes da sua própria personalidade. A pena parecia ter vida própria quando ela se sentava diante de um maço de papel em branco. Amanda construía personagens diferentes de qualquer pessoa que já conhecera... personagens que eram às vezes violentos, às vezes brutais, sempre apaixonados, alguns que terminavam arruinados e outros que conseguiam triunfar, apesar da falta de moral. Como não tinha qualquer referência real em que basear seus homens e mulheres fictícios, se deu conta de que os sentimentos e as paixões deles só podiam vir de dentro dela. E, caso se permitisse pensar muito a respeito disso, acabaria seriamente alarmada.

Romances com as típicas histórias de nobres e ricos, mencionara Jack... Amanda lera muitos desse tipo, histórias de pessoas privilegiadas, que detalhavam seu estilo de vida extravagante, seus romances, as roupas e joias que usavam. No entanto, Amanda sabia tão pouco sobre a alta sociedade que não poderia ter escrito algo desse tipo nem se sua vida dependesse disso. Sendo assim, discorria sobre pessoas do campo, trabalhadores, clérigos, policiais e proprietários de terras. Felizmente, suas histórias pareciam agradar aos leitores, e as vendas de seus livros eram excelentes.

Uma semana depois de seu aniversário, Amanda aceitou um convite para um jantar festivo na casa do Sr. Thaddeus Talbot, um advogado especializado em transações e questões jurídicas do mundo literário. Amanda o considerava a pessoa mais autoindulgente e animada que já conhecera. Ele gastava, bebia e fumava em excesso, apostava em jogos de azar, era mulherengo e geralmente parecia estar se divertindo muito. Seus jantares eram disputados e os convidados tinham sempre à disposição enormes travessas de comida, vinho e uma atmosfera jovial.

– Fico feliz de ver a senhorita sair nessa noite tão agradável, Srta. Amanda – comentou Sukey, a criada, com seu jeito simples e direto de falar, enquanto Amanda checava seu reflexo no espelho do hall de entrada. A mulher de meia-idade, com o corpo pequeno de um elfo e natureza vivaz, trabalhava para a família Briars havia muitos anos. – É um espanto que a senhorita não tenha uma enxaqueca depois de escrever tanto esta semana.

– Eu precisava terminar esse romance – retrucou Amanda com um breve sorriso. – Não ousei aparecer em público nenhuma vez para não correr o risco de chegar aos ouvidos do Sr. Sheffield que eu estava passeando pela cidade enquanto havia trabalho a ser feito.

Sukey bufou, achando divertida a menção ao editor de Amanda, um homem austero, sério, constantemente preocupado que seu pequeno grupo de escritores acabasse envolvido no alvoroçado círculo social de Londres e negligenciasse o trabalho. Para dizer a verdade, era uma preocupação válida. Com todos os prazeres e diversões que a cidade oferecia, era muito fácil esquecer as obrigações.

Amanda olhou pelo vidro longo e estreito da porta, reparou na camada de gelo que cobria os painéis envidraçados, estremeceu e voltou o olhar para a sala de estar aconchegante, com uma expressão melancólica. De repente sentiu uma vontade enorme de colocar um de seus vestidos antigos e confortáveis e passar a noite lendo perto do fogo.

– Parece tão frio lá fora – comentou.

Sukey se apressou a pegar a capa de noite de veludo preto, e seu tagarelar animado preencheu o pequeno hall de entrada.

– Não ligue para o frio, Srta. Amanda. Vai ter bastante tempo para passar seus dias e noites na frente da lareira quando estiver velha e fraca demais para aguentar um ventinho de inverno. A senhorita ainda está em idade de se divertir com seus amigos. Qual é o problema com um pouco de frio? Terei pedras de carvão aquecidas e um copo de leite quente esperando quando a senhorita voltar.

– Está certo, Sukey – assentiu Amanda, obedientemente, sorrindo para a criada.

– E, Srta. Amanda, tente moderar um pouco a língua quando estiver perto dos cavalheiros, sim? – ousou instruí-la Sukey. – Basta elogiá-los, sorrir e quem sabe até dar a impressão de que concorda com toda a tagarelice deles sobre política e...

– Sukey – interrompeu Amanda em um tom irônico –, você ainda guarda alguma esperança de que eu venha a me casar um dia?

– Poderia acontecer, claro que sim – insistiu a criada.

– Não estou indo a esse evento por nenhuma outra razão que não a necessidade de um pouco de conversa e da companhia dos outros – afirmou Amanda. – Com certeza *não* para caçar um marido!

– Sim, mas a senhorita está muito bonita esta noite.

Sukey olhou Amanda de cima a baixo, aprovando o vestido de noite preto, feito de uma seda enrugada cintilante, com decote bem acentuado e bem ajustado ao corpo voluptuoso da patroa. O corpete e as mangas longas eram adornados com fileiras de contas negras, enquanto as luvas e os sapatos eram de camurça preta e macia. Era um traje sofisticado, que valorizava ao máximo o corpo da mulher e expunha generosamente o seu colo. Embora ela nunca tivesse desenvolvido um estilo próprio antes, recentemente havia visitado uma renomada modista em Londres e encomendado vestidos novos e mais elegantes.

Com a ajuda de Sukey, Amanda colocou a capa forrada de arminho, passou os braços pela cava com barra de seda e prendeu o fecho de ouro no pescoço. Elas arrumaram com todo o cuidado, sobre o penteado de Amanda, o chapéu parisiense grande, feito de veludo preto, com a borda de seda cor-de-rosa. Por sugestão de Sukey, Amanda tinha decidido usar um novo penteado naquela noite, com vários cachos escapando de um coque trançado, alto e frouxo.

– Aposto que a senhorita ainda vai conseguir um marido – insistiu Sukey. – Talvez até o encontre esta noite mesmo.

– Não quero um marido, Sukey – retrucou Amanda em tom áspero. – Prefiro a minha independência.

– Independência! – exclamou Sukey, levantando os olhos para os céus. – Um marido em sua cama seria uma visão melhor, eu acho.

– Sukey! – O tom de Amanda era de desaprovação, mas a criada só riu. Ousava falar tão livremente por causa da idade e da longa familiaridade com Amanda.

– Garanto que a senhorita ainda vai arrumar um homem melhor do que os maridos das suas irmãs, que Deus as abençoe – previu Sukey. – As melhores coisas vêm para os que esperam, é o que eu sempre digo.

– E quem ousaria contradizer você? – comentou Amanda em tom sarcástico.

Ela se encolheu quando o criado, Charles, abriu a porta, fazendo entrar uma súbita rajada de ar gelado.

– A carruagem está pronta, Srta. Amanda – anunciou ele animadamente, com uma manta para o colo dobrada no braço.

Charles acompanhou Amanda até a carruagem antiga mas bem-conservada da família, ajudou-a a se acomodar e ajeitou a manta sobre o colo dela.

Amanda se recostou no assento de couro já bem gasto, se aconchegou à manta com franjas de seda e sorriu ao pensar no jantar ao qual estava indo. A vida era muito boa, pensou. Tinha amigos, um lar confortável e uma ocupação que não era apenas interessante, mas também rentável. Apesar da boa sorte, no entanto, a insistência de Sukey em relação ao marido a deixara aborrecida.

Não havia espaço para homens em sua vida. Ela gostava de poder agir e falar sem restrições à própria liberdade. A ideia de um marido cuja autoridade legal e social ofuscaria completamente a dela era... intolerável. Em qualquer desentendimento, a última palavra seria a dele, que além disso poderia ficar com todos os ganhos dela, se assim desejasse. E, se tivessem filhos, eles seriam considerados propriedade desse marido. Amanda sabia que jamais conseguiria se entregar ao poder de outra pessoa dessa maneira. Não que desgostasse do sexo masculino. Ao contrário, considerava os homens muito inteligentes por terem arranjado a estrutura social de forma a claramente ficarem com todas as vantagens para si.

Ainda assim... seria ótimo comparecer a festas e saraus na companhia de alguém que amasse. Ter alguém com quem debater ideias, com quem compartilhar as coisas. Alguém para lhe fazer companhia nas refeições e a quem se aconchegar na cama para afastar o frio. Sim, a independência era o melhor caminho, mas nem sempre o mais confortável. Tudo tinha um preço e Amanda comprara a própria autonomia com uma boa dose de solidão.

A lembrança do que acontecera apenas uma semana antes ainda estava muito presente em sua memória, apesar de seus esforços para esquecer.

– Jack – sussurrou Amanda, levando uma das mãos ao peito, onde se instalara um anseio melancólico.

A imagem dele permanecia na mente dela: o azul impressionante dos olhos, o timbre rouco da voz. Para algumas mulheres, uma noite romântica era uma ocorrência rotineira, mas para ela havia sido a experiência mais extraordinária de toda a sua vida.

O momento de reflexão e melancolia terminou quando a carruagem parou diante da casa do Sr. Talbot, uma bela construção de tijolos vermelhos, com colunas brancas na frente. A casa de três andares ficava no meio de um jardim quadrado pequeno e perfeito, e reverberava com luz, risadas e conversas. Como era de se esperar de um advogado bem-sucedido, era um lugar elegante. O hall de entrada oval era encantador, com folhagens em relevo no gesso em cada extremidade, e o salão de recepção, muito amplo, logo além, era pintado em um tom relaxante de verde-claro, as elaboradas sancas no teto refletindo o piso de carvalho escuro e cintilante. O ar estava tomado por aromas agradáveis, promessa de uma refeição deliciosa, enquanto o tilintar do vidro acrescentava um meio-tom animado à música de um quarteto de cordas.

Os cômodos principais estavam muito cheios, e Amanda cumprimentou com um aceno de cabeça vários rostos sorridentes que se voltaram em sua direção. Ela sabia que era popular do mesmo modo que seria uma tia-avó favorita, talvez... Com frequência ouvia comentários travessos sobre esse ou aquele cavalheiro, embora ninguém realmente acreditasse que ela tivesse qualquer interesse romântico em alguém. Amanda se identificava demais com a ideia de estar "encalhada" para se imaginar de alguma outra forma.

– Minha cara Srta. Briars! – exclamou uma robusta voz masculina. Amanda se virou e viu o rosto animado, carinhoso e vermelho do Sr. Talbot. – Finalmente a noite começa a cumprir o que prometia... só faltava a senhorita para que ficasse completa.

Embora Talbot fosse pelo menos dez anos mais velho do que Amanda, tinha um jeito de eterno menino que contrastava com a longa cabeleira branca. O rosto vermelho se abriu em um sorriso travesso.

– E como está bonita hoje, hã? – continuou ele, pegando a mão dela entre as palmas gorduchas. – Vai deixar as outras damas constrangidas.

– Estou acostumada com suas lisonjas fáceis, Sr. Talbot – retrucou Amanda com um sorriso. – E sou sensata demais para acreditar nelas. Melhor dirigir suas palavras agradáveis a alguma jovem imatura, muito mais crédula do que eu.

– Mas a senhorita é o meu alvo favorito – declarou Talbot, e Amanda revirou os olhos e sorriu de novo para ele.

Ela aceitou o braço que o anfitrião ofereceu e o acompanhou até um imenso aparador de mogno, flanqueado por duas enormes urnas de prata, uma delas fumegante, cheia de ponche de rum quente, e a outra com água fria. Talbot fez uma grande cena pedindo a um criado para servir um copo de ponche para Amanda.

– Por favor, Sr. Talbot, insisto que dê atenção aos outros convidados.

O aroma condimentado do ponche invadiu suas narinas e Amanda apreciou o calor do copo de vidro nas mãos. Apesar da cobertura fina das luvas, seus dedos estavam frios.

– Vi várias pessoas com quem desejo falar, e o senhor está impedindo o meu progresso – insistiu ela.

Talbot deu uma risada jovial ao ouvir a reprimenda zombeteira e afastou-se, não sem antes fazer uma demorada mesura. Amanda observou os convidados enquanto bebia seu ponche quente. Autores, editores, ilustradores, donos de gráficas, advogados e até um ou dois críticos – todos se misturando, se afastando e se reagrupando em uma constante variação. As conversas se mesclavam pela sala, pontuadas por risadas frequentes.

– Amanda, querida! – disse uma voz leve e cristalina.

Amanda se virou para cumprimentar a Sra. Francine Newlyn, uma viúva loura muito atraente.

Francine era autora bem-sucedida de meia dúzia de "romances de sensação", histórias com muito drama que com frequência envolviam bigamia, assassinato e adultério. Embora Amanda secretamente considerasse os livros de Francine um pouco agitados demais, gostava deles. Ela era uma mulher esguia, de aparência sedutora, que adorava fofocas e se esforçava para fazer amizade com qualquer escritor que considerasse bem-sucedido o bastante a ponto de valer sua atenção. Amanda sempre apreciava as conversas com Francine, que parecia saber tudo sobre todo mundo, mas também se lembrava de ter cautela e nunca contar nada que não quisesse que fosse incrementado e passado adiante.

– Cara Amanda – ronronou Francine, os dedos esguios calçados com luvas envolvendo delicadamente o cálice pesado –, que bom ver você por aqui. Você deve ser a única pessoa de bom senso que cruzou aquela porta até agora.

– Não sei se bom senso é uma característica muito desejada em um evento como este – retrucou Amanda com um sorriso. – Encanto e beleza sem dúvida são muito mais bem-vindos.

Francine retribuiu o sorriso com outro, malicioso.

– Que sorte, então, nós duas temos as três qualidades!

– Não é? – comentou Amanda com ironia. – Mas me conte, Francine, como está indo seu novo romance?

A loura a encarou com uma expressão de censura zombeteira.

– Se quer saber, meu novo romance simplesmente *não está* indo.

Amanda deu um sorriso solidário.

– Você vai conseguir, tenho certeza.

– Ah, não gosto de trabalhar sem inspiração. Abandonei todas as tentativas de escrever até encontrar alguma coisa, ou alguém, que estimule a minha criatividade.

Amanda não conseguiu conter uma gargalhada diante da expressão predatória de Francine. A predileção da viúva por casos amorosos era bem conhecida na comunidade editorial.

– Seu interesse já está direcionado a alguém em particular?

– Ainda não... embora eu tenha alguns candidatos em mente. – A viúva deu um pequeno gole no cálice. – Eu não me importaria de fazer amizade com aquele fascinante Sr. Devlin, por exemplo.

Embora Amanda nunca tivesse visto o homem, já ouvira o nome dele ser mencionado com frequência. John T. Devlin era uma figura célebre na cena literária londrina, um homem com um passado misterioso que, em cinco anos, transformara uma pequena gráfica na maior casa editorial da cidade. Ao que parecia, a ascensão dele deixara de lado qualquer preocupação com moralidade ou práticas justas de mercado.

Usando charme, ardis e suborno, ele roubara os melhores autores de outras editoras e os encorajara a escrever "romances de sensação" escandalosos. Devlin publicara anúncios desses romances em jornais populares e pagara a pessoas para que os elogiassem em festas e tabernas. Quando os críticos reclamavam que os livros que ele lançava ofendiam os valores de um público impressionável, Devlin prontamente publicava declarações para alertar leitores em potencial de que talvez certo romance pudesse ser especialmente violento ou chocante... e, é claro, as vendas disparavam.

Amanda já vira o prédio de pedra branca de cinco andares de John T. Devlin, localizado no agitado cruzamento da Holborn com a Shoe Lane, mas ainda não colocara os pés por lá. Ouvira dizer que, atrás das portas de vaivém, havia centenas de milhares de livros arrumados em estantes que iam do chão ao teto, para garantir os benefícios de uma biblioteca à disposição de um público ansioso por consumir livros. Cada um dos vinte mil inscritos na biblioteca pagava uma taxa anual a Devlin pelo privilégio de pegar seus livros emprestados. As galerias superiores continham pilhas de livros à venda, além de uma oficina de encadernação e, é claro, os escritórios particulares do Sr. Devlin.

Havia um fluxo constante de veículos de entrega no lugar, transportando cargas de jornais e livros para assinantes e compradores. Enormes navios de fragata eram carregados diariamente nos cais com as entregas de Devlin para portos estrangeiros. Sem dúvida ele construíra uma fortuna com sua empresa vulgar, mas Amanda não o admirava por isso. Afinal, ela ouvira histórias sobre como ele fizera com que outras editoras menores saíssem do negócio e como esmagara as várias bibliotecas itinerantes que competiam com a dele. Amanda não aprovava o poder que Devlin tinha na comunidade literária, para não mencionar o mau uso que ele fazia desse poder, e vinha evitando deliberadamente conhecê-lo.

– Eu não fazia ideia de que ele estaria aqui hoje – disse Amanda, com a testa franzida. – Santo Deus, não posso imaginar que o Sr. Talbot seja amigo dele. Por tudo o que ouvi falar, Devlin é um canalha.

– Minha cara Amanda, nenhum de nós pode se permitir *não* ser amigo de Devlin – retrucou Francine. – Seria melhor para você cair nas graças dele.

– Até agora, tenho conseguido me sair muito bem sem isso. E você, Francine, seria melhor ficar longe dele. Um *affair* com um homem desse é a ideia mais imprudente que eu já...

Amanda parou abruptamente de falar ao ver um rosto de relance em meio aos convidados. Seu coração deu um salto e ela piscou algumas vezes, espantada.

– Amanda? – chamou Francine, claramente confusa.

– Pensei ter visto... – Perturbada e suando, Amanda examinou a aglomeração de convidados enquanto sua pulsação acelerada abafava todos os outros sons. Ela deu um passo adiante, então voltou a recuar, olhando de um lado para outro com uma expressão aflita. – Onde está ele? – sussurrou, a respiração acelerada.

– Amanda, o que houve? Está se sentindo mal?

– Não, eu... – Amanda se deu conta de que estava agindo estranhamente e tentou se recompor. – Achei que tivesse visto... alguém que desejo evitar.

Francine olhou curiosa do rosto tenso de Amanda para a multidão de convidados.

– Por que você desejaria evitar alguém? É um crítico desagradável, talvez? Ou algum amigo com quem está brigada? – Um sorrisinho irônico curvou seus lábios. – Talvez um ex-caso mal resolvido?

Embora a sugestão provocativa fosse claramente uma brincadeira, foi próxima o bastante da verdade para deixar o rosto de Amanda ardendo.

– Não seja ridícula – disse ela, irritada, e queimou a língua ao tomar um gole do ponche quente. Seus olhos lacrimejaram com a sensação de ardor.

– Você nem imagina quem está vindo nesta direção, Amanda – comentou Francine lentamente. – Se o Sr. Devlin é o homem que deseja evitar, lamento, mas é tarde demais.

De algum modo Amanda soube, antes mesmo de levantar a cabeça.

Olhos de um azul chocante capturaram os dela com uma expressão firme. A mesma voz grave que apenas uma semana antes havia sussurrado palavras carinhosas no ouvido dela agora falava em um tom de polidez tranquila:

– Sra. Newlyn, espero que me apresente a dama em sua companhia.

Francine respondeu com uma gargalhada rouca:

– Não estou certa se a dama deseja isso, Sr. Devlin. Infelizmente, sua reputação parece tê-lo precedido.

Amanda simplesmente não conseguia respirar. Por mais impossível que pudesse parecer, ele era o visitante de aniversário dela, "Jack", o homem que a abraçara, beijara e lhe dera prazer na privacidade de sua própria sala de estar. Era mais alto, mais largo e mais moreno do que ela recordava. Em um instante, Amanda se lembrou de seu corpo se esticando sob o peso do corpo dele, de suas mãos agarrando os músculos firmes dos ombros... o calor doce e sombrio daquela boca.

Amanda oscilou um pouco, sentindo as pernas bambas. Mas era importante não fazer uma cena, não atrair atenção. Faria o que fosse necessário para disfarçar a humilhação secreta que eles compartilhavam. Embora tivesse a sensação de que seria impossível dizer qualquer coisa, ela conseguiu balbuciar algumas palavras.

– Pode me apresentar ao cavalheiro, Francine.

Amanda viu pelo brilho malicioso nos olhos de Devlin que não lhe escapara a ênfase irônica que ela colocara na palavra "cavalheiro".

A loura esguia e bela examinou os dois pensativamente.
– Não, acho que não preciso fazer isso – disse ela, surpreendendo Amanda. – Está claro que vocês já se conheceram. Talvez um dos dois pudesse me esclarecer as circunstâncias?
– Não – disse Devlin, abrandando a recusa firme com um sorriso encantador.
O olhar fascinado de Francine foi do rosto de Devlin para o de Amanda.
– Muito bem. Vou deixá-los a sós para que decidam se conhecem um ao outro ou não. – Ela deu uma risadinha. – Mas esteja avisada, Amanda. Vou ficar sabendo dessa história de um modo ou de outro.
Amanda mal reparou na partida da amiga. Dominada por uma mistura de sensações que envolvia confusão, indignação, traição... por um momento sentiu-se ultrajada demais para dizer qualquer coisa. Cada respiração parecia queimar seus pulmões. John T. Devlin... Jack... parado pacientemente ali, o olhar intenso como o de um tigre.
Ele tinha o poder de destruí-la, pensou Amanda, em pânico. Com apenas algumas poucas palavras, e talvez uma confirmação pública da Sra. Bradshaw, Devlin poderia arruinar a reputação, a carreira de Amanda... o meio de sustento dela.
– Sr. Devlin – conseguiu dizer finalmente, com uma dignidade empertigada. – Talvez pudesse fazer a gentileza de me explicar como e por que foi à minha casa na semana passada, e por que me enganou.

∽

Apesar do medo e da hostilidade óbvios, Amanda Briars encarou Jack com firmeza, os olhos cintilando com uma expressão de desafio. Ela não era nenhuma covarde.
Jack voltou a experimentar a mesma sensação intensa de quando a vira parada na porta da própria residência. Amanda era uma mulher exuberante – a pele aveludada, os cabelos ruivos cacheados e o corpo voluptuoso –, e ele era um homem que apreciava essas qualidades quando se via diante delas. As feições de Amanda eram agradáveis, se não exatamente belas, mas os olhos... ah, os olhos eram extraordinários. De um cinza penetrante... o cinza-claro de uma chuva de abril... olhos inteligentes, expressivos.
Algo nela lhe dava vontade de sorrir. Ele desejou beijar a linha rígida na

qual se transformara a boca de Amanda até suavizá-la, aquecê-la com paixão. Teve vontade de seduzi-la, de provocá-la. Mais do que tudo, teve vontade de conhecer a pessoa que escrevera romances cheios de personagens cujas fachadas decentes escondiam emoções tão primitivas. Eram obras que pareciam ter sido escritas por uma mulher do mundo, não por uma solteirona criada no campo.

As palavras que Amanda escrevera o haviam assombrado muito antes de ele conhecê-la. Agora, depois do encontro ardente que tiveram, Jack queria mais. Ele gostava do desafio que ela representava, das surpresas que apresentava, do fato de ter se saído extremamente bem sozinha. Eles eram semelhantes nesse ponto.

Mas Amanda exibia uma polidez que faltava a Jack e que ele admirava muito. O fato de ela conseguir ser tão natural e ao mesmo tempo tão cheia de classe, duas qualidades que ele sempre havia considerado completamente opostas, era um mistério para ele.

– Amanda... – começou a dizer, e ela o corrigiu em um sussurro ofendido.

– Srta. Briars!

– Srta. Briars – retratou-se ele em tom tranquilo. – Se eu não tivesse tirado vantagem da oportunidade que me foi apresentada naquela noite, com certeza me arrependeria pelo resto da vida.

Ela franziu as sobrancelhas finas em uma expressão severa.

– Planeja me expor?

– Não tenho planos imediatos – respondeu Jack, pensativo, mas seus olhos azuis cintilaram com um brilho travesso. – Embora...

– Embora...? – perguntou ela na mesma hora, preocupada.

– Seria um combustível interessante para fofocas, não é mesmo? A respeitável Srta. Briars contratando um homem para lhe dar prazer. Odiaria vê-la em uma situação constrangedora como essa. – Os dentes dele reluziram em um sorriso que Amanda não correspondeu. – Acho que devemos conversar mais sobre o assunto. Eu gostaria de saber que incentivos está disposta a me oferecer para manter minha boca fechada.

– Ah, então pretende me chantagear? – perguntou Amanda, cada vez mais furiosa. – Seu bandido, traiçoeiro, mal-intencionado...

– Talvez seja melhor abaixar a voz – aconselhou Jack. – Na verdade, Srta. Briars, e sugiro isso tendo em vista a sua reputação, não a minha, devíamos conversar em particular. Mais tarde.

– Nunca – retrucou Amanda, em um tom ferino. – Claramente o senhor não é um cavalheiro e não vou oferecer "incentivos" de qualquer tipo.

No entanto, Devlin tinha a vantagem ali, e ambos sabiam disso. Um sorriso lânguido curvou os lábios dele, o sorriso de um homem que sabia como conseguir exatamente o que queria e que seria capaz de qualquer coisa.

– A senhorita vai se encontrar comigo – disse ele com segurança. – Não tem escolha. Entenda... tenho algo que lhe pertence, e pretendo usar.

– Seu canalha – murmurou Amanda com desprezo. – Você ainda por cima roubou alguma coisa da minha casa?

A gargalhada súbita de Devlin atraiu muitos olhares interessados na direção deles.

– Tenho seu primeiro romance – informou ele.

– O quê?

– Seu primeiro romance – repetiu Jack, deleitando-se com a expressão de ultraje crescente. – *Uma dama incompleta*, certo? Pois bem, acabei de adquiri-lo. Não é um trabalho ruim, embora necessite de uma edição criteriosa antes que esteja pronto para ser publicado.

– O senhor não pode estar falando a verdade! – exclamou ela, engolindo com dificuldade as palavras ofensivas que estava prestes a dizer, porque seu tom irritado já atraíra a atenção dos convidados de Talbot. – Eu o vendi para o Sr. Grover Steadman, anos atrás, por dez libras. Até onde sei, assim que o dinheiro mudou de mãos, ele perdeu o interesse no romance e trancou-o em uma gaveta.

– Sim, bem, eu recentemente comprei o romance e todos os direitos sobre ele. Steadman cobrou uma bela soma pelo material. O preço subiu bastante desde que seu último romance se tornou um sucesso de vendas.

– Ele não ousaria vender o livro para o senhor – disse Amanda em um tom acalorado.

– Lamento dizer que está errada. – Jack se aproximou mais e acrescentou em um murmúrio confidencial: – Na verdade, essa foi a razão para eu ter ido visitá-la.

Ele estava tão perto dela que conseguiu sentir o leve perfume cítrico que Amanda exalava. Sentiu, mais do que viu, a rigidez do corpo dela. Estaria se lembrando do calor ardente das carícias que trocaram? Ele sofrera por horas depois do encontro, o ventre em chamas, as mãos queimando de vontade de sentir a carne macia e sedosa de Amanda. Não tinha sido fácil deixá-la naquela noite. Mas ele não fora capaz de tirar a inocência dela sob falsos pretextos.

Algum dia, teria Amanda de volta nos braços, sem ardis entre eles. E então não haveria poderes do céu ou do inferno capazes de detê-los.

A voz dela soou abalada quando fez outra pergunta:

– Como acabou aparecendo na minha casa na hora exata em que eu estava esperando o meu, bem... outro convidado?

– Parece que fui intencionalmente enganado por nossa amiga em comum, a Sra. Bradshaw.

– Como assim, o senhor a conhece? – Os olhos prateados de Amanda se estreitaram, acusadores. – É cliente dela?

– Não, pesseguinha – murmurou Jack. – Ao contrário da senhorita, nunca solicitei os serviços de uma amante profissional. – Um sorriso irresistível brincou nos lábios dele ao ver o rosto dela ficar escarlate. Ah, como adorava abalar a compostura de Amanda! No entanto, em vez de prolongar o desconforto dela, ele explicou em tom baixo: – Conheço a Sra. Bradshaw porque acabo de publicar seu primeiro livro, *Os pecados de Madame B.*

– Imagino que seja uma obra obscena – murmurou Amanda.

– Ah, sim – disse ele em tom animado. – Uma ameaça à moralidade e à decência. Para não mencionar que é o meu livro mais vendido até o momento.

– Eu dificilmente ficaria surpresa por ver que tem orgulho e não vergonha desse fato.

Ele ergueu as sobrancelhas diante do tom pudico dela.

– Eu com certeza não me envergonho de ter a sorte de adquirir e publicar um trabalho do qual o público obviamente gosta.

– O público nem sempre sabe o que é bom para si.

O sorriso dele era preguiçoso.

– E devo supor que os *seus* livros sejam apropriados para o público?

Amanda enrubesceu, claramente envergonhada e furiosa.

– Você não pode colocar o meu trabalho no mesmo nível de um livro de memórias vulgar!

– É claro que não posso – retrucou ele na mesma hora, cedendo. – Obviamente a Sra. Bradshaw não é escritora... Ler as memórias dela é como ouvir horas de fofocas de bastidores. A senhorita, por outro lado, tem um talento que admiro sinceramente.

O rosto expressivo de Amanda registrava claramente o conflito de emoções que a dividia. Como a maior parte dos escritores, indivíduos que compartilham a necessidade universal de receber elogios, ela experimentava um prazer relutante naquela lisonja. No entanto, Amanda não poderia se permitir acreditar na sinceridade dele. Sendo assim, lançou-lhe um olhar que misturava ironia e desconfiança.

– Sua lisonja é desnecessária e completamente inútil – informou a ele. – Poupe-se do esforço, por favor, e continue com a explicação.

Jack obedeceu.

– Durante uma conversa recente com a Sra. Bradshaw, eu mencionei que havia adquirido *Uma dama incompleta* e que planejava conhecer a senhorita. Então, ela me surpreendeu confessando a amizade entre vocês duas. Sugeriu que eu deveria visitá-la exatamente às oito horas da noite de quinta-feira, parecendo certa de que eu seria bem recebido. E – ele não pôde resistir a acrescentar – ela realmente estava certa.

Amanda o encarou com descrédito.

– Mas que razão ela teria para fazer um arranjo desses?

Jack deu de ombros, sem querer confessar que a mesma pergunta o perturbara por dias.

– Duvido que a razão tenha alguma coisa a ver com isso. Como a maior parte das mulheres, ela provavelmente toma decisões que não seguem qualquer padrão de lógica conhecido pelos homens.

– A Sra. Bradshaw quis brincar comigo – declarou Amanda em tom emburrado. – Talvez com nós dois.

Jack balançou a cabeça.

– Não acho que tenha sido essa a intenção dela.

– O que mais poderia ser, então?

– Talvez deva perguntar a ela.

– Ah, eu farei isso – disse ela, brava, fazendo-o rir.

– Ora, convenhamos – falou Jack em tom gentil –, acabou não sendo assim tão ruim, certo? Ninguém saiu machucado... e preciso ressaltar que a maior parte dos homens nas mesmas circunstâncias não teria agido com o mesmo cavalheirismo, a mesma contenção...

– *Cavalheirismo*? – sussurrou ela, profundamente ultrajada. – Se o senhor tivesse o mínimo de integridade ou honestidade, teria se identificado assim que percebeu o mal-entendido!

– E estragar o seu aniversário? – Ele adotou uma expressão de solicitude zombeteira, e sorriu ao ver Amanda cerrar as mãos pequenas e enluvadas. – Não fique brava – falou, em tom sedutor. – Sou o mesmo homem daquela noite, Amanda...

– Srta. Briars – corrigiu ela no mesmo instante.

– Srta. Briars, então. Sou o mesmo homem, e a senhorita gostou bastante de mim naquele dia. Não há razão para não selarmos a paz e sermos amigos.

– Sim, há. Gostei mais do senhor como um amante de aluguel do que como um editor manipulador e desonesto. E não posso ser amiga de um homem que pretende me chantagear. Além do mais, jamais permitirei que publique *Uma dama incompleta*. Prefiro queimar o manuscrito a vê-lo em suas mãos.

– Lamento, mas não há nada que possa fazer a esse respeito. No entanto, está convidada a visitar o meu escritório amanhã, para discutirmos os planos que tenho para o livro.

– Se pensa que eu levaria em consideração... – começou Amanda, em tom acalorado, mas calou-se rapidamente quando viu o anfitrião, Sr. Talbot, se aproximar.

O rosto do advogado mostrava uma curiosidade ávida. Ele olhou para Jack e Amanda com um sorriso conciliatório que elevou as maçãs de seu rosto, estreitando os olhos alegres.

– Fui chamado a interceder – disse Talbot com uma risada baixa. – Sem brigas entre os meus convidados, por favor. Permitam-me lembrar que vocês dois mal se conhecem para já se encararem com tanta animosidade.

Amanda pareceu se encrespar diante da tentativa de Talbot de fazer graça com a discussão em andamento. Então, sem tirar os olhos do rosto de Jack, disse:

– Descobri, Sr. Talbot, que meros cinco minutos com o Sr. Devlin são suficientes para testar a paciência de um santo.

Jack respondeu em tom tranquilo, com uma expressão bem-humorada:

– Está alegando que é uma santa, Srta. Briars?

Ela enrubesceu, cerrou os lábios, e já estava pronta para responder com uma sucessão de palavras furiosas quando o Sr. Talbot se apressou a interceder novamente.

– Ah, Srta. Briars! – exclamou ele com uma risada exageradamente calorosa. – Vejo que seus bons amigos, os Eastmans, acabaram de chegar. Vou lhe pedir a gentileza de agir como minha anfitriã e me ajudar a recebê-los! – Talbot lançou um olhar de alerta a Jack e começou a se afastar com Amanda.

No entanto, antes que ela se fosse, Jack se inclinou para sussurrar em seu ouvido:

– Mandarei uma carruagem pegá-la às dez da manhã.

– Eu não vou – murmurou Amanda.

Ele notou o corpo dela rígido, a não ser por um leve e atraente tremor nos seios, acomodados sob a seda negra bordada. A visão o deixou com todos os sentidos alertas. O calor pareceu dançar sob a pele dele, até seu corpo começar a despertar em lugares perigosos. Uma emoção desconhecida veio à superfície, algo como um sentimento de posse, ou empolgação... ou até mesmo ternura. Jack quis mostrar a ela qualquer mínimo sinal de bondade que conseguisse encontrar no fundo de sua alma, para seduzi-la e provocá-la.

– Sim, você vai – afirmou ele, por algum motivo sabendo que Amanda não conseguiria resistir a ele, da mesma forma que ele não conseguiria resistir a ela.

Os convidados começaram a seguir para a sala de jantar, um cômodo amplo, com paredes cobertas por painéis de mogno e duas longas mesas, cada uma com catorze lugares. Quatro criados uniformizados, usando luvas, se moviam silenciosamente ao redor das mesas, levando os convidados aos seus lugares, servindo vinho e ostras em enormes travessas de prata. A seguir, foram servidos xerez e tigelas fumegantes de sopa de tartaruga, seguidos por linguado com molho holandês.

Jack se viu sentado perto da Sra. Francine Newlyn. Não lhe escapava que Francine tinha outras intenções em relação a ele, mas, embora a considerasse atraente, ela dificilmente valeria o trabalho de uma conquista. Ainda mais se a pessoa não estivesse interessada em ter a vida pessoal revelada em detalhes para uma horda de fofoqueiros. Mesmo assim, Francine estava o tempo todo deslizando a mão pelo joelho dele embaixo da mesa. A cada vez, Jack afastava a mão dela, que retornava para explorar mais além o território de sua perna.

– Sra. Newlyn – murmurou Jack –, suas atenções são extremamente lisonjeiras. Mas se não retirar a sua mão...

Francine afastou a mão e encarou-o com um sorriso felino, os olhos arregalados com uma inocência zombeteira.

– Perdoe-me – ronronou ela. – Eu apenas perdi o equilíbrio e estava tentando recuperá-lo. – Francine pegou a pequena taça de xerez e deu um gole delicado. Ela recuperou com a ponta da língua uma gota dourada que ficara agarrada à borda do copo. – Mas é uma perna forte – comentou baixinho. – Deve se exercitar com frequência.

Jack controlou um suspiro e desviou os olhos para a outra mesa longa, onde Amanda Briars havia sido acomodada. Ela estava envolvida em uma conversa animada com o cavalheiro à sua esquerda, debatendo se os folhetins, os novos romances em série que estavam sendo publicados mensalmente, em capítulos, eram realmente romances. O debate era bastante popular no momento, já que vários editores – incluindo ele mesmo – estavam lançando folhetins sem muito sucesso até então.

Jack gostou de ficar observando o rosto de Amanda à luz de velas, a expressão ora pensativa, ora divertida e animada, os olhos cinzentos cintilando mais do que prata polida.

Ao contrário de outras mulheres presentes, que beliscavam a comida com um desinteresse apropriadamente feminino, Amanda exibia um apetite saudável. Ao que parecia, aquele era um dos privilégios de ser uma solteirona, a possibilidade de comer bem em público. Ela era tão autêntica e tão objetiva, uma diferença revigorante em relação às outras mulheres sofisticadas que ele conhecera. Jack queria estar a sós com Amanda. Invejou o homem sentado ao lado dela, que parecia estar se divertindo mais do que qualquer outro convidado.

Francine Newlyn insistia em pressionar a perna na dele.

– Meu caro Sr. Devlin – comentou ela, a voz muito suave –, vejo que parece incapaz de tirar os olhos da Srta. Briars. Mas com certeza um homem como o senhor não poderia ter qualquer interesse nela.

– Por que não?

Uma risada escapou dos lábios de Francine.

– Porque o senhor é um homem jovem, de sangue quente, em seu auge, e ela... bem, é óbvio, não? Ah, com certeza os homens *gostam* da Srta. Briars, mas apenas como gostariam de uma irmã, ou de uma tia. Ela não é do tipo que desperta instintos românticos.

– Se é o que diz... – retrucou Jack delicadamente.

A mulher claramente considerava seus próprios atrativos superiores aos de Amanda, e nem sonhava que um homem poderia preferir os encantos de uma solteirona aos dela. Mas Jack já estivera envolvido com mulheres como Francine, e sabia o que havia por trás da fachada bela e superficial. Ou, mais precisamente, o que *não* havia.

Um criado se aproximou com um prato de faisão ao creme e Jack aceitou com um aceno de cabeça, abafando outro sussurro de frustração ao pensar na longa noite que tinha pela frente. A manhã seguinte, e a visita de Amanda ao seu escritório, parecia a uma eternidade de distância.

Capítulo 4

Mandarei uma carruagem pegá-la às dez da manhã.
   Eu não vou.
Sim, você vai.

A lembrança dessa troca de palavras perturbara Amanda a noite toda, ecoando em seus sonhos e fazendo-a despertar mais cedo do que o normal na manhã seguinte. Ah, como adoraria dar ao Sr. John T. Devlin a humilhação que ele bem merecia, recusando-se a entrar na carruagem dele! No entanto, era preciso lidar com a questão de ele ter adquirido ardilosamente seu romance, *Uma dama incompleta*. Amanda não queria que nem ele, nem ninguém, o publicasse.

Fazia anos desde que ela escrevera, ou mesmo lera, o livro, e embora tivesse dado o seu melhor na época, o romance sem dúvida estava cheio de erros de continuidade e problemas na caracterização de personagens. Se *Uma dama incompleta* fosse publicado naquele momento, Amanda temia que ele pudesse ser mal recebido pela crítica e rejeitado pelos leitores, a menos que fosse submetido a muitas revisões. E ela não tinha nem tempo, nem vontade, de se dedicar laboriosamente a um romance pelo qual só recebera dez libras. Portanto, teria que tirar os direitos de publicação de Devlin.

Também havia a questão da potencial chantagem. Se ele espalhasse por Londres o boato de que Amanda era o tipo de mulher que contratava amantes de aluguel, sua reputação e carreira acabariam em farrapos. Ela precisava dar um jeito de fazer Devlin prometer que nunca deixaria escapar uma palavra sequer sobre aquela terrível noite de aniversário.

E por mais que odiasse admitir, Amanda estava curiosa. E mesmo se repreendendo muitíssimo por deixar a maldita curiosidade levar a melhor sobre ela, queria ver o estabelecimento de Devlin, seus livros, a oficina de encadernação, o escritório e tudo o mais que havia dentro do enorme prédio na esquina da Holborn com a Shoe Lane.

Com a ajuda de Sukey, Amanda prendeu os cabelos em uma trança apertada, enrolada no topo a cabeça, e optou por usar o vestido mais austero que possuía, de caimento macio, em veludo cinza, com a gola alta e saias que farfalhavam regiamente. O único enfeite era um cinto estreito, que parecia um entrelaçado de cordões de seda presos em uma fivela de prata, e uma gola de renda branca, cheia, que subia até o queixo.

– A rainha Elizabeth provavelmente tinha a mesma aparência da senhorita pouco antes de mandar cortarem a cabeça do conde de Essex – comentou Sukey.

Amanda deu uma súbita gargalhada, apesar do nervosismo que sentia.

– Gostaria de cortar a cabeça de um certo cavalheiro – confessou. – Mas, em vez disso, terei que me contentar em lhe dar uma recusa categórica.

– A senhorita está indo ver seu editor, então? – O rosto fino de Sukey lembrava o de uma criatura do bosque.

Amanda balançou a cabeça com firmeza.

– Ele não é meu editor, nem nunca será. Pretendo deixar isso bem claro esta manhã.

– Ah. – A expressão da criada se iluminou, e ela perguntou, interessada: – Algum cavalheiro que a senhorita encontrou no jantar festivo de ontem? Diga, Srta. Amanda... ele é bonito?

– Não reparei – respondeu Amanda, irritada.

Sukey pareceu disfarçar um sorriso encantado enquanto se apressava para pegar a capa de lã preta da patroa.

Enquanto elas prendiam a capa ao redor dos ombros de Amanda, o criado, Charles, apareceu na porta da frente.

– Srta. Amanda, a carruagem chegou.

Charles era um homem de meia-idade e naquele momento tinha o rosto vermelho por causa da brisa fria de novembro. Seu uniforme exalava um aroma fresco, gelado, misturado ao cheiro seco dos cabelos empoados de branco. Ele pegou uma manta de colo na cadeira do hall de entrada, arrumou na dobra do braço e acompanhou Amanda até o lado de fora.

– Tenha cuidado, Srta. Amanda – alertou. – Há gelo no degrau de cima... Hoje o inverno está bastante úmido.

– Obrigada, Charles.

Amanda apreciava a preocupação do criado. Embora não tivesse a altura que costumava se exigir de um criado com suas atribuições – a maior parte das famílias elegantes preferia contratar homens de no mínimo 1,80 metro –, Charles compensava a baixa estatura com alta eficiência. Ele dera à família Briars – e agora a Amanda – o benefício da lealdade e da boa vontade em relação ao trabalho por quase duas décadas.

O sol fraco da manhã fazia o melhor possível para iluminar as casas estreitas da Bradley Square. Havia um pequeno jardim com cerca de ferro entre as duas fileiras de casas dispostas de frente umas para as outras, e o gelo se agarrava às plantas e árvores em seu sono de inverno, plantadas entre as calçadas pavimentadas. Às dez horas da manhã, grande parte das janelas do segundo andar das casas ao redor permaneciam fechadas, seus ocupantes ainda adormecidos, recuperando-se dos prazeres da noite da véspera.

A não ser por um mascate que caminhava em direção à rua principal, e por um policial de pernas longas com o cassetete enfiado embaixo do braço, a rua estava calma e silenciosa. Soprava uma brisa fria, mas de aroma fresco. Apesar da aversão de Amanda ao frio do inverno, apreciava o fato de que os odores de lixo e esgoto fossem bem menos intensos naquela época do que nos meses quentes do verão.

Amanda parou no meio do caminho até o lance de seis degraus que levavam ao nível da rua quando viu a carruagem enviada por Devlin.

– Srta. Amanda? – murmurou Charles, parando também enquanto ela encarava o veículo.

Amanda havia esperado uma carruagem já bastante usada e resistente como a dela. Nunca pensara que Devlin mandaria um veículo tão elegante. Era uma carruagem com janelas de vidro, a forração laqueada e em bronze, com degraus que abriam e fechavam automaticamente junto com a porta. Cada centímetro do veículo era polido e perfeito. As janelas chanfradas eram emolduradas por cortinas de seda, e o interior era estofado de couro cor de creme.

Quatro alazões perfeitamente idênticos batiam os cascos e bufavam impacientes à frente da carruagem, a respiração saindo em nuvens brancas no ar gelado. Era o tipo de veículo dos aristocratas prósperos. Como era possível que um editor meio-irlandês tivesse condições de possuir uma carruagem como aquela? Devlin devia ser ainda mais bem-sucedido do que os boatos a haviam levado a acreditar.

Amanda recuperou a compostura e se aproximou do veículo. Um criado desceu do apoio do lado de fora da carruagem e abriu rapidamente a porta, enquanto Charles ajudava Amanda a subir os degraus. O ótimo amortecedor fez com que o veículo mal balançasse enquanto ela se acomodava no assento forrado de couro. Não houve necessidade da manta de colo que Charles levara, já que outra, de pele, esperava por ela lá dentro. Um aquecedor para os pés, estocado com carvão, provocou um arrepio de prazer em Amanda, enquanto sentia as ondas de calor subirem pelas saias até os joelhos. Ao que parecia, Devlin havia lembrado que ela não gostava do frio.

Um tanto deslumbrada, Amanda se recostou no assento macio e olhou através da janela embaçada de neblina para o perfil indistinto da própria casa. A porta foi fechada silenciosamente e a carruagem se afastou em um movimento fluido.

– Ora, Sr. Devlin – disse ela em voz alta –, se acha que um mero aquecedor de pés e uma manta forrada vão me fazer abrandar em relação ao senhor, está lamentavelmente enganado.

A carruagem parou na esquina da Shoe Lane com a Holborn, onde o enorme prédio de cinco andares a aguardava. A Devlin's estava cheia de clientes, as portas de vaivém de vidro sempre em movimento, um fluxo contínuo de pessoas entrando e saindo. Embora soubesse que a Devlin's era um estabelecimento de sucesso, nada a preparara para aquilo. Estava claro que era mais do que uma loja... era um império. E Amanda não tinha dúvida de que a mente afiada do proprietário estava constantemente imaginando maneiras de ampliar seu alcance.

O criado a ajudou a descer da carruagem e se apressou a abrir a porta de vidro para ela, com uma deferência que seria adequada a uma visita da realeza. Assim que colocou o pé dentro da loja, Amanda foi recebida por um cavalheiro louro com cerca de 30 anos. Embora fosse de estatura mediana, o corpo esguio e bem torneado o fazia parecer mais alto, seu sorriso era cálido e genuíno e os olhos verde-água cintilavam atrás dos óculos de armação de metal.

– Srta. Briars – disse ele em uma voz tranquila, inclinando-se para saudá-la –, que honra conhecê-la. Sou Oscar Fretwell. E essa – disse Fretwell, gesticulando para a agitação que os cercava com um orgulho inequívoco – é a Devlin's. Uma loja, biblioteca, oficina de encadernação, papelaria e editora, tudo em um só lugar.

Amanda fez uma mesura e permitiu que ele a guiasse para um canto relativamente reservado, com um balcão de mogno cheio de pilhas de livros.

– Pois bem, Sr. Fretwell, qual é a sua relação profissional com o Sr. Devlin?

– Sou o gerente-geral. Às vezes, sirvo como leitor e editor também, e trago romances não publicados para a avaliação dele, caso eu ache que têm mérito. – Ele sorriu mais uma vez. – E é com grande prazer que também estou a serviço de todos os autores do Sr. Devlin, sempre que precisarem de alguma coisa.

– Eu *não* sou uma das autoras do Sr. Devlin – afirmou Amanda com firmeza.

– Sim, é claro – apressou-se em dizer Fretwell, claramente preocupado em não ofendê-la. – Não tive a intenção de sugerir tal coisa. Permita-me, no entanto, expressar o grande prazer que o seu trabalho trouxe a mim e aos inscritos na nossa biblioteca. Seus livros estão sempre emprestados e as vendas são excelentes. Para o último, *Sombras do passado*, não conseguimos encomendar menos de quinhentos exemplares.

– *Quinhentos*?! – exclamou Amanda, perplexa demais com o número para esconder seu espanto.

Livros eram itens de luxo, caros demais para que a maioria das pessoas tivesse condições de comprá-los, assim, tiragens vendidas próximas de três mil exemplares eram consideradas excepcionais. No entanto, Amanda não se dera conta até aquele momento de que uma grande porcentagem das vendas dela poderia ser atribuída ao apoio de Devlin.

– Ah, sim – voltou a falar Fretwell, animadamente.

Ele, no entanto, se interrompeu ao reparar em uma pequena confusão em um dos balcões. Ao que parecia, um funcionário estava aborrecido com a devolução de um livro em mau estado. A pessoa que o devolvera, uma dama com o rosto coberto por maquiagem e exalando um perfume forte, protestava vigorosamente contra a cobrança de multa, dizendo que o livro já estava danificado antes.

– Ah, é a Sra. Sandby – comentou Fretwell com um suspiro. – Uma das clientes mais assíduas da biblioteca. Só que infelizmente ela gosta de ler quando está na cabeleireira. Ao devolver o exemplar, em geral ele está todo sujo de pó e as páginas coladas com pomada de cabelo.

Amanda deu uma súbita gargalhada ao olhar para os cabelos da mulher, empoados de modo antiquado. Não havia dúvida de que ela – e o livro – haviam passado um bom tempo no salão.

– Parece que a sua atenção é necessária, Sr. Fretwell. Talvez seja melhor ir resolver o problema enquanto eu espero aqui.

– Não gosto da ideia de deixá-la sem assistência – disse ele, franzindo ligeiramente a testa. – No entanto...

– Ficarei exatamente onde estou – prometeu Amanda, ainda sorrindo. – Não me importo de esperar.

Enquanto Oscar Fretwell se adiantava rapidamente para acalmar a situação, Amanda olhou ao redor. Havia livros por toda parte, enfileirados ordenadamente nas estantes que iam do chão ao teto, que se erguia até dois andares acima. Havia um balcão superior que garantia acesso à galeria do segundo andar. A quantidade inebriante de lombadas vermelhas, douradas, verdes e marrons era um banquete para os olhos, e ao mesmo tempo o cheiro delicioso de velino e pergaminho, o aroma pungente de couro, quase fizeram Amanda salivar. Havia um leve toque de folhas de chá pairando no ar. Para qualquer um que apreciasse a leitura, aquele lugar certamente era o paraíso.

Assinantes da biblioteca e clientes da livraria esperavam em filas diante de balcões, carregados de catálogos e livros. Carretéis de barbante e bobinas de papel de embrulho marrom giravam enquanto funcionários da loja embalavam os pedidos. Amanda apreciou a habilidade da equipe, todos muito rápidos em embrulhar pequenas pilhas de livros. Os pedidos maiores pareciam ser acondicionados em antigos baús de chá – ah, eis a origem do cheiro! –, que então eram carregados para carruagens e carroças pelos atendentes.

Oscar Fretwell tinha uma expressão que misturava bom humor e uma dose de pesar quando se juntou novamente a ela.

– Bem, acho que o problema foi resolvido – sussurrou ele para Amanda, com ar conspiratório. – Autorizei o funcionário a aceitar o livro na condição em que está... faremos o melhor possível para restaurá-lo. No entanto, insisti com a Sra. Sandby que ela deve tentar cuidar melhor dos empréstimos no futuro.

– Deveria ter sugerido que ela simplesmente parasse de empoar os cabelos – sussurrou Amanda de volta, e os dois compartilharam uma rápida risada.

Fretwell ofereceu o braço a Amanda.

– Permita-me acompanhá-la ao escritório do Sr. Devlin, Srta. Briars.

A ideia de rever Jack Devlin provocou em Amanda uma estranha mistura de prazer e ansiedade. A perspectiva de estar na presença dele a fazia se sentir curiosamente viva e agitada.

Ela endireitou os ombros e aceitou o braço de Fretwell.

– Sim, com certeza. Quanto mais rápido eu resolver o meu assunto com o Sr. Devlin, melhor.

Fretwell a encarou com um sorriso intrigado.

– Parece que a senhorita não gosta do Sr. Devlin.

– Não gosto. Acho o Sr. Devlin arrogante e manipulador.

– Ora. – Fretwell pareceu ponderar as palavras com cuidado. – Ele pode ser um pouco agressivo quando tem um objetivo em mente. No entanto, posso lhe garantir que não há patrão melhor em Londres. Ele é gentil com os amigos e generoso com todos que trabalham para ele. Recentemente ajudou um de seus romancistas a comprar uma casa, e está sempre disposto a arrumar entradas para o teatro, ou a encontrar um especialista quando um dos amigos está doente, ou a ajudá-los a encontrar um modo de resolver suas dificuldades...

Enquanto Fretwell continuava a elogiar o patrão, Amanda acrescentou mentalmente a palavra "controlador" à lista de adjetivos que aplicava a Devlin. É claro que o homem fazia todo o possível para manter os amigos e empregados em dívida com ele... assim, poderia usar isso a seu favor mais adiante.

– Por que e como o Sr. Devlin se tornou editor? – perguntou ela. – Ele não se parece nada com os outros editores que conheço. Com isso quero dizer que ele não se parece com o tipo de pessoa versada em livros.

Seguiu-se uma estranha hesitação, e Amanda viu pela expressão de Fretwell que havia uma história privada e interessante relacionada ao misterioso passado de Devlin.

– Talvez a senhorita deva perguntar isso a ele – disse Fretwell finalmente. – Mas posso lhe adiantar que ele tem um profundo amor pela leitura e o maior respeito pela palavra escrita. E uma grande habilidade para discernir os pontos fortes de um autor ou autora, assim como para encorajá-lo, ou encorajá-la, a explorar todo o seu potencial.

– Em outras palavras, para pressioná-los em busca de lucro – concluiu Amanda em tom irônico.

O sorriso de Fretwell tinha um toque de provocação.

– Certamente não faz objeções ao lucro, Srta. Briars.

– Apenas quando a arte é sacrificada em prol do comércio, Sr. Fretwell.

– Ah, acho que vai acabar descobrindo que o Sr. Devlin tem o maior respeito pela liberdade de expressão – apressou-se em dizer.

Eles seguiram até a parte de trás do prédio e subiram por uma escada iluminada por uma sucessão de claraboias. O interior da Devlin's parecia reproduzir o exterior no sentido de ser prático, mas atraente, muito bem decorado. Os vários cômodos pelos quais passaram eram aquecidos por lareiras ou aquecedores, todas as chaminés feitas de mármore estriado, os pisos cobertos por tapetes grossos. Sensível à atmosfera do lugar, Amanda percebeu que havia um ar geral de diligência alegre entre os funcionários nas salas de impressão e de encadernação.

Fretwell parou diante de uma porta com painéis particularmente elegantes e arqueou as sobrancelhas.

– Srta. Briars, gostaria de conhecer nossa coleção de livros raros?

Amanda assentiu e entrou na sala com ele. A porta se abriu para revelar um cômodo em que praticamente todas as paredes eram cobertas por estantes de mogno embutidas, fechadas por portas de correr de vidro. Sancas intrincadas adornavam o teto no estilo de um medalhão florido, combinando com o grosso tapete Aubusson que cobria o piso.

– Todos estes livros estão à venda? – perguntou Amanda em uma voz sussurrada, pois tinha a sensação de ter entrado na sala do tesouro de um rei.

Fretwell assentiu.

– Vai encontrar de tudo aqui, de antiguidades à zoologia. Temos uma ampla seleção de mapas antigos e cartas celestes, documentos e manuscritos originais... – Ele gesticulou ao redor, como se as extensas fileiras de livros fossem autoexplicativas.

– Adoraria me trancar aqui dentro por uma semana – comentou ela, impulsivamente.

Fretwell riu e guiou-a para fora. Eles subiram mais um lance de escada e chegaram a um conjunto de escritórios. Antes que Amanda tivesse a oportunidade de controlar uma súbita onda de nervosismo, Fretwell abriu uma porta de mogno e a impeliu gentilmente a entrar. De repente Amanda foi atingida por várias impressões... a escrivaninha enorme, a lareira de mármore também enorme ladeada por poltronas de couro, a elegância masculina do ambiente e o belo papel de parede de listras marrons. A luz do sol entrava por uma fileira de janelas altas e estreitas. A sala cheirava a couro e a pergaminho, com um leve toque do perfume terroso do tabaco.

– Finalmente.

Era a voz familiar de Devlin, com o toque de um sorriso, e Amanda percebeu que ele se divertia com o fato de ela ter ido vê-lo, no fim das contas. Mas ela não tivera escolha, não é mesmo?

Devlin se inclinou com um floreio cerimonioso e zombeteiro e abriu um sorriso enquanto a examinava com seus olhos azuis.

– Minha cara Srta. Briars – disse ele, de um modo que conseguia roubar toda a sinceridade das palavras –, nunca passei uma manhã tão longa como esta, aguardando sua chegada. Mal consegui me conter para não esperá-la na rua.

Ela o encarou com severidade.

– Bem, espero conduzir nossos negócios o mais rápido possível e ir embora o quanto antes.

Devlin sorriu como se a declaração dela tivesse sido sagaz e não ríspida.

– Venha se sentar perto do fogo – convidou.

O fogo generoso atrás da tela de ferro dourado realmente parecia convidativo. Depois de tirar o chapéu e a capa e de entregá-los a Oscar Fretwell, Amanda se acomodou em uma poltrona de couro.

– Aceitaria tomar alguma coisa? – perguntou Devlin, muito solícito e charmoso. – Costumo pedir café a essa hora.

– Prefiro chá – disse ela secamente.

Devlin olhou para Fretwell com os olhos azuis cintilando.

– Chá e biscoitos – informou ele ao gerente, que saiu prontamente, deixando-os a sós.

Discretamente, Amanda olhou de relance para o anfitrião e sentiu as palmas das mãos ficarem úmidas dentro das luvas de couro. Era indecente que um homem fosse tão espetacularmente belo, com aqueles olhos ainda mais exóticos do que ela se lembrava, os cabelos pretos cortados, apenas uma leve ondulação marcando as mechas pesadas. Parecia estranho que um homem tão grande e obviamente forte pudesse gostar tanto de livros. Ele não parecia ser do tipo intelectual, também não parecia estar em seu habitat no confinamento de um escritório, mesmo em uma sala grande como aquela.

– Seu estabelecimento é impressionante – disse ela. – Sem dúvida escuta isso de todos.

– Obrigado. Mas o lugar não é nada perto do que virá a ser. Estou apenas começando.

Ele se sentou ao lado dela, esticou as pernas longas diante do corpo e fitou as pontas bem engraxadas dos sapatos pretos. Devlin estava tão bem vestido quanto na noite da véspera, com um paletó simples, mas elegante, a barra reta e calça combinando, em lã cinza.

– E quanto mais ainda pretende expandir? – perguntou ela, curiosa com o que mais ele poderia querer.

– Esse ano vou abrir meia dúzia de lojas por todo o país. Em dois anos pretendo triplicar esse número. Pretendo comprar todos os jornais que valham a pena, e várias revistas também.

Dificilmente escaparia a Amanda que realizar esses objetivos daria a ele, como consequência, um considerável poder político e social. Ela encarou o homem ainda jovem e de rosto severo diante dela com certo fascínio.

– O senhor é bastante ambicioso – comentou.

Devlin deu um sorrisinho.

– E a senhorita não?

– Não, nem um pouco. – Ela parou para considerar o assunto com cuidado. – Não tenho aspirações de ser muito rica ou influente. Quero apenas ter estabilidade e me sentir confortável e, talvez algum dia, alcançar um certo nível de competência.

Ele ergueu ligeiramente as sobrancelhas.

– Não acredita em sua competência no momento?

– Ainda não. Vejo muitos defeitos no meu trabalho.

– Eu não vejo nenhum – comentou ele em voz baixa.

Amanda não conseguiu controlar o rubor que coloriu sua pele quando seu olhar foi capturado pelo dele, muito firme. Ela respirou fundo e se esforçou para manter o controle.

– Pode me elogiar quanto quiser, Sr. Devlin. Isso não vai me abrandar nem um pouco. Meu único propósito aqui hoje é informar que nunca terá sucesso em seu plano de publicar *Uma dama incompleta*.

– Antes de me rejeitar categoricamente – sugeriu ele com gentileza –, por que não me escuta? Tenho uma oferta que talvez ache interessante.

– Pois bem.

– Quero publicar *Uma dama incompleta* como um folhetim.

– Um *folhetim* – repetiu Amanda, incrédula. Ela se sentiu insultada pela ideia, já que os folhetins eram universalmente conhecidos como obras de qualidade e importância muito mais baixa do que um romance-padrão em três volumes. – Não acredito que você esteja realmente pretendendo publicar um livro meu em edições mensais baratas, como se fosse uma de suas revistas!

– E depois que a última dessas edições for publicada – continuou Devlin sem se deixar abalar – vou publicar seu livro de novo, dessa vez como uma obra em três volumes, encadernada em tecido, com ilustrações de página inteira, xilogravuras e borda dourada.

– Então por que não faz apenas isso? Não sou uma escritora de folhetins, Sr. Devlin, nem jamais aspirei ser.

– Sim, eu sei. – Embora parecesse relaxado, Devlin, se inclinou para a frente na cadeira e encarou-a com os olhos azuis cintilando, ardentes e cheios de energia. – Não posso culpar você por reagir dessa forma, porque poucos folhetins que eu já li tinham a qualidade necessária para capturar o interesse do público. E é necessário um estilo particular para esse tipo de literatura... cada capítulo tem que ser independente, com uma conclusão que deixe suspense no ar e faça os leitores ansiarem pela edição do mês seguinte. Não é uma tarefa fácil para um autor.

– Não consigo ver como *Uma dama incompleta* se encaixaria nessa descrição – declarou Amanda, franzindo o cenho.

– Mas se encaixa. O livro poderia facilmente ser dividido em capítulos de trinta páginas, tem picos dramáticos suficientes para tornar cada edição interessante. E com relativamente pouco trabalho, a senhorita e eu poderíamos ajustar essa obra para que se adeque à estrutura folhetinesca.

– Sr. Devlin – disse Amanda em um tom brusco –, além da minha *completa* falta de interesse em ser conhecida como autora desse gênero, não me anima nem um pouco a perspectiva de tê-lo como editor. Além disso, não estou disposta a perder o meu tempo revisando um romance pelo qual recebi meras dez libras.

– Ah, sim, é claro.

Antes que Devlin pudesse continuar, o Sr. Fretwell entrou na sala com uma bandeja de chá.

Depois de pousá-la em uma mesinha ao lado da poltrona de Amanda, Fretwell serviu o chá em uma xícara de porcelana de Sèvres e indicou um prato com seis biscoitos pequenos e perfeitos. Os grãos cintilantes de açúcar em cima de cada biscoito eram um convite.

– Experimente um, Srta. Briars – convidou ele.

– Obrigada, mas não – disse Amanda com tristeza, e sorriu para Fretwell, que se inclinou para cumprimentá-la e saiu da sala mais uma vez.

Ela tirou as luvas com cuidado e pousou-as no braço da poltrona. Então se serviu de leite e açúcar e deu um gole cuidadoso no chá. Era suave e delicioso, e Amanda pensou em como seria bom comer um biscoito para acompanhá-lo. No entanto, com um metabolismo lento como o dela, um bombom ou uma tortinha a mais pareciam bastar para que todas as roupas já ficassem mais apertadas no dia seguinte. O único modo de manter a cintura relativamente fina era evitar doces e fazer caminhadas enérgicas com frequência.

Era enlouquecedor, mas o homem ao seu lado parecia ler seus pensamentos.

– Prove um biscoito – disse lentamente. – Se está preocupada com a silhueta, posso lhe assegurar que a senhorita é esplêndida de todos os ângulos. Eu, mais do que qualquer pessoa, sei disso perfeitamente.

Amanda se viu dominada por uma mistura de embaraço e irritação.

– Estava me perguntando quanto tempo demoraria até que o senhor introduzisse o desagradável assunto daquela noite!

Ela pegou um biscoito mordeu com força e o encarou com raiva.

Devlin sorriu, apoiou os cotovelos nos joelhos e devolveu o olhar com intensidade.

– Desagradável de forma alguma.

Amanda mastigou o biscoito com determinação e quase engasgou ao engolir o chá quente.

– Sim, foi! Eu fui enganada e molestada, e adoraria esquecer tudo o que aconteceu.

– Ah, pois saiba que não vou deixar que esqueça – garantiu ele. – Mas quanto a ter sido molestada... fala como se eu a tivesse emboscado em um beco escuro. Fui encorajado em quase cada passo do caminho.

– O senhor não era o homem que eu achei que fosse! E pretendo descobrir exatamente por que a Sra. Bradshaw, essa ardilosa, mandou o *senhor* em vez do homem que solicitei. Assim que sair daqui, vou até ela exigir uma explicação.

– Pode deixar que eu mesmo farei isso. – Embora o tom dele fosse casual, estava claro que Devlin não deixaria espaço para discussão. – Eu planejava mesmo visitar a Sra. Bradshaw hoje. Não há razão para que a senhorita arrisque a sua reputação sendo vista no estabelecimento dela. E, de qualquer modo, ela estará mais disposta a explicar a mim do que jamais estaria à senhorita.

– Eu já sei o que ela vai dizer. – Amanda manteve os dedos ao redor da xícara quente de chá. – Ela claramente estava se divertindo às nossas custas.

– Vamos ver.

Devlin se levantou e afastou a grade dourada da lareira, então, com o atiçador de ferro, rearrumou a lenha com alguns cutucões hábeis. O fogo despertou novamente e o ambiente voltou a ficar prazerosamente aquecido.

Amanda ficou olhando para ele, fascinada. Sob a luz intensa do fogo, parecia que a confiança tranquila de Devlin era equilibrada por algo que ela ainda não vira nele antes: uma tenacidade sem limites. Ela percebeu que Devlin era o tipo de homem capaz de argumentar, adular, elogiar, talvez até ameaçar e intimidar, qualquer um que se colocasse em seu caminho. Meio-irlandês, sem berço, apesar da aparência e da boa criação... certamente não fora fácil chegar ao nível de sucesso que ele tinha no momento. Devlin certamente trabalhara e se sacrificara muito. Se ao menos ele não fosse um canalha tão irritante, tão arrogante, ela teria encontrado muitos motivos para admirá-lo.

– Meras dez libras – disse ele, voltando à discussão anterior sobre o pagamento que Amanda recebera pelo romance não publicado. – E um acordo régio caso o livro algum dia fosse publicado?

Amanda lançou a ele um sorriso sarcástico e deu de ombros.

– Ora, eu sabia que havia pouca chance de receber alguma coisa. Nós autores não temos como fazer um editor prestar contas de suas despesas. Eu sinceramente esperava que o Sr. Steadman alegasse que não tivera lucro, não importava como tivessem sido as vendas.

O rosto de Devlin subitamente ficou sem expressão.

– Dez libras não é uma soma ruim para um primeiro romance. No entanto, seu trabalho agora vale muito mais do que isso. Obviamente não posso esperar contar com a sua cooperação a menos que lhe ofereça um pagamento adequado por *Uma dama incompleta*.

Amanda se serviu de mais chá, fazendo o possível para parecer totalmente desinteressada no assunto.

– Eu me pergunto que soma o senhor consideraria "adequada"...

– Bem, pretendendo ser justo e estabelecer uma relação de trabalho amigável, estou disposto a pagar cinco mil libras pelo direito de publicação de *Uma dama incompleta* nos termos que expliquei: primeiro como folhetim, depois em uma edição em três volumes. E em vez de dividir seu pagamento em somas mensais a cada publicação, vou pagar adiantado. – Ele arqueou a sobrancelha escura, em uma expressão indagadora. – O que acha?

Amanda quase deixou a colher cair. Ela serviu desajeitadamente um pouco mais de açúcar no chá, e mexeu, hesitante, enquanto sentia o cérebro ferver. Cinco mil... era quase o dobro do que recebera pelo último romance que vendera. E no caso da Devlin's, o pagamento seria por um trabalho que já estava praticamente pronto.

Ela sentiu o coração disparar. A oferta parecia boa demais para ser verdade... a não ser pelo risco de que perdesse grande parte do prestígio que tinha se o romance fosse vendido como folhetim.

– Acho que vale a pena levar em consideração a sua oferta – disse ela, cautelosa –, embora não goste da ideia de ser conhecida como uma romancista de folhetim.

– Então me permita fornecer alguns números que podem ajudá-la a pensar, Srta. Briars. Estimo que tenha vendido cerca de três mil exemplares de seu último romance.

– Três mil e quinhentos – corrigiu Amanda, ligeiramente na defensiva.

Devlin assentiu, dando um sorriso de canto.

– São números impressionantes para um livro em três volumes. No entanto, se me permitir publicar essa obra em um folhetim de um xelim, vamos começar com uma impressão de dez mil unidades, e espero sinceramente dobrar isso no mês seguinte. No último episódio, imagino estar imprimindo cerca de sessenta mil cópias. Não, Srta. Briars, não estou brincando... sempre falo sério em matéria de negócios. Com certeza já ouviu falar do jovem Dickens, o repórter do *Evening Chronicle*? Ele e seu editor, Bentley, estão vendendo pelo menos cem mil cópias por mês de *As aventuras do Sr. Pickwick*.

– Cem mil... – repetiu Amanda, sem se importar em disfarçar o espanto.

É claro que ela e todas as pessoas do meio literário de Londres sabiam quem era o Sr. Charles Dickens, já que seu romance, *Pickwick* havia encantado o público com sua vivacidade e humor. Cada capítulo do folhetim era disputado freneticamente por representantes de livreiros no último dia de cada mês – quando os folhetins eram entregues para serem preparados para publicação, o chamado *Magazine Day* –, enquanto pelas tabernas e cafeterias as pessoas comentavam e trocavam citações. Os comerciantes mantinham cópias de *Pickwick* atrás dos balcões para lerem entre um cliente e outro. Estudantes enfiavam as edições entre as páginas dos livros de gramática, apesar dos castigos severos, com palmatória, que receberiam caso a transgressão fosse descoberta. No entanto, apesar da empolgação do público com *Pickwick*, Amanda não imaginara que as vendas de Dickens fossem tão altas.

– Sr. Devlin – disse ela em tom pensativo –, nunca fui acusada de modéstia, falsa ou não. Sei que possuo certa habilidade enquanto autora. Mas meu trabalho não pode ser comparado ao do Sr. Dickens. Meu texto não tem o mesmo humor, não sou capaz de imitá-lo e...

– Não quero que imite ninguém. Quero publicar um folhetim escrito no *seu* estilo, Srta. Briars... algo mais reflexivo, mais romântico. Eu prometo que o público vai acompanhar *Uma dama incompleta* com a mesma fidelidade com que lê os folhetins de humor.

– O senhor não pode garantir uma coisa dessas – falou Amanda.

Os dentes muito brancos de Devlin cintilaram em um súbito sorriso.

– Não. Mas estou disposto a assumir o risco, se a senhorita também estiver. Seja a empreitada bem-sucedida ou não, Srta. Briars, o dinheiro estará em seu bolso... e então você estará livre para passar o resto da vida escrevendo romances de três volumes se assim quiser.

Ele surpreendeu Amanda ao se inclinar por cima dela, apoiando as mãos nos braços da poltrona. Isso a impossibilitou de se levantar, se quisesse, sem encostar o corpo ao dele. Amanda sentiu as pernas de Devlin roçarem a frente de suas saias.

– Aceite, Amanda – disse ele em tom persuasivo. – Você não vai se arrepender.

Ela se encostou com força na poltrona. Os olhos irresistíveis de Devlin se destacavam naquele rosto de tamanha perfeição e beleza masculina que deveria ter saído de uma pintura, de uma escultura. Não havia nada de aristocrático na aparência dele. Devlin possuía uma naturalidade, uma sensualidade, que eram impossíveis de ignorar. Se guardava qualquer semelhança com um anjo, deveria ser com um anjo caído.

O corpo inteiro de Amanda parecia pulsar. Ela sentiu o perfume inebriante que sua pele exalava, aquele cheiro másculo que estaria para sempre marcado em sua memória. Era difícil pensar com clareza quando tudo o que ela desejava era erguer o corpo contra o dele e deslizar a mão por debaixo de suas roupas. Em algum lugar no fundo da mente, Amanda percebeu com um misto de desespero e ironia que o encontro com ele não adiantara de absolutamente nada para calar a carência física que a consumia.

Se aceitasse a oferta, teria que vê-lo, falar com ele, e de algum modo conseguir disfarçar as reações traiçoeiras de seu corpo a ele. Nada era mais lamentável, mais risível, do que uma solteirona sexualmente frustrada perseguindo um homem bonito – um arquétipo-padrão nas peças e livros de comédia. Ela não se colocaria nessa posição.

– Lamento, mas não posso – disse Amanda, com a intenção de usar um tom firme de recusa. No entanto, sua voz saiu irritantemente ofegante. Ela tentou desviar o olhar, mas com Devlin parado acima dela, parecia que seu rosto e seu corpo ocupavam todo o campo de visão. – Eu... sinto certa lealdade em relação ao meu atual editor, o Sr. Sheffield.

A risada baixa de Devlin não foi nada lisonjeira.

– Acredite em mim – zombou ele –, Sheffield sabe muito bem que não deve confiar na lealdade de um autor. Ele não ficará surpreso com a sua deserção.

Amanda o encarou com severidade.

– Está sugerindo que eu posso ser comprada, Sr. Devlin?

– Ora, sim, Srta. Briars, acho que estou.

Ela teria adorado provar que ele estava errado, mas cinco mil libras era uma proposta tentadora demais... Amanda franziu a testa.

– E o que pretende fazer se eu declinar da sua oferta? – perguntou.

– Vou publicar o livro de qualquer modo, honrando o acordo régio que a senhorita tinha com Steadman. Seja como for, vai ganhar dinheiro, pesseguinha. Mas nada parecido com o que receberá se aceitar a minha proposta.

– E quanto a sua ameaça de contar a todos sobre aquela noite em que nós... – As palavras se embolaram e ficaram presas em um nó na garganta de Amanda. Ela engoliu em seco e continuou: – Ainda pretende me chantagear com o fato de que nós dois...

– Quase fizemos amor? – sugeriu ele, prestativo, encarando-a de um modo que fez o rosto dela arder.

– Aquilo não tem nada a ver com amor – retrucou ela.

– Talvez não – reconheceu ele, e riu baixinho. – Mas não vamos baixar as negociações a esse nível, Srta. Briars. Por que simplesmente não aceita a minha oferta e me poupa de ter que recorrer a medidas desesperadas?

Amanda abriu a boca para fazer outra pergunta quando a porta subitamente vibrou com o impacto de um punho, ou talvez de uma bota.

– Sr. Devlin – chamou a voz abafada de Oscar Fretwell. – Sr. Devlin, não estou conseguindo... *ai!*

Atrás da porta claramente se dava algum tipo de embate físico. O sorriso de Devlin desapareceu e ele se virou para Amanda com um olhar severo.

– Mas que diabo...? – murmurou.

E então seguiu às pressas até a porta de mogno e parou de repente quando ela se abriu de supetão, revelando um cavalheiro grande, de expressão furiosa, com as roupas elegantes em desalinho e a peruca marrom torta. O cheiro forte de bebida alcóolica o acompanhou, bastante evidente mesmo de onde Amanda estava sentada. Ela torceu o nariz e se perguntou como um homem poderia já ter bebido tanto ainda no começo do dia.

– *Devlin* – rugiu o homem, a papada corpulenta se agitando com a intensidade de sua ira –, agora você está encurralado como uma raposa e não vai conseguir escapar de mim! Agora você vai me pagar pelo que fez!

Logo atrás dele, Fretwell tentava se livrar do companheiro musculoso do homem, que parecia ser uma espécie de capanga contratado.

– Sr. Devlin – disse Fretwell, quase sem ar –, cuidado. Esse é lorde Tirwitt... aquele que... bem, ele julga ter sido difamado no livro da Sra. Bradshaw...

Tirwitt bateu com a porta na cara de Fretwell e se virou na direção de Devlin, brandindo uma pesada bengala de prata. Com certa dificuldade, pressionou uma trava escondida no cabo da bengala e uma lâmina de corte duplo se projetou na outra extremidade, convertendo a bengala em uma arma letal.

– Seu demônio dos infernos – disse Tirwitt, furioso, os olhos pequenos e escuros ardendo no rosto vermelho. – Vou me vingar de você e daquela megera maldosa que é a Sra. Bradshaw. Para cada palavra que publicou sobre mim, vou arrancar um pedaço seu e jogar aos...

– Lorde Tirwitt, certo? – O olhar de Devlin estava fixo no rosto inchado do homem. – Se abaixar essa maldita bengala, vamos discutir o problema como dois seres racionais. Caso ainda não tenha notado, há uma dama presente. Vamos deixá-la ir embora, então...

– Qualquer mulher em sua companhia certamente não é uma dama – desdenhou Tirwitt, gesticulando loucamente com a bengala letal. – Eu não a colocaria um nível acima de Gemma Bradshaw, aquela meretriz.

Uma expressão de frieza assassina tomou conta do rosto de Devlin, e ele se adiantou, parecendo nem um pouco preocupado com a ameaça da arma.

Amanda se apressou a intervir.

– Sr. Devlin – disse, bruscamente –, estou achando impressionante essa interpretação. Isso tudo é algum tipo de teatro para me convencer a assinar o contrato? Ou tem mesmo o hábito de receber loucos em seu escritório?

Como Amanda pretendia, a atenção de Tirwitt se voltou para ela.

– Se me acha louco – balbuciou ele –, é porque arrancaram a minha vida dos trilhos. Virei motivo de chacota por causa do monte de mentiras e fantasias cruéis que esse desgraçado publicou. Arruinar a vida das pessoas por dinheiro... pois bem, chegou a hora de receber seu merecido castigo!

– Seu nome não é mencionado em momento algum no livro da Sra. Bradshaw – retrucou Devlin, muito calmo. – Todos os personagens têm nomes fictícios.

– Detalhes da minha vida pessoal foram vergonhosamente expostos... o bastante para deixar bem clara a minha identidade. Minha esposa me deixou, meus amigos me abandonaram... tudo com o que me importava foi arrancado de mim. – Tirwitt respirava pesadamente, a fúria cada vez maior. – Agora não tenho nada a perder – murmurou. – E vou levar você para o inferno comigo, Devlin.

– Quanta besteira – interrompeu Amanda secamente. – Atacar alguém dessa maneira... é um absurdo, milorde. Nunca presenciei um comportamento mais ultrajante... Ora, eu mesma me sinto tentada a colocá-lo em um dos meus livros.

– Srta. Briars – falou Devlin com cautela –, esse seria um bom momento para ficar de boca fechada. Eu já estou lidando com o assunto.

– Não há nada com que lidar! – gritou Tirwitt, e atacou como um touro ferido, brandindo a bengala em um breve arco. Devlin pulou para o lado, mas não antes de a lâmina atravessar o tecido do colete e da camisa.

– Vá para trás da escrivaninha – disse Devlin rispidamente para Amanda.

Em vez disso, ela se encostou à parede e ficou observando a cena, fascinada. A lâmina devia ser extremamente afiada, pensou, para ter cortado com tanta facilidade duas camadas de roupa. Uma mancha carmim rapidamente ensopou o tecido, mas Devlin pareceu alheio ao ferimento em seu abdômen enquanto rodeava a sala com cautela.

– Vejo que já defendeu seu ponto de vista – disse, em voz baixa, os olhos fixos nos do outro homem. – Agora abaixe essa coisa, ou logo o senhor vai estar dentro de uma cela na Bow Street.

Avistar o sangue de Devlin pareceu despertar em lorde Tirwitt o desejo por mais.

– Eu estou apenas começando – disse em tom ardente. – Vou trinchar você como um ganso de Natal antes que destrua mais vidas. O povo vai me agradecer.

Devlin saltou para trás com uma agilidade impressionante quando a bengala letal assoviou mais uma vez pelo ar, errando-o por pouco.

– O povo também vai gostar de ver você pendurado ao vento... um bom enforcamento sempre faz sucesso, não é mesmo?

Amanda estava impressionada com a presença de espírito de Devlin em um momento como aquele. No entanto, lorde Tirwitt claramente estava enlouquecido demais para se preocupar com as consequências de suas ações. Então continuou a pressionar, aproveitando a vantagem que tinha, a bengala assoviando e avançando no ar, enquanto tentava despojar Devlin de uma parte ou outra de sua anatomia. Devlin encostou na escrivaninha, sentiu a beirada do tampo contra a parte de trás dos quadris e pegou um dicionário encadernado em couro para usar como escudo. A lâmina rasgou a capa com precisão, e Devlin atirou o volume pesado em cima do oponente. Lorde Tirwitt virou o corpo de lado e aparou o golpe com força no ombro. Deixou escapar um urro enfurecido enquanto absorvia a dor, então avançou para Devlin com a bengala mais uma vez erguida.

Enquanto os dois homens lutavam, Amanda olhava desesperadamente ao redor da sala, até seu olhar pousar nas pás de ferro para manutenção da lareira.

– Excelente – murmurou para si mesma e correu para pegar um longo atiçador com o punho de latão.

Lorde Tirwitt estava ocupado demais em sua tentativa de assassinato para reparar em Amanda se aproximando por trás. Ela segurou o atiçador com ambas as mãos, ergueu o porrete improvisado e abaixou-o com a força que considerou necessária, mirando na nuca do homem. A intenção era deixá-lo inconsciente sem matá-lo. No entanto, como não tinha experiência ou habilidade na arte do combate, Amanda não bateu com força o bastante. Foi uma sensação curiosa, acertar o crânio de um homem com um atiçador de fogo. As mãos dela reverberaram com o baque estranho e nauseante da pancada. Para consternação de Amanda, lorde Tirwitt se virou para encará-la com uma expressão de espanto no rosto contorcido. A ponta afiada da bengala vacilou nas mãos gordas. Amanda bateu de novo, dessa vez na testa, e se encolheu quando acertou o alvo.

Lorde Tirwitt desabou lentamente no chão, de olhos fechados. Amanda soltou o atiçador na mesma hora e ficou parada, um pouco zonza. Devlin se agachou perto do homem caído.

– Eu o matei? – perguntou ela com a voz trêmula.

Capítulo 5

– Não, a senhorita não o matou – respondeu Devlin. – É uma pena, mas ele está vivo.

Ele passou por cima do homem inconsciente, foi rapidamente até a porta e abriu-a, avistando o capanga com uma expressão de expectativa no rosto. Antes que o homem pudesse reagir, Devlin acertou um soco violento na altura de seu estômago que o fez dobrar o corpo e desabar no chão.

– Fretwell – chamou Devlin, em um tom tão comedido que até seria possível pensar que ele estava chamando o funcionário para pedir outra bandeja de chá. – Fretwell, onde está você?

O gerente apareceu em menos de um minuto, ligeiramente ofegante, e ficou claramente aliviado ao ver que o patrão estava bem. Logo atrás dele vinha uma dupla de rapazes robustos e musculosos.

– Acabei de mandar um mensageiro à Bow Street – disse Fretwell, arfando –, e trouxe esses dois rapazes do estoque para me ajudarem a despachar esse... – Ele olhou com desprezo para o capanga. – Esse verme – completou com uma careta.

– Obrigado – respondeu Devlin com ironia. – Bom trabalho, Fretwell. Mas parece que a Srta. Briars já tinha a situação sob controle.

– A Srta. Briars? – O gerente lançou um olhar espantado para Amanda, que estava parada acima do corpo caído de Tirwitt. – Não está querendo dizer que ela...?

– Arrancou os miolos dele? – completou Devlin, e de repente os cantos de sua boca se moveram em um sorriso.

– Antes que continue a se divertir às minhas custas – falou Amanda –, é melhor cuidar desse ferimento, Sr. Devlin, antes que sangre até a morte bem na nossa frente.

– Meu Deus! – exclamou Fretwell, ao perceber a mancha de sangue se espalhando pelo colete de riscas cinza de Devlin. – Eu não percebi que esse louco feriu o senhor. Vou mandar chamar um médico!

– Foi só um arranhão – disse Devlin, tranquilo. – Não preciso de médico.

– Acho que precisa, sim. – O rosto de Fretwell ficou muito pálido enquanto ele olhava para a roupa ensopada de sangue.

– Vou dar uma olhada no ferimento – disse Amanda com firmeza. Depois de todos os anos que passara cuidando de doentes, sangue era uma coisa que não a abalava. – O Sr. Fretwell precisa supervisionar enquanto os rapazes levam lorde Tirwitt embora. Pode deixar que eu cuido do ferimento. – Ela encarou os olhos muito azuis. – Tire o paletó, por favor, e sente-se.

Devlin obedeceu, encolhendo-se ao tirar os braços das mangas do paletó. Amanda se adiantou para ajudá-lo, imaginando que àquela altura a ferida da facada na lateral do corpo estaria começando a arder como fogo. Mesmo se fosse um mero arranhão, precisava ser higienizado. Só Deus sabia que outros usos aquela ponta afiada já tivera naquele dia.

Amanda pegou o paletó e dobrou-o com cuidado, colocando-o em seguida nas costas de uma cadeira. A lã ainda guardava o calor e o perfume do corpo dele. O efeito dessa fragrância era inexplicavelmente atraente, quase narcótico e, por um instante de irracionalidade, Amanda se sentiu tentada a enterrar o rosto nas dobras do tecido e se intoxicar.

A atenção de Devlin estava concentrada nos rapazes que se esforçavam para carregar o corpo inerte de Tirwitt para fora do escritório. O homem, aliás, gemia em protesto, e a expressão no rosto de Devlin era de uma satisfação maligna.

– Espero que o desgraçado acorde com uma dor de cabeça dos infernos – murmurou. – Espero que ele...

– Sr. Devlin – interrompeu Amanda, enquanto o empurrava para trás até que ele estivesse encostado na beirada da escrivaninha de mogno –, controle-se. Tenho certeza de que possui um arsenal impressionante de palavras de baixo calão, mas não tenho vontade alguma de ouvir nenhuma delas.

Os dentes muito brancos de Devlin cintilaram em um breve sorriso. Ele então permaneceu imóvel enquanto ela desamarrava a gravata de seda cinza, os dedos pequenos desfazendo o nó simples. Deixando de lado a seda quente, Amanda começou a desabotoar a camisa dele, desconfortavelmente consciente do modo como Devlin a observava. Os olhos azuis transbordavam de uma mistura de ardor e zombaria, não deixando dúvidas de que ele estava se divertindo muitíssimo com a situação.

Devlin esperou até que todos os outros homens estivessem fora da sala, antes de falar:

– Você parece ter uma inclinação por me despir, Amanda.

Ela parou no terceiro botão da camisa, e seu rosto estava em chamas quando se forçou a encontrar diretamente o olhar dele.

– Não confunda a minha compaixão por uma criatura ferida com qualquer tipo de interesse pessoal, Sr. Devlin. Certa vez precisei fazer um curativo na pata de um vira-lata que encontrei no vilarejo. Coloco o senhor na mesma categoria.

– Meu anjo de misericórdia – murmurou Devlin com os olhos dançando, travessos. E então permaneceu em obediente silêncio enquanto Amanda continuava a desabotoar sua camisa.

Ela ajudara o pai enfermo a se vestir e a se despir muitas vezes, e não era nada pudica em relação a essas questões. No entanto, uma coisa era ajudar um parente inválido, outra completamente diferente era tirar a roupa de um homem jovem e saudável.

Amanda ajudou-o a despir o colete manchado de sangue e terminou de abrir as fileiras de botões da camisa até que estivesse com as abas totalmente afastadas. A cada centímetro de pele exposta, Amanda sentia o rosto mais quente.

– Pode deixar que eu mesmo faço isso – disse Devlin, tornando-se inesperadamente brusco quando Amanda estendeu a mão para as abotoaduras nos punhos da camisa. Ele então as abriu com destreza, mas estava claro que o ferimento causava incômodo. – Maldito Tirwitt – grunhiu. – Se essa coisa infeccionar, vou atrás dele e...

– Não vai infeccionar – afirmou Amanda. – Vou limpar muito bem e fazer um curativo. E em um ou dois dias o senhor vai poder voltar às suas atividades normais.

Ela afastou a camisa dos ombros largos e a pele dourada cintilou sob a luz do fogo. Então, enrolou a camisa manchada e usou-a para secar o ferimento. Era um corte de cerca de vinte centímetros, na lateral esquerda do corpo, bem abaixo das costelas. Embora estivesse feio, de fato tinha sido só um arranhão, como Devlin dissera. Amanda pressionou a camisa com firmeza sobre o corte e a manteve ali.

– Cuidado – disse ele baixinho. – Vai estragar o seu vestido.

– É só lavar – retrucou ela, despreocupada. – Sr. Devlin, por acaso guarda alguma espécie de bebida alcóolica por aqui? Conhaque, talvez?

– Uísque. No armário pequeno perto da estante. Mas por que, Srta. Briars? Está sentindo necessidade de se fortificar diante da visão do meu corpo nu?

– Seu arrogante insuportável – falou Amanda, embora não conseguisse disfarçar um sorriso súbito ao encarar os olhos provocantes dele. – A ideia é usar o álcool para limpar o ferimento.

Ela continuou pressionando a camisa enrolada contra o abdômen de Devlin, tão próxima que o joelho dele estava perdido em algum lugar entre o volume de saias farfalhantes. Devlin permaneceu imóvel, encostado à escrivaninha, sem fazer qualquer esforço para tocá-la. Era desconfortável a visão da calça de lã cinza esticada sobre as coxas dele, acompanhando a definição firme dos músculos. Como se para demonstrar que não representava qualquer ameaça, Devlin inclinou o corpo ligeiramente para trás, as mãos grandes segurando na beirada da escrivaninha, o corpo relaxado e imóvel.

Amanda tentou não encará-lo, mas sua curiosidade irritante não tinha limites. Devlin era esguio e musculoso como o tigre dourado de listras negras que ela vira em exibição no jardim zoológico do parque. Sem roupa, ele parecia ainda maior, os ombros largos e o torso longo assomando sobre ela. Seu tônus era denso e firme, a pele parecia dura e sedosa ao mesmo tempo. O abdômen era coberto por fileiras de músculos. Amanda vira estátuas e ilustrações do corpo masculino, mas nenhuma jamais evocara aquela sensação de calor, de vitalidade e força, de virilidade potente.

E, por alguma razão, as interpretações artísticas haviam omitido alguns detalhes fascinantes, tais como tufos de pelos negros embaixo dos braços, os bicos pequenos e escuros dos mamilos, e a faixa de pelos crespos que começava logo abaixo do umbigo e desparecia para dentro da calça.

Amanda se lembrou do calor impressionante da pele de Devlin, a sensação de pressionar os seios contra a firmeza daquele corpo másculo. Antes que ele pudesse perceber o súbito tremor das mãos dela, Amanda se afastou e foi até o armário atrás da escrivaninha. Encontrou ali uma garrafa de cristal cheia de um líquido âmbar e perguntou:

– É uísque? – perguntou Amanda, ao que Devlin assentiu. Ela ficou olhando com curiosidade para a garrafa. Os cavalheiros com que convivia bebiam vinho do porto, xerez, Madeira e conhaque, mas aquela bebida em particular lhe era desconhecida. – O que exatamente é uísque?

– Uma bebida alcóolica feita de malte de cevada – respondeu Devlin em uma voz tranquila. – A senhorita poderia me servir um copo.

– Não está um pouco cedo para isso? – perguntou Amanda, incrédula, enquanto pegava um lenço dentro da manga.

– Sou irlandês – lembrou ele. – Além do mais, foi uma manhã difícil.

Amanda serviu cuidadosamente um dedo da bebida em um copo e umedeceu o lenço com uma generosa quantidade dela.

– Sim, eu vou... – começou a dizer, mas calou-se ao voltar os olhos para ele outra vez.

De onde estava, parada atrás da escrivaninha, Amanda via perfeitamente as costas nuas de Devlin, e a visão foi inesperadamente espantosa. A superfície larga, que se estreitava até a cintura, era musculosa e bem-desenvolvida, exalava força. No entanto, a pele era cheia de marcas indistintas, frutos de algum trauma bem antigo... cicatrizes deixadas por espancamentos brutais. Havia até algumas com contornos esbranquiçados, que contrastavam com o tom escuro da pele.

Devlin olhou por cima do ombro, curioso com o súbito silêncio dela. A princípio, a expressão nos olhos azuis era questionadora, mas, quase no mesmo instante, ele pareceu se dar conta do que Amanda vira. Então sua expressão tornou-se fria e reservada e os ombros ficaram visivelmente tensos. Uma das sobrancelhas se arqueou ligeiramente, e Amanda ficou surpresa com a expressão orgulhosa, quase aristocrática. Em silêncio, Devlin a desafiava a comentar sobre um assunto que era claramente proibido.

Amanda se obrigou a manter o rosto inexpressivo e tentou se lembrar de quais tinham sido as últimas palavras dele... algo sobre uma manhã difícil.

– Tudo bem – falou ela, tranquila, dando a volta na mesa com o copo de uísque na mão –, entendo que não esteja acostumado a ter alguém tentando matá-lo em seu escritório.

– Não literalmente – retrucou ele, irônico.

Devlin pareceu relaxar quando percebeu que Amanda não ia perguntar sobre as cicatrizes. Ele aceitou o copo de uísque e tomou a bebida em um só gole.

Ela ficou fascinada com o movimento do pescoço longo. Sentia vontade de tocar a carne quente ali, de tocar com a boca a depressão triangular na base. Em um esforço para se controlar, Amanda cerrou o punho livre. Santo Deus, precisava aprender a controlar aqueles anseios!

Devlin deixou o copo de lado e virou o olhar atento para ela.

– Na verdade – murmurou ele –, a parte difícil não foi a interrupção de lorde Tirwitt. O meu maior problema esta manhã tem sido manter as mãos longe de você.

A declaração não foi exatamente cortês, mas teve efeito imediato. Amanda piscou algumas vezes, surpresa. Então, estendeu a mão com cuidado, afastou a camisa manchada de sangue e passou o lenço molhado com uísque no corte.

Devlin deu um leve sobressalto ao sentir o ardor, e sua respiração saiu sibilante. Amanda voltou a umedecer gentilmente o corte. Ele xingou com força e afastou o corpo do tecido embebido em uísque.

Amanda continuou a limpar o corte.

– Nos meus livros – disse ela em tom casual –, o herói faria pouco caso da dor, por maior que fosse.

– Pois bem, não sou herói – grunhiu ele –, e isso dói para diabo! Maldição, mulher! Não pode ser um pouco mais gentil?

– Bem, suas proporções físicas são heroicas – observou Amanda. – No entanto, parece que a estatura do seu caráter é menos impressionante.

– Ora, nem todos somos capazes de ter o seu caráter elevado, Srta. Briars – retrucou ele num tom carregado de sarcasmo.

Irritada, Amanda colocou o lenço molhado de uísque com toda vontade em cima do ferimento. Ele grunhiu alto e tentou assimilar a súbita onda de dor. Os olhos azuis se estreitaram e a encararam com uma promessa de vingança.

Os dois se distraíram ao ouvir o som súbito de alguém engasgando e, virando-se ao mesmo tempo, notaram que Oscar Fretwell entrara na sala. A princípio, Amanda achou que ele estava perturbado com a visão do sangue de Devlin. No entanto, pelo tremor rígido da sua boca e os olhos verde-água ligeiramente marejados, parecia que ele estava... rindo? Por que o homem estava achando a cena divertida?

O gerente se esforçou magistralmente para se controlar.

– Eu... ah... lhe trouxe ataduras e uma camisa limpa, Sr. Devlin.

– O senhor sempre guarda uma muda de roupa em seu lugar de trabalho, Sr. Devlin? – perguntou Amanda.

– Ah, sim – adiantou-se Fretwell em tom animado antes que Devlin pudesse responder. – Manchas de tinta ou líquido, aristocratas mal-intencionados... não se sabe o que esperar. É melhor estar preparado.

– *Fora*, Fretwell – disse Devlin em tom impositivo.

Fretwell obedeceu, mas saiu do cômodo ainda sorrindo.

– Gosto do Sr. Fretwell – comentou Amanda, e pegou a atadura quando o corte estava limpo.

– Todos gostam – comentou Devlin com ironia.

– Como ele acabou trabalhando para o senhor? – Amanda enrolou cuidadosamente a atadura ao redor do torso dele.

– Eu o conheço desde que era menino – respondeu ele, enquanto mantinha a ponta da atadura no lugar. – Frequentamos a escola juntos. Quando decidi entrar no ramo editorial, escolhi ele e alguns outros colegas para vir comigo. Um deles, o Sr. Guy Stubbins, cuida da contabilidade, dos livros-caixa. Basil Fry supervisiona os meus negócios no exterior. E Will Orpin, o andamento da minha oficina de encadernação.

– Que escola frequentou?

Por um longo momento, não houve resposta, e Devlin ficou completamente sem expressão. Na verdade, Amanda achou que ele não tinha escutado a pergunta e começou a repeti-la.

– Sr. Devlin...

– Ficava em um lugar pequeno no meio das charnecas – disse secamente. – A senhorita não conheceria.

– Então por que não me conta... – Ela enfiou a ponta da atadura no lugar, fechando o curativo.

– Passe a minha camisa – interrompeu Devlin.

O ar quase vibrou com a força da irritação dele.

Amanda estremeceu ligeiramente, deixou o assunto de lado e estendeu a mão para a camisa bem dobrada. Ela sacudiu a camisa com um gesto hábil e abriu o primeiro botão. Por puro hábito, estendeu-a para ele, como um valete experiente, como fizera com tanta frequência com o pai.

– Vejo que tem uma habilidade impressionante para lidar com roupas masculinas, Srta. Briars – comentou ele, abotoando a camisa sem ajuda e enfim escondendo o corpo musculoso por trás do linho branco.

Amanda se virou e desviou os olhos enquanto ele enfiava a bainha da camisa dentro da calça. Pela primeira vez, ela aproveitava a liberdade de ser uma solteirona de 30 anos. Aquela era uma situação claramente comprometedora que nenhuma jovem virgem jamais teria permissão de testemunhar. No entanto, Amanda poderia fazer o que quisesse graças à idade que tinha.

– Cuidei do meu pai durante os dois últimos anos da vida dele – disse ela, em resposta ao comentário de Devlin. – Meu pai estava inválido e precisava de ajuda com as roupas. Eu servia como valete, cozinheira e enfermeira, principalmente mais próximo do fim.

A expressão no rosto de Devlin pareceu mudar e a irritação desapareceu.

– Uma mulher bastante competente – comentou ele, em tom suave, sem qualquer sinal de ironia.

Amanda subitamente se viu presa no olhar cálido de Devlin, e se deu conta de que, por algum motivo, ele a compreendia muito bem. Compreendia que os últimos anos preciosos da juventude dela haviam sido sacrificados por dever e por amor. Compreendia a força inexorável de uma responsabilidade... e o fato de que ela raramente tivera tempo para flertar, rir, viver de forma despreocupada.

Os lábios de Devlin se inclinaram na promessa de um sorriso e Amanda reagiu de forma alarmante. Havia uma centelha de malícia na expressão dele, um ar de jovialidade irreverente que a confundia. Todos os homens que Amanda conhecia, especialmente os bem-sucedidos, eram extremamente sérios. Ela não tinha ideia do que fazer em relação a Jack Devlin.

Amanda buscou alguma coisa, qualquer coisa, para quebrar o silêncio íntimo entre eles.

– O que a Sra. Bradshaw escreveu sobre lorde Tirwitt que o deixou tão furioso?

– Conhecendo a forma como sua mente funciona, pesseguinha, não estou surpreso por perguntar.

Devlin foi até uma estante próxima, examinou as fileiras de volumes, pegou um livro encadernado em tecido e entregou a ela.

– *Os pecados de Madame B.* – disse Amanda, franzindo a testa.

– Um presente meu para a senhorita – falou ele. – Vai encontrar as desventuras de lorde T no capítulo seis ou sete. E logo descobrirá por que ele se sentiu provocado a ponto de se arriscar em uma tentativa de assassinato.

– Não posso levar esse livro indecente para casa – protestou Amanda, baixando os olhos para a capa com elaborados adornos dourados. E logo se deu conta de que quando se olhava fixamente para o arranjo dos arabescos, eles começavam a tomar formas obscenas. Ela ergueu o olhar para ele, com uma expressão severa. – Por que, em nome de Deus, acha que eu leria isso?

– Para a sua pesquisa, é claro – retrucou ele em tom inocente. – A senhorita é uma mulher do mundo, não é? Além do mais, esse livro não é nem de perto tão indecente quanto pensa. – Devlin se aproximou mais e seus sussurros sedutores provocaram arrepios na nuca de Amanda. – Agora, se quiser ler alguma coisa *realmente* obscena, posso lhe mostrar alguns livros que a farão passar um mês ruborizada.

– Não tenho dúvidas de que pode – foi a resposta fria de Amanda, ao mesmo tempo que sentia as palmas das mãos úmidas sobre o livro e um arrepio quente tomar seu corpo. Xingou em pensamento. Agora não poderia devolver o maldito livro, ou Devlin veria a marca úmida que as mãos dela haviam deixado na encadernação. – Estou certa de que a Sra. Bradshaw fez um excelente trabalho descrevendo a profissão dela. Obrigada pelo material.

Uma risada cintilou nas profundezas dos olhos dele.

– É o mínimo que eu posso fazer, depois de a senhorita ter despachado lorde Tirwitt tão habilmente.

Amanda deu de ombros, como se seu papel não tivesse tido qualquer importância.

– Se eu tivesse permitido que ele o matasse, jamais receberia as minhas cinco mil libras.

– Então, decidiu aceitar a minha oferta?

Amanda hesitou, então assentiu, mesmo com a testa ligeiramente franzida.

– Parece que o senhor tinha mesmo razão. Eu de fato posso ser comprada.

– Ah, bem... – Ele deu uma risadinha. – Se serve de consolo, a senhorita é mais cara do que a maioria.

– Além do mais, não tenho a menor vontade de comprovar se realmente desceria ao nível de chantagear uma autora só para ela escrever para você.

– Normalmente eu não faria uma coisa dessas – garantiu ele com um brilho perverso nos olhos. – No entanto, nunca quis tanto uma autora.

Amanda agarrou o livro com um pouco mais de força quando Devlin começou a se aproximar dela. A emboscá-la, na verdade, movendo-se com uma lentidão furtiva que deixou em alerta todos os nervos de seu corpo.

– O fato de eu ter decidido trabalhar com o senhor *não* lhe dá o direito de tomar liberdades, Sr. Devlin.

– Ah, é claro – concordou ele, embora tenha continuado a encurralar Amanda, sem parar até que ela estivesse imprensada contra as estantes, a nuca encostada às lombadas de couro de uma fileira de volumes. – Eu pretendia apenas celebrar o acordo com um aperto de mãos.

– Um aperto de mãos – disse ela, tensa. – Acho que isso eu poderia aceitar...

Ela perdeu o fôlego e mordeu o lábio quando sentiu a mão de Devlin se fechar sobre a dela. Os dedos pequenos de Amanda, sempre tão frios, foram envolvidos pelo calor dos dele. Uma vez selado o toque, Devlin não soltou mais. Não era um aperto de mãos, era uma tomada de posse. A diferença de altura entre eles era tanta que Amanda se viu forçada a inclinar a cabeça em um ângulo desconfortável para conseguir encará-lo. Apesar de ela ter um corpo forte e robusto, Devlin a fazia parecer quase uma boneca.

E havia alguma coisa errada com a respiração dela, os pulmões subitamente sentiam necessidade de mais e mais ar. O oxigênio em excesso perturbava e acelerava seus sentidos, percebeu Amanda.

– Sr. Devlin – disse ela, com esforço, a mão ainda presa à dele –, por que insiste em publicar meu romance como um folhetim?

– Porque o acesso aos livros não deve ser privilégio dos ricos. Quero imprimir bons livros de modo que as massas possam se permitir comprá-los. Um homem pobre precisa muito mais de uma fuga do que um rico.

– Fuga – repetiu Amanda, que nunca havia pensado em um livro daquela forma.

– Sim, algo capaz de transportar a mente para longe do presente, para longe de quem se é. Todos precisam disso. Antigamente, em uma ou duas ocasiões na minha vida, pareceu que os livros eram a única coisa que havia entre mim e a insanidade. Eu...

Devlin se interrompeu de repente, e Amanda se deu conta de que ele não pretendera fazer uma confissão daquelas. Caíram em um silêncio desconfortável, onde ouvia-se apenas o crepitar do fogo. Amanda teve a sensação de que o ar pulsava com alguma emoção não revelada. Ela teve vontade de dizer a Devlin que entendia perfeitamente o que ele quisera dizer, que ela também havia experimentado a absoluta salvação que só as palavras escritas podiam oferecer. Houvera momentos de desolação na vida dela também, e os livros haviam sido seu único prazer.

Os dois estavam tão próximos que Amanda sentia o calor que emanava do corpo dele. Precisou morder o lábio inferior para se impedir de perguntar a Devlin sobre o misterioso passado dele, de tentar descobrir do que ele precisara fugir e se isso tinha alguma coisa a ver com as cicatrizes em suas costas.

– Amanda – sussurrou Devlin.

Embora não houvesse qualquer malícia na voz ou no olhar dele, Amanda não conseguiu evitar se lembrar da noite do seu aniversário... no modo gentil como Devlin tocara a sua pele... em como era doce o sabor da boca dele, como seus cabelos eram suaves e cheios ao toque.

Amanda buscou desesperadamente as palavras certas para quebrar o encanto entre eles... precisava sair daquela situação o mais rápido possível. Mas teve medo de dizer alguma coisa e parecer nervosa e insegura como uma garotinha. O efeito que aquele homem tinha sobre ela era impressionante.

Felizmente, foram interrompidos pela entrada de Oscar Fretwell mais uma vez, que bateu brevemente à porta e entrou sem esperar por resposta. Em seu vigor alegre, não pareceu reparar no modo como Amanda se afastou de Devlin nem o rubor de culpa que lhe coloria a face.

– Perdão, senhor – disse Fretwell para Devlin –, mas um agente de polícia, Sr. Jacob Romley, acabou de chegar. Ele levou lorde Tirwitt preso e gostaria de interrogar o senhor em relação às particularidades da ocorrência dessa manhã.

Devlin não respondeu, ficou apenas encarando Amanda, como um gato que tivesse acabado de ser ludibriado por um rato apetitoso.

– Preciso ir – murmurou ela, pegando as luvas na cadeira ao lado da lareira e calçando-as rapidamente. – Vou deixá-lo com seus negócios, Sr. Devlin. E agradeço se não mencionar meu nome ao Sr. Romley... não tenho qualquer desejo de ser mencionada no *Hue and Cry* ou em qualquer outra publicação desse tipo. Pode ficar com todo o crédito por nocautear lorde Tirwitt.

– Bem, a divulgação aumentaria suas vendas – argumentou Devlin.

– Quero que meus livros vendam por terem qualidade, não por causa de uma fofoca.

Ele franziu a testa e encarou Amanda, sinceramente perplexo.

– Faz diferença? Desde que vendam...

Amanda soltou uma gargalhada repentina e se dirigiu ao gerente, que esperava perto dela.

– Sr. Fretwell, pode me acompanhar até a saída?

– O prazer é todo meu.

Fretwell ofereceu o braço galantemente a ela, que aceitou de imediato. E os dois deixaram a sala.

༄

Jack sempre gostara de Gemma Bradshaw e se identificara com ela – os dois eram almas endurecidas que haviam conseguido dar um jeito de vencer na vida em um mundo que oferecia pouca oportunidade a quem nascia na pobreza. Ambos haviam descoberto bem cedo que oportunidades deveriam ser criadas. Essa noção, combinada com um pouco de sorte aqui e ali, permitira que ambos tivessem sucesso nos campos de atuação que haviam escolhido – o ramo editorial no caso de Jack e a prostituição no caso de Gemma.

Embora ela tivesse começado como prostituta de rua, e sem dúvida tivesse feito sucesso, rapidamente chegara à conclusão de que a ameaça de doenças, da violência e do envelhecimento prematuro – os mais comuns da categoria – não era para ela. Gemma então encontrou um protetor suficientemente rico para lhe financiar a compra de uma casa pequena e nela estabeleceu o bordel mais bem-sucedido de Londres.

A casa de Gemma era administrada com inteligência e tinha altos padrões. Ela mesma escolhera e treinara as moças com toda atenção, certificando-se de que todas fossem tratadas como artigos de luxo, de alta qualidade, oferecidos a preços astronômicos. E eram muitos os cavalheiros de Londres dispostos a pagar pelos serviços dessas jovens.

Embora apreciasse a beleza das moças que trabalhavam na bela casa de tijolos, com suas seis colunas na frente e dez balcões atrás, além dos luxuosos salões e quartos do lado de dentro, Jack nunca aceitara a oferta que Gemma fazia sempre, uma noite gratuita com uma das moças. Ele não tinha muito interesse na companhia de uma mulher a quem bastava pagar pelos favores. Jack gostava de conquistar esses favores, apreciava as artes do flerte e da sedução e, mais do que tudo, não conseguia resistir a um desafio.

Já haviam se passado quase dois anos desde que Jack abordara a Sra. Bradshaw com a proposta de publicar um livro sobre as aventuras que aconteciam dentro do famoso bordel, e sobre o passado intrigante dela. Gemma gostara da ideia, imaginando que um livro seria bom para os negócios e espalharia a reputação dela como a madame mais bem-sucedida de Londres. Mais do que isso, ela sentia orgulho de suas conquistas e não era avessa a se gabar.

Assim, com a ajuda de um escritor contratado por Jack, Gemma Bradshaw enchera suas memórias de bom humor e revelações maliciosas. O livro superou as expectativas mais ambiciosas de Jack e rendeu muito dinheiro e publicidade, rapidamente tornando o estabelecimento de Gemma internacionalmente conhecido.

Jack e Gemma Bradshaw tornaram-se amigos, e ambos apreciavam imensamente a oportunidade de conversarem com brutal honestidade. Na companhia de Gemma, Jack podia deixar de lado todo o requinte social que costumava impedir que as pessoas falassem abertamente umas com as outras. Jack se deu conta, para sua surpresa, que a única outra mulher com quem podia conversar com tamanha liberdade era a Srta. Amanda Briars. Era estranho, mas a solteirona e a madame compartilhavam a franqueza, uma qualidade revigorante.

Embora a agenda de Gemma estivesse sempre cheia de compromissos, e Jack tivesse aparecido sem avisar, logo foi levado à sala de recepção particular dela. Como suspeitara, Gemma antecipara sua visita, o que o deixou dividido entre o bom humor e a irritação ao vê-la reclinada graciosamente na sala suntuosa.

Como o resto da casa, a sala de recepção fora pensada especificamente para valorizar os tons da própria Gemma. As paredes eram cobertas de brocado verde, a mobília dourada era forrada de veludo em tons suaves de dourado e esmeralda, e era contra eles que ela jogava seus cabelos ruivos, cintilantes como uma labareda.

Gemma era uma mulher alta e elegantemente voluptuosa, com um rosto anguloso e um nariz grande, mas dona de tamanho estilo e autoconfiança que com frequência era descrita como uma beldade. Sua qualidade mais atraente era a sua sincera apreciação pelo sexo masculino.

Embora a maior parte das mulheres alegasse gostar dos homens e respeitá-los, em poucos casos isso realmente era verdade. No caso de Gemma, definitivamente era. Ela possuía um jeito especial de fazer um homem se sentir confortável, de fazer os defeitos dele parecerem divertidos em vez de irritantes... de garantir que ela não tinha desejo algum de modificá-lo.

– Meu caro, estava esperando por você – ronronou ela, e se inclinou para a frente com os braços esticados.

Jack segurou as mãos dela e encarou com um sorriso irônico o rosto voltado para ele. Como sempre, as mãos de Gemma estavam tão cheias de joias que ele mal conseguiu sentir os dedos dela em meio a enorme quantidade de pedras e anéis.

– Tenho certeza que sim – resmungou ele. – Temos algumas coisas a discutir, Gemma.

Ela deu uma risada de prazer, claramente encantada com a peça engenhosa que pregara.

– Ora, Jack, você não está aborrecido comigo, não é mesmo? Achei sinceramente que estava lhe dando um presente. Com que frequência você tem a chance de bancar o amante de aluguel para uma criatura tão encantadora?

– Você acha a Srta. Briars encantadora?

– Naturalmente que sim – respondeu Gemma, não sem um toque de sarcasmo, estreitando os olhos azuis, risonhos. – A Srta. Briars me procurou com toda a ousadia, requisitando um homem para o aniversário dela, do modo como alguém pede um corte de carne no açougue. Achei incrivelmente corajoso da parte dela. E ela se dirigiu a mim de forma tão agradável, exatamente como eu sempre imaginei que mulheres respeitáveis falassem umas com as outras. Gostei bastante dela!

Gemma sentou-se graciosamente na *chaise longue* e fez um gesto convidando Jack a se sentar em uma cadeira próxima. Em um hábito que já era uma segunda natureza, ela ajeitou as longas pernas de modo que seu perfil elegante ficasse delineado pelas saias do vestido de veludo vinho que usava.

– Tolly – chamou, e uma criada pareceu surgir do nada. – Tolly, traga um copo de conhaque para o Sr. Devlin.

– Eu prefiro café – disse Jack.

– Café, então, com açúcar e uma jarra de creme.

Os lábios vermelhos de Gemma, a cor sedutora habilmente reforçada com rouge, se curvaram em um sorriso doce e atraente. Ela esperou até que a criada saísse para voltar a falar.

– Imagino que você queira uma explicação sobre como tudo se deu, certo? Bem, era muito provável que você viesse me ver apenas algumas horas depois da visita da Srta. Briars. Você havia mencionado por acaso o livro que havia adquirido e, então, a ideia mais deliciosa me ocorreu. A Srta. Briars queria um homem, e eu não tinha nenhum que combinasse com ela. Poderia ter mandado Ned, ou Jude, mas nenhum desses rapazes de rostinho bonito e cabeça vazia serviria para ela.

– Por que não?

– Ah, por favor, Jack. Eu não insultaria a Srta. Briars mandando um rapaz sem cérebro para livrá-la de sua virgindade. Então, enquanto avaliava a situação e tentava pensar num modo de encontrar o homem certo para ela, você chegou. – Ela deu de ombros graciosamente, extremamente satisfeita consigo mesma. – Não foi nada difícil resolver as coisas. Decidi mandar *você*, e como não recebi qualquer reclamação da Srta. Briars, presumo que se saiu bem na tarefa de satisfazê-la.

Fosse pela originalidade da situação, ou pelo fascínio compulsivo que Amanda Briars exercia sobre ele, Jack não se dera conta até aquele momento que devia ser grato a Gemma. Ela poderia facilmente ter mandado algum rapazinho arrogante, que não teria apreciado as qualidades e a beleza de Amanda, e que teria tirado a inocência dela com a mesma despreocupação com que colheria uma maçã de uma árvore. Essa ideia – e a reação dele a ela – foi não menos do que alarmante.

– Você deveria ter me contado sobre seus planos – resmungou Jack, ao mesmo tempo furioso e aliviado.

Santo Deus, e se algum outro homem tivesse chegado inesperadamente à casa de Amanda naquela noite, em vez dele?

– Eu não poderia correr o risco de você recusar. E sabia que, assim que conhecesse a Srta. Briars, você não conseguiria resistir.

Jack não estava disposto a dar a ela a satisfação de saber que estivera absolutamente certa.

– Gemma, o que lhe deu a ideia de que aquela solteirona de 30 anos seria do meu gosto?

– Ora, vocês dois são extremamente parecidos! – exclamou ela. – Qualquer um pode ver.

Bastante surpreso, Jack franziu a testa.

– Parecidos como?

– Para começar, pelo modo como os dois parecem encarar os assuntos do coração, como se não passassem do mecanismo de um relógio que precisa de conserto. – Ela bufou, achando graça daquilo, e continuou em um tom mais suave. – Amanda Briars precisa de alguém que a ame, mas acha que o problema dela poder ser facilmente resolvido pagando um amante de aluguel por uma única noite. E você, meu caro Jack, sempre fez o máximo para evitar ter aquilo de que mais precisa... companhia. Em vez disso, se casou com seu negócio, que deve ser um conforto frio quando você se deita em sua cama vazia, à noite.

– Tenho toda a companhia necessária, Gemma. Dificilmente poderia ser descrito como um monge.

– Não estou me referindo ao mero intercurso sexual, ó homem obtuso. Vai me dizer que você nunca desejou uma parceira, alguém em quem pudesse confiar, a quem pudesse fazer confidências... a quem pudesse até mesmo amar?

Jack ficou irritado ao se dar conta de que não tinha resposta para isso. No que se referia a conhecidos, amigos, até mesmo amantes, seu estoque parecia ilimitado. Mas nunca encontrara uma mulher que fosse capaz de satisfazer as necessidades físicas e emocionais dele – e a culpa estava nele mesmo e não em qualquer dama em particular. Faltava alguma coisa a ele, talvez a capacidade de se entregar de forma mais profunda.

– A Srta. Amanda Briars dificilmente seria a parceira ideal para um desgraçado egoísta como eu – disse ele.

– É mesmo? – Ela abriu um sorriso provocativo. – Por que não faz uma tentativa? Talvez se surpreenda com os resultados.

– Nunca pensei que tentaria bancar a casamenteira, Gemma.

– Gosto de experimentar esse papel de vez em quando – retrucou ela, brincalhona. – E tenho grande interesse em ver se, nesse caso, vai dar certo.

– Não vai – garantiu Jack. – E se desse, eu me enforcaria antes que você soubesse.

– Ora querido – disse ela em um tom muito suave –, você seria assim tão cruel a ponto de me privar de um pouco de diversão, quando as minhas intenções são tão boas? Agora, por favor, quero saber o que aconteceu entre vocês dois naquela noite. Quase morri de curiosidade.

Ele manteve o rosto totalmente sem expressão.

– Nada aconteceu.

Gemma deixou escapar uma risada deliciosa.

– Precisa ser mais esperto, Jack. Eu talvez tivesse acreditado em você se tivesse alegado que só aconteceu um leve flerte, ou até mesmo uma discussão... mas é claramente impossível que *nada* tenha acontecido.

Jack não tinha o hábito de confidenciar seus verdadeiros sentimentos a ninguém. Aprendera há muito tempo a arte de uma boa conversa sem precisar revelar nada. Sempre lhe parecera inútil compartilhar segredos quando a maior parte das pessoas era incapaz de guardá-los.

Amanda Briars era uma linda mulher disfarçada de mulher sem-graça... era divertida, inteligente, corajosa, prática e, mais do que tudo, *interessante*. O que o perturbava, era que não sabia o que queria dela. No mundo dele, as mulheres tinham utilidades claras. Algumas eram companhias intelectuais; outras, amantes divertidas; outras eram ainda parceiras de negócios; e a maior parte era tão tola, ou tão claramente apropriada para o matrimônio que deveria ser evitada a todo custo. Amanda não se encaixava em nenhuma categoria tão bem definida.

– Eu a beijei – disse Jack abruptamente. – As mãos dela cheiravam a limão. Eu senti...

Como não encontrou palavras para explicar o que subitamente se tornara inexplicável, calou-se. Para sua imensa surpresa, aquela noite tranquila na casa de Amanda Briars assumira a forma de uma revolução em sua mente.

– Isso é tudo o que vai dizer? – reclamou Gemma, claramente irritada com o silêncio de Jack. – Bem, se essa é a extensão de seus poderes narrativos realmente não é de espantar que você nunca tenha escrito um romance.

– Eu a quero, Gemma – disse ele, baixinho. – Mas isso não é bom, nem para ela, nem para mim. – Jack fez uma pausa e deu um sorriso melancólico. – Se tivéssemos um caso sei que isso terminaria mal para nós dois. Ela iria acabar querendo coisas que não posso dar.

– E como você sabe disso? – perguntou Gemma, em um tom ao mesmo tempo zombeteiro e gentil.

– Porque não sou bobo. Amanda Briars é o tipo de mulher que precisa... que merece... mais do que apenas a metade de um homem.

– A metade de um homem – repetiu ela, rindo da afirmação. – Por que diz isso? Por todos os relatos que já ouvi de sua anatomia, meu caro, você é extremamente bem dotado.

Jack deixou o assunto de lado, então, pois compreendeu que Gemma não tinha desejo ou habilidade para discutir problemas que não tivessem uma solução concreta. Na verdade, nem ele. Por isso, virou-se com um sorriso para a criada de Gemma, que entrara na sala com uma xícara de café com muito creme e açúcar, e logo murmurou:

– Ah, ora, graças a Deus há outras mulheres no mundo além de Amanda Briars.

Gemma seguiu a deixa e, misericordiosamente, deixou o assunto morrer.

– A qualquer momento que desejar a companhia de uma das minhas moças, basta falar. É o mínimo que posso fazer por você, meu caro editor.

– Isso me lembra... – Jack parou para dar um gole no café quente, então continuou com uma expressão deliberadamente neutra. – Recebi a visita de lorde Tirwitt no meu escritório esta manhã. Ele estava bastante chateado pelo modo como foi retratado em seu livro.

– É mesmo? – comentou Gemma sem muito interesse. – O que aquele velho tonto tem a dizer?

– Ele tentou me espetar com uma lâmina na ponta de sua bengala.

O comentário provocou uma crise de riso na madame.

– Ah, meu Deus – disse ela, ofegante –, e eu realmente tentei ser gentil. Devlin, meu caro, você não acreditaria nas coisas que omiti, coisas que eram simplesmente repulsivas demais para serem impressas.

– Ninguém a está acusando de excesso de bom gosto, Gemma. Incluindo lorde Tirwitt. Se eu fosse você, alertaria todos para ficarem atentos, caso ele decida fazer uma visita aqui depois de passar a noite na Bow Street.

– Ele não viria até aqui – garantiu Gemma, secando uma lágrima de riso que surgira nos olhos pintados com *kohl*. – Isso só serviria para confirmar os rumores maldosos. Mas obrigada por me alertar, querido.

Eles conversaram tranquilamente por mais algum tempo, sobre negócios, investimentos e política, o tipo de conversa que Jack poderia ter com qualquer homem de negócios experiente. Ele apreciava o humor ácido de Gemma e seu absoluto pragmatismo, já que ambos compartilhavam a mesma visão inescrupulosa de que a fidelidade a qualquer pessoa, partido ou ideal em particular deveria ser evitada. Apoiariam a causa liberal ou conservadora, dependendo do que melhor servisse aos seus propósitos. Se por um acaso se vissem em um navio afundando, seriam os primeiros ratos a abandoná-lo, e roubariam o melhor barco salva-vidas no caminho.

Finalmente o bule de café ficou morno e Jack se lembrou que tinha outros compromissos agendados para o dia.

– Já tomei bastante do seu tempo.

Então, ficou de pé e sorriu, enquanto Gemma permanecia onde estava. Quando ele se inclinou e beijou a mão estendida dela, seus lábios tocaram não a pele, mas a profusão de joias que reluziam e tilintavam.

Os dois trocaram sorrisos amigáveis, e Gemma perguntou com aparente despreocupação:

– E então, a Srta. Briars vai escrever para você?

– Sim, mas fiz um voto de castidade no que diz respeito a ela.

– Muito sábio da sua parte, meu caro.

O tom de Gemma tinha um quê de aprovação, mas havia um brilho malicioso em seu olhar. Como se ela estivesse rindo por dentro. Jack ficou perturbado ao se lembrar de que seu gerente, Oscar Fretwell, o havia encarado com a mesma expressão naquela manhã. Que diabo as pessoas estavam achando de tão engraçado em relação aos assuntos dele com Amanda Briars?

Capítulo 6

Para a surpresa de Amanda, o contrato com Jack não foi levado à casa dela por um menino de recados, mas por Oscar Fretwell. O gerente foi tão encantador quanto na última vez em que haviam se encontrado, os olhos azul-turquesa calorosos e simpáticos, o sorriso sincero. Sua boa aparência e elegância pareceram impressionar imensamente Sukey, e Amanda teve que disfarçar um sorriso enquanto a criada o examinava com uma fixação descarada.

Sukey fez uma grande cena ao levar Fretwell até a sala de visitas, com a deferência que provavelmente teria dispensado à realeza.

A convite de Amanda, Fretwell sentou-se em uma cadeira próxima à dela e enfiou a mão dentro da bolsa de couro marrom ao seu lado.

– Seu contrato – disse ele, pegando um maço pesado de papéis, que fez farfalhar em um som triunfante. – Preciso apenas que senhorita leia e assine. – Fretwell sorriu como se estivesse se desculpando enquanto Amanda pegava a volumosa pilha de papéis e erguia as sobrancelhas.

– Nunca vi um contrato tão longo – disse ela, cheia de cautela. – Sem dúvida foi trabalho do meu advogado.

– Depois que seu amigo, o Sr. Talbot, colocou no papel todos os detalhes e determinações, realmente acabou se tornando um documento incomumente completo.

– Lerei sem demora. Se estiver tudo certo, assinarei e devolverei amanhã.

Amanda deixou o documento de lado. Surpreendeu-se com a expectativa que sentia em relação ao trabalho, algo que nunca esperara sentir diante da perspectiva de escrever para um canalha como Jack Devlin.

– Trago também uma mensagem pessoal do Sr. Devlin – disse Fretwell, os olhos verde-água cintilando atrás das lentes muito limpas dos óculos.

– Ele me pediu para lhe dizer que está magoado com a sua falta de confiança nele.

Amanda riu.

– O Sr. Devlin é tão confiável quanto uma serpente. No que se refere a contratos, eu não deixaria um único detalhe sequer aberto a questionamentos, ou ele certamente se aproveitaria disso.

– Ah, Srta. Briars! – Fretwell pareceu genuinamente chocado. – Se essa é realmente a impressão que tem do Sr. Devlin, posso lhe garantir que está enganada! Ele é um grande homem... Ora, se ao menos a senhorita soubesse...

– Se eu soubesse o quê? – perguntou ela, erguendo uma sobrancelha.

– Vamos, Sr. Fretwell, quero saber o que acha tão admirável em relação a Devlin. Posso garantir que a reputação dele não lhe dá muito crédito. E por mais que ele seja dono de certo encanto, embora traiçoeiro, até agora não consegui detectar qualquer sinal de caráter ou consciência. Estou intrigada, confesso, e gostaria muito de saber por que, exatamente, o senhor considera seu patrão um grande homem.

– Ora, admito que o Sr. Devlin é exigente, e que estabelece um ritmo difícil de seguir, mas é sempre justo, e oferece recompensas generosas por um trabalho bem feito. Tem um temperamento forte, é verdade, mas também é uma pessoa bastante razoável. Na verdade, tem o coração mais mole do que ele gostaria de admitir. Por exemplo, se um de seus empregados fica doente por um período muito grande, ele se certifica de que o emprego ainda esteja à espera desse empregado quando ele retornar. Isso é mais do que a maioria dos patrões faz.

– O senhor o conhece há muito tempo – comentou Amanda, terminando a frase com a inflexão de uma pergunta.

– Sim, desde a época da escola. Depois que nos formamos, eu e outros colegas viemos com o Sr. Devlin para Londres, quando ele disse que pretendia abrir uma casa editorial.

– Todos vocês compartilham desse interesse pelo ramo editorial? – perguntou ela, cética.

Fretwell deu de ombros.

– Não importava qual seria a área de trabalho. Se Devlin tivesse nos dito que queria se tornar mestre de cabotagem, açougueiro ou peixeiro, ainda assim iríamos querer trabalhar para ele. Se não fosse por ele, todos nós estaríamos levando vidas muito diferentes. Na verdade, poucos de nós ainda estaríamos vivos hoje, se não fosse por ele.

Amanda tentou disfarçar seu espanto diante dessas palavras, mas ainda assim o encarou boquiaberta.

– Por que diz isso, Sr. Fretwell? – perguntou.

Ela ficou fascinada ao ver que o homem se mostrou subitamente desconfortável, como se tivesse revelado mais do que deveria.

Ele deu um sorriso melancólico.

– O Sr. Devlin dá grande valor à privacidade dele, Srta. Briars. Eu não deveria ter dito tanto. Por outro lado... talvez haja algumas coisas que a senhorita deva saber sobre Devlin. Está claro que ele tem muito apreço pela senhorita.

– Bem, a mim parece que ele tem apreço por todo mundo – disse Amanda sem rodeios.

Lembrou-se da desenvoltura de Devlin com os outros convidados no jantar do Sr. Talbot, do grande número de amigos que ansiavam pela atenção dele. E Devlin certamente se dava muito bem com o sexo oposto. Não escapara a Amanda o modo como as convidadas do jantar se agitavam e davam risadinhas na presença dele, empolgadas ao receber a menor parcela de suas atenções.

– É uma fachada – garantiu Fretwell. – É bom para os propósitos dele de manter um círculo amplo de conhecidos, mas Devlin gosta realmente de pouquíssimas pessoas, e confia em um número ainda menor. Se a senhorita conhecesse o passado dele, não ficaria surpresa com isso.

Amanda não costumava tentar utilizar-se de charme para conseguir informações e preferia sempre uma abordagem mais objetiva. No entanto, se pegou dirigindo a Fretwell o sorriso mais doce e encantador de que foi capaz. Por algum motivo, estava muito ansiosa para saber o que quer que ele tivesse a contar sobre o passado de Devlin.

– Sr. Fretwell não confiaria ao menos um pouquinho em mim? Sei como manter a boca fechada – disse ela.

– Sim, acredito na senhorita, mas dificilmente o que tenho a dizer seria o tipo de assunto para conversa em uma sala de visitas.

– Não sou uma moça impressionável, Sr. Fretwell, menos ainda uma criatura delicada dada a desmaios. Prometo que vou ficar bem.

Ele abriu um sorrisinho, mas seu tom era sério quando voltou a falar.

– Devlin lhe contou alguma coisa sobre a escola que ele, que nós, frequentamos?

– Só falou que era um lugar pequeno, no meio das charnecas. Não me disse o nome.

– A escola era Knatchford Heath – disse ele, pronunciando o nome como se fosse um palavrão.

Fretwell fez uma pausa, então, como se estivesse se lembrando de um pesadelo muito antigo, enquanto Amanda se intrigava com as palavras. O nome Knatchford Heath não era desconhecido... havia um versinho popular que mencionava o lugar. Um bem apavorante.

– Não sei nada sobre essa escola – comentou Amanda, pensativa. – Mas tenho a vaga impressão... Um menino morreu lá uma vez?

– Muitos meninos morreram lá. – Fretwell deu um sorriso sinistro. Ele pareceu adotar um tom baixo e monótono, além de certo distanciamento. – O lugar não existe mais, graças a Deus. O escândalo tomou tal proporção que nenhum pai ou mãe ousou continuar a mandar seus filhos para lá, com medo do que as pessoas diriam. Se a escola não estivesse fechada atualmente, eu mesmo atearia fogo nela até que virasse cinzas. – Ele ficou ainda mais sério. – A escola recebia os filhos indesejados ou ilegítimos, de quem os pais queriam se livrar. Um modo conveniente de se livrar de seus erros. E era isso o que eu era... o filho bastardo de uma dama casada, que traíra o marido e desejava esconder a evidência do adultério. E Devlin... filho de um nobre que violara uma pobre criada irlandesa. Quando a mãe dele morreu, o pai não quis saber do filho bastardo e por isso mandou-o para Knatchford Heath. Ou, como costumávamos chamar, Knatchford Hell, porque aquilo era mesmo o inferno. – Ele fez uma pausa, parecendo estar absorvido em alguma lembrança amarga.

– Continue – incitou ela, gentilmente. – Quero saber sobre a escola.

– Um ou dois professores eram relativamente bondosos – disse Fretwell. – Mas a maior parte eram monstros perversos. Era fácil confundir o diretor com o próprio demônio. Quando um aluno não aprendia direito as lições, ou reclamava do pão mofado, ou da lavagem que chamavam de mingau, ou cometia qualquer erro, era disciplinado com açoitamento severo, privação de comida, queimaduras, ou métodos ainda mais brutais. Um dos empregados da Devlin's, o Sr. Orpin, é praticamente surdo em função de tantos golpes que recebeu nos ouvidos. Outro menino na Knatchford ficou cego por desnutrição. Às vezes eles amarravam um garoto ao portão externo e o deixavam ali a noite toda, exposto ao tempo, em pleno inverno. Foi um milagre que qualquer de nós tenha sobrevivido.

Amanda o encarava com uma mistura de horror e compaixão.

– Os pais desses meninos tinham noção do que estava acontecendo com os filhos? – conseguiu perguntar.

– É claro que sim, mas eles não se importavam se nós morrêssemos. Acredito até que torciam para que isso acontecesse. Nunca tínhamos férias ou feriados. Nenhum pai ou mãe jamais aparecia para ver o filho no Natal. Não havia visitas para inspecionar as condições do lugar. Como eu lhe disse, éramos indesejados. Éramos erros.

– Um filho não é um erro – disse Amanda, a voz subitamente instável.

Fretwell abriu um sorrisinho diante da futilidade da declaração, então continuou em voz baixa.

– Quando cheguei a Knatchford Heath, Jack já estava lá havia mais de um ano. Eu soube na mesma hora que ele era diferente dos outros meninos. Parecia não ter medo dos professores e do diretor como o resto de nós. Devlin era forte, esperto, confiante... na verdade, se havia alguém que poderia ser chamado de favorito da escola, era ele. Não que estivesse livre dos castigos, é claro. Devlin apanhava e passava fome com a mesma frequência que o resto de nós. Com mais frequência, na verdade. Eu logo descobri que ele às vezes assumia a culpa pelos delitos de outros meninos, e era castigado no lugar deles, pois sabia que os menores não sobreviveriam a uma surra severa. E Devlin encorajava outros alunos maiores e mais fortes a fazerem o mesmo. Tínhamos que cuidar uns dos outros, dizia ele. Havia um mundo do lado de fora da escola, Devlin costumava nos lembrar, e se conseguíssemos nos manter vivos pelo tempo necessário...

Fretwell tirou os óculos e usou um lenço para limpar as lentes com um cuidado escrupuloso.

– Às vezes a única diferença entre a vida e a morte é a capacidade de manter uma mínima centelha de esperança. E Devlin nos dava essa centelha. Ele fazia promessas que pareciam impossíveis, mas mais tarde conseguiu honrá-las.

Amanda permaneceu em um silêncio absoluto. Achava impossível conciliar o que sabia do elegante canalha Jack Devlin com o menino que Fretwell acabara de descrever.

Fretwell evidentemente leu a incredulidade na expressão dela e sorriu.

– Ah, sei como a senhorita provavelmente o vê. O próprio Devlin pinta a si mesmo como alguém condenável. Mas posso lhe garantir que ele é o homem mais confiável e mais leal que já conheci. Ele salvou a minha vida quando fui pego roubando comida na despensa da escola e meu castigo foi passar a noite toda amarrado ao portão. Estava um frio terrível, ventava, e eu estava apavorado. Mas assim que a noite caiu, Devlin se esgueirou para fora da escola com uma manta, me desamarrou e ficou comigo até de manhã, nós dois aconchegados embaixo da manta, conversando sobre o dia em que poderíamos deixar aquele lugar. Quando o dia amanheceu, e um professor veio me tirar do castigo, Devlin já havia me amarrado de novo e voltado para a escola. Se ele tivesse sido pego me ajudando, acho que teria acabado morto.

– Por quê? – perguntou Amanda baixinho. – Por que ele se colocava em risco pelo senhor e pelos outros? Eu teria imaginado...

– Que Devlin se preocuparia apenas com o próprio bem-estar? – completou Fretwell, e Amanda assentiu. – Confesso que nunca entendi direito as motivações de Jack Devlin. Mas de uma coisa eu tenho certeza... ele pode não ser um homem religioso, mas é um humanista.

– Se é o que diz, acredito no senhor – murmurou Amanda. – No entanto... – Ela o encarou com uma expressão cética. – Acho difícil aceitar que alguém que já tomou surras tão horríveis para defender outras pessoas possa ter reclamado tanto de um mero arranhão na lateral do corpo.

– Ah, está se referindo àquele dia em que esteve no escritório, quando lorde Tirwitt atacou Devlin?

– Sim.

Por alguma razão, Fretwell abriu um sorriso.

– Já vi Devlin tolerar dores centenas de vezes mais fortes do que aquela sem nem piscar – disse. – Mas, afinal, ele é homem, e não está acima da tentação de tentar angariar um pouco de atenção feminina.

– Está dizendo que ele queria a *minha* atenção? – perguntou Amanda, perplexa.

Fretwell parecia pronto a oferecer muito mais informações altamente interessantes, mas se conteve, como se de repente questionasse seu próprio bom senso. Ele sorriu, então, e olhou bem no fundo dos olhos cinza de Amanda, que estavam arregalados.

– Acho que já disse o bastante.

– Mas, Sr. Fretwell – protestou ela –, o senhor ainda não terminou a história. Como um menino sem família e sem dinheiro acabou se tornando dono de uma editora? E como...

– Vou deixar que ele mesmo conte o resto da história algum dia, quando estiver pronto. Não tenho dúvidas de que isso vai acontecer.

– Mas não pode me contar apenas metade da história! – reclamou Amanda, fazendo Fretwell rir.

– Não cabe a mim, Srta. Briars. – Ele pousou a xícara e dobrou cuidadosamente o guardanapo. – Peço que me perdoe, mas devo voltar ao trabalho, ou terei que responder a Devlin.

Relutante, Amanda chamou Sukey, que apareceu com o chapéu, o casaco e as luvas do visitante. Fretwell se agasalhou, preparando-se para o vento frio de inverno do lado de fora.

– Espero vê-lo de novo em breve – disse Amanda.

Ele assentiu, como se soubesse perfeitamente que ela desejava que ele lhe contasse mais sobre Jack Devlin.

– Eu certamente tentarei atender sua vontade Srta. Briars. Ah, já ia me esquecendo... – Fretwell enfiou a mão no bolso do casaco e tirou um saquinho de veludo negro, amarrado com cordões de seda, com algo pequeno dentro. – Ele pediu para lhe entregar isso – falou. – Disse que é para celebrar a ocasião do seu primeiro contrato com ele.

– Não posso aceitar um presente pessoal dele – retrucou Amanda, cautelosa, sem se adiantar para pegar o saquinho.

– É uma caneta – informou ele, tranquilo. – Dificilmente seria um objeto que guardasse grande significado pessoal.

Amanda pegou o saquinho, ainda cautelosa, e virou o conteúdo na palma da mão. Era uma caneta de prata, e uma seleção de bicos de pena de aço para serem usados com ela. Amanda piscou várias vezes, surpresa e sentindo-se desconfortável. Não importava como Fretwell colocasse a questão, aquela caneta *era* um objeto pessoal, tão caro e elegante quanto uma joia. Pelo peso se percebia a solidez do metal e a superfície era entalhada e decorada com turquesas. Quando fora a última vez que ela recebera um presente de um homem que não fosse uma lembrança de Natal de algum parente? Não conseguia se lembrar. Amanda odiou a sensação que a dominou subitamente, um calor, uma vertigem de prazer que não sentia desde a infância.

Embora o instinto a aconselhasse a devolver o lindo objeto, ela não fez isso. Por que não poderia aceitar? Aquilo provavelmente não significava nada para Devlin, e ela adoraria ter uma caneta como aquela.

– É adorável – disse, muito rígida, os dedos ao redor da caneta. – Imagino que o Sr. Devlin ofereça presentes semelhantes a todos os autores dele, certo?

– Não, Srta. Briars.

Oscar Fretwell se despediu com um sorriso animado e se aventurou na agitação fria e barulhenta que tomava Londres no meio do dia.

⁓

– Esse trecho precisa sair.

Devlin indicou com o dedo longo uma das páginas diante dele, na escrivaninha.

Amanda deu a volta e espiou por cima do ombro dele, estreitando os olhos ao ver o parágrafo indicado.

– Certamente não precisa. Ele serve para estabelecer o caráter da heroína.

– Mas deixa o fluxo da narrativa mais lento – retrucou Devlin categoricamente, já pegando uma caneta e se preparando para riscar o parágrafo em questão. – Como eu lembrei à senhorita esta manhã, isso é um folhetim. Ritmo é tudo.

– Está me dizendo que valoriza o ritmo acima do desenvolvimento do personagem? – perguntou ela, com veemência, pegando a folha antes que ele pudesse escrever qualquer coisa.

– Acredite em mim, você tem uma centena de outros parágrafos que ilustram o caráter da personagem – disse ele. Então, se levantou da cadeira e seguiu Amanda, que se afastava com a folha em questão. – No entanto, esse, em particular, é redundante.

– Ele é *crucial* para a história – insistiu Amanda, segurando a folha com força para protegê-la.

Jack se esforçou para disfarçar um sorriso diante da cena de Amanda, tão adoravelmente segura de si, tão bela, viçosa e assertiva. Aquela era a primeira manhã de edição de *Uma dama incompleta*, e até ali, ele vinha apreciando o processo. Adaptar o romance de Amanda para o formato apropriado a um folhetim estava se mostrando uma tarefa bastante fácil.

Até aquele momento, ela concordara com quase todas as mudanças que ele sugerira e fora receptiva às ideias dele. Alguns autores de Devlin eram tão obstinados em sua recusa a alterar seus trabalhos que era de se imaginar que o editor estivesse sugerindo mudar o texto da Bíblia. Amanda era uma autora fácil com quem se trabalhar, e não guardava grandes pretensões sobre si mesma ou sobre o que escrevia. Na verdade, ela era relativamente modesta em relação ao próprio talento, chegando ao ponto de parecer surpresa e desconfortável quando Devlin a elogiava.

A história de *Uma dama incompleta* era centrada em uma jovem que tentava viver estritamente de acordo com as regras sociais, mas que não conseguia se forçar a aceitar o confinamento rígido do que era considerado adequado. Ela cometia erros fatais em sua vida privada – apostava em jogos de azar, tinha um amante e um filho fora dos laços do matrimônio –, tudo em busca de uma felicidade ilusória pela qual secretamente ansiava.

A mulher tinha um desfecho sórdido, morrendo de uma doença venérea, embora ficasse claro que o julgamento cruel da sociedade tivesse sido tão responsável pela morte dela quanto a doença em si. O que fascinava Jack era que Amanda, como autora, se recusava a tomar qualquer posição em relação ao comportamento da heroína, não a aplaudia, mas também não a condenava. Ela claramente nutria simpatia pela personagem, e Jack suspeitava que a rebeldia interior da heroína refletia alguns dos sentimentos da própria autora.

Embora Jack tivesse se oferecido para visitar Amanda na casa dela para que discutissem as revisões necessárias, ela havia preferido encontrá-lo nos escritórios da Holborn Street. Sem dúvida por causa do que acontecera entre os dois naquela primeira noite, pensou Jack, e experimentou uma sensação agradável se espalhando por seu corpo diante da lembrança. Um leve sorriso surgiu em seus lábios, quando lhe ocorreu que Amanda provavelmente achava que estava mais segura dos avanços dele ali, no escritório, do que na casa dela.

– Me dê essa página – disse ele, achando divertido o modo como ela se afastava dele. – O parágrafo precisa sair, Amanda.

– Ele fica – retrucou ela, e olhou de relance por sobre o ombro, para garantir que não estava prestes a ser encurralada em algum canto por ele.

Naquele dia, Amanda usava um vestido de lã cor-de-rosa, macio, arrematado em gorgorão de seda de um tom de rosa mais forte. Ela também chegara com um *bonnet* enfeitado com hibiscos, que agora descansava na lateral da escrivaninha dele, as fitas de veludo que o prendiam pendendo delicadamente na direção do chão. O tom de cor-de-rosa do vestido destacava a cor no rosto de Amanda, e o corte simples exibia a silhueta generosa dela de forma muito lisonjeira. Apesar do apreço considerável que tinha pela inteligência dela, Jack não pode evitar pensar que Amanda parecia um bombom.

– Autores... – murmurou ele com um sorriso. – Vocês acham que seu trabalho é irretocável, e que qualquer um que tente mudar uma única palavra é um idiota.

– E os editores se acham as pessoas mais inteligentes do mundo – rebateu Amanda.

– Devo mandar chamar mais alguém para dar uma olhada nisso – disse, indicando com um gesto a página que ela segurava –, para que tenhamos uma terceira opinião?

– Todos aqui trabalham para o senhor – argumentou ela. – Seja quem for que chame, certamente essa pessoa ficará ao seu lado.

– Tem razão – concordou ele, bem-humorado. E estendeu novamente a mão para a folha de papel, o que só fez com que ela a segurasse com mais força. – Me dê, Amanda.

– Para o senhor, é a Srta. Briars – retrucou ela, sagaz, e embora não estivesse exatamente sorrindo, Jack percebeu que ela estava se divertindo tanto quanto ele com a situação. – E não vou entregar essa página. Insisto que o parágrafo seja mantido no manuscrito. E agora, o que vai fazer?

O desafio foi irresistível para Jack. Eles já tinham trabalhado bastante naquela manhã, e agora ele estava pronto para se divertir um pouco. Algo em Amanda o compelia irresistivelmente a tirá-la do sério.

– Se não me entregar essa página – disse ele, baixinho –, vou beijar você.

Amanda piscou algumas vezes, estupefata.

– O quê? – disse com a voz falhando.

Jack não se deu ao trabalho de repetir, já que as palavras ainda reverberavam entre eles, como os anéis concêntricos se espalhando na água do lago depois de uma pedra ser lançada.

– Faça a sua escolha, Srta. Briars.

Jack descobriu que torcia muito para que ela o levasse à loucura. Seria preciso muito pouco para que ele cumprisse a ameaça. Vinha querendo beijar Amanda desde que ela colocara os pés no escritório dele naquela manhã. O modo recatado como ela pressionava os lábios, distorcendo a forma voluptuosa da boca... aquilo o distraía ao ponto da loucura. Tinha vontade de beijá-la até que ela perdesse a noção das coisas, até que estivesse entregue e receptiva ao que ele quisesse.

Jack viu Amanda se esforçar para manter a compostura, o corpo tenso. Seu rosto ficou muito ruborizado e os dedos apertaram o papel com tanta força que deixaram uma marca na página que ela protegia com tanto zelo.

– Sr. Devlin – disse ela, a voz cheia de uma energia que sempre o excitava –, com certeza não faz essas brincadeirinhas ridículas com seus outros autores.

– Não, Srta. Briars – respondeu ele, muito sério –, temo que a senhorita seja a única a receber minhas atenções românticas.

A expressão "atenções românticas" pareceu deixá-la sem fala. Os olhos prateados se arregalaram de espanto. Jack ficou quase tão espantado quanto ela ao se dar conta de que, embora tivesse planejado deixar Amanda em paz, não tinha controle sobre a reação que ela provocava nele. A brincadeira foi abruptamente posta de lado por instintos muito mais profundos e urgentes.

Embora Jack tivesse todo o interesse em preservar a harmonia entre eles, não queria um relacionamento amigável de trabalho. Não queria uma imitação de amizade. Queria perturbar e desconcertar Amanda, e deixá-la consciente da presença dele da mesma forma que ele tinha consciência da presença dela.

– Sem dúvida deve ser uma espécie de elogio ser incluída entre o grande número de mulheres que já receberam a sua atenção – disse Amanda, por fim. – No entanto, não pedi para ser sujeitada a esse tipo de tolice.

– Vai me dar a folha ou não? – perguntou ele com uma placidez enganosa.

Amanda o encarou com severidade e pareceu tomar uma decisão súbita: ela amassou o papel nas mãos até formar uma bola bem apertada, então andou com determinação até a lareira e jogou a folha nas chamas, fazendo-as arderem radiantes. O fogo queimou as bordas do papel em um calor azulado, enquanto o centro da bola enegrecia rapidamente.

– Pronto, a página se foi – anunciou Amanda categoricamente. – O senhor teve o que queria... deve estar satisfeito agora.

A intenção do gesto dela fora dissipar a tensão entre eles e era isso que deveria ter acontecido. No entanto, a atmosfera permaneceu curiosamente pesada, como a calmaria enganosa pouco antes de uma tempestade. O sorriso fácil, tão característico de Jack, pareceu tenso quando ele falou.

– Houve muito poucas vezes na minha vida em que lamentei ter conseguido o que queria. Essa é uma delas.

– Não quero joguinhos entre nós, Sr. Devlin. Quero terminar o trabalho que temos a fazer.

– Terminar o trabalho – repetiu ele, saudando-a como um soldado recebendo ordens de seu comandante. Jack voltou para trás da escrivaninha, apoiou as mãos sobre a superfície de mogno e examinou as anotações que havia feito no texto. – Na verdade, está terminado. Essas primeiras trinta páginas dão um excelente primeiro capítulo. Assim que a senhorita finalizar as revisões que combinamos, mandarei imprimir.

– Dez mil cópias? – perguntou Amanda, hesitante, lembrando-se do número que ele lhe prometera.

– Sim. – Jack sorriu diante da expressão inquieta dela, pois sabia exatamente o que a preocupava. – Srta. Briars – murmurou –, seu trabalho vai vender. Tenho um bom faro para essas coisas.

– Imagino que tenha – disse ela, ainda em dúvida. – No entanto... essa história em particular... muitas pessoas farão objeções, o senhor sabe. É mais sensacionalista, mais chocante do que eu me lembrava. Acho que não consegui imprimir à heroína uma posição moral forte o bastante...

– E é por isso que vai vender, Srta. Briars.

Amanda deu uma risada súbita.

– Exatamente como vendeu o livro de madame Bradshaw.

A descoberta de que Amanda tinha disposição para fazer graça de si mesma foi tão agradável quanto inesperada para Jack. Ele se afastou da mesa e foi até onde ela estava. Ao se ver sujeita à súbita aproximação, Amanda foi incapaz de encará-lo diretamente e desviou o olhar primeiro para a janela, então para o chão, até fixá-los no botão no alto do paletó de Jack.

– Suas vendas vão superar as da celebrada Sra. Bradshaw – garantiu ele, sorrindo. – E não por causa de um suposto conteúdo chocante. A senhorita contou uma boa história, com maestria. Gosto do fato de não ter moralizado os erros da heroína. Torna mais difícil para o leitor não se solidarizar com ela.

– *Eu* me solidarizei com ela – disse Amanda com sinceridade. – Sempre achei que deve ser o pior tipo de horror ficar presa em um casamento sem amor. Tantas mulheres são forçadas a se casar por motivos puramente financeiros... Se mais de nós fôssemos capazes de nos sustentar, haveria menos noivas relutantes e menos esposas infelizes.

– Ora, ora, Srta. Briars – comentou ele, baixinho. – Que pouco convencional da sua parte.

Ela respondeu ao comentário bem-humorado com uma expressão perplexa, a testa franzida.

– Na verdade, é apenas sensatez.

Subitamente, Jack se deu conta de que aquela era a chave para compreender Amanda. Ela era tão obstinadamente prática que estava disposta a descartar hipocrisias e atitudes sociais antiquadas que a maioria das pessoas parecia aceitar sem pensar. Ora, realmente, uma mulher deveria mesmo se casar só porque era isso que esperavam que fizesse, mesmo que ela escolhesse viver de outra forma?

– Talvez a maior parte das mulheres ache mais fácil se casar do que se sustentar – comentou Jack, provocando-a deliberadamente.

– Mais fácil? – retrucou Amanda, bufando. – Nunca vi a menor evidência de que passar o resto da vida lidando com tarefas domésticas seja de alguma maneira mais fácil do que trabalhar no comércio, por exemplo. O que as mulheres precisam é de mais educação, mais escolhas, assim serão capazes de considerar outras opções além do casamento.

– Mas uma mulher não é completa sem um homem – disse Jack, ainda provocador, e riu quando a expressão dela se fechou. Ele ergueu a mão em defesa própria. – Calma, Srta. Briars. Estou só brincando. Não tenho o menor desejo de ser atacado e nocauteado como aconteceu com lorde Tirwitt. Na verdade, concordo com o seu ponto de vista. Não sou um grande defensor do matrimônio. Na verdade, pretendo evitá-lo a todo custo.

– Então não tem vontade de ter esposa e filhos?

– Meu Deus, não. – Ele sorriu para ela. – Seria óbvio para qualquer mulher com o mínimo de inteligência que sou um risco desagradável.

– *Absolutamente* óbvio – concordou Amanda, mas o sorriso em seu rosto era melancólico.

Normalmente, quando acabava de escrever um romance, Amanda iniciava outro logo em seguida. Caso contrário, começava a se sentir inquieta, sem propósito. Sem algum tipo de história na cabeça, sentia-se à deriva. Diferente da maioria das pessoas, Amanda não se importava de ter que esperar em uma fila nem de ficar sentada por um longo tempo dentro de uma carruagem, ou de ter longos períodos de tempo ocioso. Essas eram sempre oportunidades para refletir acerca do trabalho em andamento, para repassar diálogos, para criar e descartar ideias para a história.

No entanto, pela primeira vez em anos, ela parecia não conseguir criar um enredo que empolgasse sua imaginação o bastante para começar de novo. As revisões de *Uma dama incompleta* tinham acabado e era hora de se lançar em um projeto inédito. Mas, curiosamente, a perspectiva não lhe parecia nada convidativa.

Amanda se perguntou se Jack seria a causa disso. Ao longo do mês em que ela o conhecia, sua vida interior não parecia nem de perto tão interessante quanto o mundo do lado de fora. E aquele era um problema que ela nunca encontrara antes. Talvez devesse pedir que ele parasse de visitá-la, pensou com relutância. Devlin havia desenvolvido o hábito de passar na casa de Amanda pelo menos duas vezes por semana, sem qualquer tipo de aviso, como seria educado fazer. Às vezes era no meio do dia, às vezes na hora do jantar, quando então Amanda se via obrigada a convidá-lo a compartilhar a refeição.

– Sempre ouvi dizer que nunca se deve alimentar os desgarrados – disse Amanda, severa, na terceira vez em que Jack apareceu sem ser convidado, bem na hora do jantar. – Isso os encoraja a voltar mais vezes.

Devlin abaixou a cabeça em um esforço inútil para parecer penitente, e abriu um sorriso sedutor.

– Está na hora do jantar? Não me dei conta de que já era tão tarde. Vou embora. Sem dúvida a minha cozinheira deve ter algum purê de batatas frio, ou uma sopa queimada à minha espera.

Amanda falhou em sua tentativa de parecer severa.

– Com os meios que tem, Sr. Devlin, duvido que sua cozinheira seja tão miserável como sempre a faz parecer. Na verdade, outro dia mesmo ouvi dizer que o senhor tem uma verdadeira mansão e um batalhão de criados. Duvido que eles permitam que o patrão passe fome.

Antes que Devlin pudesse responder, uma rajada de ar frio de inverno atingiu a entrada da casa, e Amanda logo pediu para que Sukey fechasse a porta.

— Entre logo — disse a Devlin, agitada —, antes que eu me transforme em um cubo de gelo.

Irradiando satisfação, ele entrou na casa aquecida e farejou o ar com prazer.

— Carne ensopada? — murmurou, e lançou um olhar questionador para Sukey, que abriu um sorriso tão largo que ameaçou marcar sua face.

— É rosbife, Sr. Devlin, com purê de nabos e espinafre, e o mais lindo pudim com geleia de damasco que o senhor já viu. A cozinheira se superou dessa vez, vai ver.

O lampejo de irritação de Amanda em relação à presunção de Devlin cedeu lugar ao bom humor quando ela viu o prazer dele.

— O senhor aparece na minha casa com tanta frequência, que nunca me dá a chance de convidá-lo.

Ela deu o braço a ele e o fez acompanhá-la até a pequena, mas elegante, sala de jantar. Embora Amanda quase sempre fizesse as refeições sozinha, comia à luz de velas e usava sua melhor porcelana e a mais bela prataria, pois achava que a ausência de um marido não significava que tinha que comer em um ambiente espartano.

— A senhorita teria me convidado se eu tivesse esperado algum tempo para aparecer? — perguntou Devlin, com um traço de malícia nos olhos azuis.

— Não, eu não teria — retrucou ela, achando graça. — Raramente recebo chantagistas cruéis à minha mesa.

— A senhorita não vai continuar a usar isso contra mim, não é? — questionou ele. — Quero saber o verdadeiro motivo. Ainda se sente desconfortável por causa do que aconteceu entre nós no dia do seu aniversário?

Mesmo então, depois de todas as horas que passara com Devlin, a mais leve referência ao encontro sexual entre eles ainda deixava o rosto dela ardendo.

— Não — murmurou Amanda —, não tem nada a ver com isso. Eu... — Ela parou e suspirou brevemente, forçando-se a admitir a verdade para ele. — Não sou especialmente ousada no que se refere a cavalheiros. Não a ponto de convidar um homem para jantar, a menos que tenha algum pretexto, como negócios. Não me agrada muito a perspectiva de receber uma recusa.

Como Amanda acabara descobrindo, Jack Devlin gostava de provocá-la e de implicar com ela, desde que ela estivesse com todas as defesas erguidas. Quando ela demonstrava a mínima vulnerabilidade, no entanto, ele se tornava surpreendentemente gentil.

– A senhorita é uma mulher independente, dona da própria vida, espirituosa e com uma boa reputação... por que em nome de Deus algum homem a rejeitaria?

Amanda buscou no rosto dele algum sinal de zombaria, mas viu apenas uma preocupação interessada e isso a desconcertou.

– Dificilmente alguém diria que eu sou a sereia que atrai quem quiser apenas com seu canto – disse ela, com leveza forçada. – Eu garanto que existem, sim, alguns homens capazes de me rejeitar.

– Eles não valem a pena, então.

– Ah, claro – retrucou Amanda com uma risada constrangida, tentando afastar a sensação perturbadora de intimidade que brotava no ar.

Ela aceitou a ajuda de Devlin para tomar lugar à bela mesa de mogno, posta com porcelana de Sèvres verde e dourada e talheres de prata com cabos de madrepérola. Entre os pratos dos dois, estava uma manteigueira de vidro verde, enfeitada com um elaborado trabalho em prata. A cobertura da manteigueira tinha uma alça extravagante, também de prata, em formato de vaca. Apesar da preferência de Amanda por uma simplicidade elegante, ela não conseguira resistir a comprar a manteigueira quando a vira em uma loja.

Devlin sentou-se diante dela com ar de familiaridade. Ele parecia ter grande prazer de estar ali, prestes a jantar à mesa dela. Amanda ficou perplexa com a satisfação explícita dele. Um homem como Jack Devlin seria bem-vindo em tantas casas... por que preferia a dela?

– Eu me pergunto se o senhor está aqui pelo prazer da minha companhia, ou por apreciar os talentos da minha cozinheira – cismou ela.

A cozinheira, Violet, tinha pouco mais de 20 anos, mas sabia preparar refeições simples e substanciais de um modo que tornava qualquer prato excepcional. Tinha adquirido essa habilidade trabalhando como assistente de cozinha em uma casa grande e aristocrática. Lá, Violet fez várias anotações sobre ervas e temperos, copiando centenas de receitas em um caderno que não parava de ganhar acréscimos.

Devlin abriu aquele sorriso lento que sempre fascinava Amanda, uma mistura de humor irônico e afeto.

– Os talentos da sua cozinheira são consideráveis – reconheceu ele. – Mas sua companhia faria de uma migalha de pão o festim de um rei.

– Não consigo entender o que faz o senhor me achar tão interessante – comentou Amanda em tom ácido, tentando disfarçar a onda de prazer que as palavras dele haviam provocado. – Não faço nada para lisonjeá-lo ou para agradá-lo. Na verdade, não consigo recordar uma única conversa entre nós que não tenha terminado em discussão.

– Gosto de discutir – disse ele, tranquilamente. – Faz parte da minha herança irlandesa.

Na mesma hora, Amanda ficou fascinada com a rara referência dele ao próprio passado.

– Sua mãe tinha um gênio forte?

– Vulcânico – murmurou ele, então pareceu rir de alguma lembrança muito antiga. – Ela era uma mulher de crenças e emoções apaixonadas... para ela, nada era pela metade.

– Ela teria ficado feliz com o seu sucesso.

– Duvido – retrucou Devlin, a leveza dando lugar a um breve lampejo no olhar. – Minha mãe não sabia ler. Ela não teria sabido o que fazer com um filho que se tornou um editor. Como católica temente a Deus, ela desaprovava qualquer entretenimento que não as histórias e hinos da Bíblia. O material que publico provavelmente a teria inspirado a vir atrás de mim com uma frigideira de ferro.

– E o seu pai? – Amanda não conseguiu evitar perguntar. – Ele está feliz com a sua carreira?

Devlin a encarou longamente por um momento, examinando-a antes de responder em tom frio, quase contemplativo.

– Eu nunca conheci meu pai a não ser como uma figura distante que me mandou para a escola depois que minha mãe morreu e pagou pelo meu ensino.

Amanda tinha consciência de que eles estavam transitando nos limites de um passado cheio de dor e memórias amargas. E se perguntou se Devlin confiaria nela, e também se deveria insistir no questionamento. Era fascinante imaginar que ela talvez tivesse o poder que outras pessoas não tinham de arrancar confidências daquele homem tão reservado. Por que sequer ousava pensar que isso seria possível? Bem, a presença dele ali, naquela noite, era prova de alguma coisa. Devlin gostava da companhia dela. Ele queria alguma coisa dela, embora ela não conseguisse descobrir exatamente o que era.

Com certeza ele não estava ali meramente por causa do interesse sexual, a menos que estivesse tão desesperado por um desafio que subitamente tivesse passado a achar solteironas velhas e de língua afiada atraentes.

Charles, o criado, apareceu para servi-los, pousando habilmente os pratos cobertos de vidro e prata diante deles. Charles os ajudou com o rosbife suculento e os vegetais amanteigados e serviu vinho e água.

Amanda esperou até que o criado saísse antes de voltar a falar.

– Sr. Devlin, o senhor tem repetidamente evitado minhas perguntas sobre o seu encontro com madame Bradshaw, mudando de assunto com brincadeiras. No entanto, já que tem desfrutado da minha hospitalidade, acho justo o senhor finalmente explicar o que conversaram e por que ela maquinou nosso encontro absurdo na noite do meu aniversário. E já aviso que nem um único pedaço do pudim com geleia de damasco será servido em seu prato até que me conte.

Os olhos dele cintilaram, divertidos.

– A senhorita é uma mulher cruel, usando a minha queda por doces contra mim.

– Conte – disse Amanda, implacável.

Devlin não se apressou, terminou de comer um pedaço de rosbife preguiçosamente e deu um gole no vinho tinto.

– A Sra. Bradshaw não acreditou que a senhorita se satisfaria com um homem de inteligência menor do que a sua. Ela alegou que os únicos homens que tinha disponíveis eram imaturos e tontos demais para agradá-la.

– Por que isso deveria importar? – perguntou Amanda. – Nunca ouvi dizer que o ato sexual exija qualquer nível de inteligência em particular. Pelo que já pude observar, muitas pessoas idiotas fazem filhos com bastante facilidade.

Por alguma razão, aquele comentário fez Devlin rir até quase engasgar. Amanda esperou pacientemente que ele recuperasse a compostura, mas toda vez que Devlin olhava para a expressão inquisitiva dela, era dominado por outra crise de riso. Finalmente, ele virou meia taça de vinho e a encarou com os olhos ligeiramente marejados de riso, um rubor colorindo o rosto e o nariz forte.

– É verdade – concordou Devlin, a voz ainda carregada de riso. – Mas a pergunta trai a sua falta de experiência, pesseguinha. O fato é que, com frequência, as mulheres têm mais dificuldade de conseguir satisfação sexual do que os homens. Para que essa satisfação sexual seja alcançada, é necessário certa dose de talento, de atenção, e sim, até mesmo de inteligência.

Aquele assunto estava tão distante dos limites adequados para uma conversa durante o jantar, que Amanda sentiu o rosto todo enrubescer. Ela desviou o olhar para a porta, para se certificar de que os dois estavam completamente a sós, antes de voltar a falar.

– E a Sra. Bradshaw acreditou que o senhor possuía as qualidades necessárias para, bem, para me satisfazer... de uma forma que os funcionários dela não conseguiriam?

– É o que parece. – Ele pousou o talher e ficou observando com profundo interesse a progressão das emoções no rosto dela.

Amanda sabia que deveria encerrar imediatamente aquela conversa escandalosa, mas isso entrava violentamente em conflito com a curiosidade que sentia. Ela nunca fora capaz de perguntar a ninguém sobre sexo, esse assunto proibido – com certeza não perguntaria aos pais, nem às irmãs, que apesar de serem casadas pareciam apenas um pouco mais bem informadas do que a própria Amanda.

Mas ali estava um homem que não apenas era capaz, como ainda parecia ansioso por esclarecer qualquer dúvida que ela tivesse. Abruptamente, Amanda deixou de lado o esforço para manter o decoro – afinal, era uma solteirona, e que bem o decoro já fizera por ela?

– E quanto aos homens? – perguntou. – Eles não têm dificuldade para encontrar satisfação com as mulheres?

Para deleite de Amanda, Devlin respondeu a pergunta sem zombaria.

– Para um homem jovem e inexperiente, normalmente basta ter um corpo feminino quente por perto. Mas à medida que amadurecemos, passamos a querer algo mais. O sexo se torna mais interessante com uma mulher que represente certo desafio, que nos interesse... até mesmo uma mulher que nos faça rir.

– Um homem quer uma mulher que o faça rir? – perguntou Amanda, com óbvio ceticismo.

– É lógico. A intimidade é mais prazerosa com uma parceira, ou parceiro, disposto a se divertir na cama... alguém bem-humorado, desinibido.

– Se divertir – repetiu Amanda, balançando a cabeça.

A ideia contradizia tudo o que sempre pensara sobre romance e sexo. Uma pessoa não "se divertia" na cama. O que ele estava dizendo? Estava insinuando que parceiros sexuais ficavam pulando no colchão e jogando travesseiros um no outro, como crianças?

Enquanto ela o encarava espantada, Devlin pareceu ficar subitamente desconfortável, o olhar intenso e ardente, como se uma chama azul houvesse sido capturada por seus olhos. Um leve rubor coloriu seu rosto, e ele parecia estar segurando os talheres com muita força. Quando Devlin voltou a falar, disse em tom rouco e baixo:

– Lamento, Srta. Briars, mas vamos ter que mudar de assunto. Porque nada me daria mais prazer do que demonstrar o que estou querendo dizer.

Capítulo 7

Amanda se deu conta de que Devlin estava querendo dizer que a conversa o deixara excitado. Ficou surpresa e constrangida ao descobrir que o próprio corpo também despertara com aquele assunto tão íntimo. Era como se tudo nela tivesse ficado mais sensível, como se uma onda de calor tivesse se concentrado em seus seios, em seu ventre, entre as suas pernas. Como era estranho que a visão de um homem, o som da voz dele, pudesse provocar aquelas sensações... até nos joelhos, sempre tão práticos e funcionais.

– Conquistei o direito ao meu pudim com geleia de damasco? – perguntou Devlin, e estendeu a mão para uma travessa que estava coberta. – Porque vou comer um pedaço. E já aviso que apenas a força física me deterá.

Ela sorriu, como ele pretendia.

– Com certeza – disse Amanda, satisfeita ao ouvir a firmeza da própria voz. – Sirva-se.

Devlin serviu com habilidade duas porções de pudim no próprio prato e se dedicou à sobremesa com um entusiasmo infantil. Amanda buscou outro tema para a conversa.

– Sr. Devlin... eu queria saber como se tornou editor.

– A opção me pareceu bem mais interessante do que ficar rabiscando números em algum banco ou seguradora. E eu sabia que não ganharia dinheiro me tornando aprendiz de alguém. Eu queria abrir a minha própria loja, completa, com inventário e empregados, e ter os meios necessários para publicar imediatamente. Então no dia seguinte à minha formatura, vim para Londres trazendo alguns colegas de escola e... – Ele fez uma pausa e algo estranho e sombrio atravessou seu rosto. – Consegui um empréstimo – disse por fim.

– Você deve ter sido extremamente persuasivo. Digo, para um banco ter decidido adiantar o suficiente para cobrir suas despesas. Principalmente sendo tão jovem na época.

O comentário de Amanda foi elogioso, mas por algum motivo os olhos de Devlin se tornaram mais escuros e sua boca exibiu um sorriso sério.

– Sim – disse ele em voz baixa, o tom levemente autodepreciativo. – Fui bastante persuasivo. – Devlin deu um longo gole no vinho, então levantou os olhos para Amanda, que o encarava na expectativa de que continuasse. Ele voltou a falar, então, como se erguesse um fardo pesado. – Decidi começar com uma revista ilustrada e editar e publicar meia dúzia de romances em três volumes nos primeiros seis meses da empresa. O dia não tinha horas suficientes para que fizéssemos tudo o que era preciso. Fretwell, Stubbins, Orpin e eu trabalhávamos até a exaustão... duvido que algum de nós tenha dormido mais do que quatro horas por noite naquela época. Eu tomava as decisões rapidamente, nem todas acertadas, mas de algum modo consegui evitar cometer um erro grande a ponto de nos fazer afundar. Para começar, comprei cinco mil livros excedentes e vendi a preço de liquidação, o que não angariou muita simpatia dos meus colegas livreiros. Por outro lado, fiz dinheiro rápido. Não teríamos conseguido sobreviver de outra forma. Os outros empresários do ramo me chamaram de traidor inescrupuloso... e estavam certos. Mas no primeiro ano de negócio, vendi cem mil volumes e quitei totalmente a dívida.

– Fico surpresa por esses competidores não terem conspirado para tirar você de cena – comentou Amanda, sem meias palavras.

Todos no mundo literário sabiam que a Associação dos Livreiros e o Comitê de Editores costumavam se unir para destruir qualquer um que não seguisse a regra tácita: não vender livros abaixo do preço.

– Ah, eles tentaram – disse Devlin com um sorriso sinistro. – Mas, quando resolveram organizar a campanha contra mim, eu já adquirira dinheiro e influência suficientes para me defender contra tudo o que surgisse.

– Você deve se sentir muito satisfeito com o que conquistou.

Ele deu uma risadinha.

– Na minha vida, até agora nunca me senti satisfeito com nada. E duvido que algum dia vá me sentir.

– Bem, mas o que mais poderia querer? – perguntou Amanda, fascinada e confusa.

– Tudo o que eu não tenho – respondeu Devlin, fazendo-a rir.

A conversa se tornou mais descontraída depois disso. Falaram sobre romances e escritores, e sobre os anos que Amanda passara com a família, em Windsor. Ela descreveu as irmãs, os cunhados e os sobrinhos, e Devlin ouviu com um interesse que a surpreendeu. Ele era incrivelmente perceptivo para um homem, pensou Amanda. Tinha a habilidade de ouvir o que ela *não* havia dito tão claramente quanto o que ela verbalizara.

– Sente inveja das suas irmãs por terem se casado e tido filhos?

Devlin estava recostado na cadeira, um cacho do cabelo negro caindo sobre a testa. Amanda se distraiu por um instante com a mecha cheia e maleável, e sentiu os dedos coçarem com o desejo de colocá-la para trás. Não havia esquecido a textura daqueles fios, tão sedosos e flexíveis quanto a pele de uma foca.

Então ela ponderou a pergunta dele, achando interessante que Devlin ousasse fazer perguntas que mais ninguém faria... e que ela estivesse disposta a respondê-las. Amanda gostava de analisar as ações e os sentimentos das outras pessoas, não os próprios. Ainda assim, alguma coisa a impeliu a responder com sinceridade.

– Acho – começou a falar, hesitante – que às vezes eu talvez inveje as minhas irmãs por terem filhos. Mas não gostaria de um marido como os delas. Sempre quis alguém... alguma coisa... muito diferente. – Ela parou, refletindo, e Devlin permaneceu quieto. O silêncio amigável na sala a levou a continuar. – Nunca consegui aceitar que a vida de casada não seja o que eu imaginei que poderia ser. Sempre achei que o amor deveria ser irresistível e primitivo. Que deveria dominar completamente a pessoa, como os livros, poemas e baladas descrevem. Mas não foi assim com os meus pais, nem com as minhas irmãs, nem com qualquer um dos meus conhecidos em Windsor. No entanto... eu sempre soube que o tipo de casamento deles era o certo, e que as minhas ideias é que estavam erradas.

– Por quê? – Os olhos azuis dele estavam iluminados de interesse.

– Porque do meu jeito não é prático. E é o tipo de amor que sempre acaba.

Ele abriu um sorriso sedutor.

– Como sabe disso?

– Porque é o que todo mundo diz. E faz sentido.

– E a senhorita gosta que as coisas sejam sensatas – zombou ele, com gentileza.

Amanda lhe lançou um olhar desafiador.

– E posso perguntar o que há de errado com isso?

– Nada. – O sorriso dele agora era provocador. – Mas um dia, pesseguinha, o seu lado romântico vai triunfar sobre a sua natureza prática. E espero estar por perto quando isso acontecer.

Amanda se forçou a não se ressentir com a brincadeira. A visão de Devlin sob a luz das velas, as chamas e as sombras brincando nas feições dele, lampejos dourados tocando a forma generosa dos lábios e os malares altos, tudo isso a deixava quente e oca, como uma garrafa que alguém segurasse acima do fogo, a pressão do calor provocando uma agitação interior.

Amanda queria muito tocar aqueles cabelos cheios e sedosos, a pele firme e aveludada, a veia que pulsava na base do pescoço. Queria fazê-lo perder o ar, ouvi-lo sussurrar novamente em gaélico. Quantas mulheres já haviam desejado possuí-lo, pensou, com uma súbita onda de melancolia. Ela se perguntou se alguém já chegara realmente a conhecer Devlin, se algum dia ele se permitiria compartilhar com alguma mulher os segredos do seu coração.

– E você? – quis saber Amanda. – O casamento seria um arranjo prático para um homem como você.

Devlin se recostou na cadeira e a encarou com um sorriso torto.

– Como assim? – perguntou ele em tom suave, mas desafiador.

– Ora, você precisa de uma esposa para arrumar as coisas, para bancar a anfitriã e para lhe fazer companhia. E com certeza deve desejar ter filhos, caso contrário, para quem deixaria seu negócio e seus bens?

– Não preciso me casar para ter companhia – argumentou Devlin. – E não dou a menor importância para o que vai acontecer com os meus bens depois que eu me for. Além do mais, o mundo já tem crianças demais... farei um favor à população me abstendo de aumentar esse número.

– Você parece não gostar de crianças – observou Amanda, esperando que ele negasse.

– Nenhum apreço em especial.

Por um instante, Amanda ficou surpresa com a sinceridade dele. As pessoas que não gostavam de crianças costumavam tentar fingir o contrário. Era uma virtude ter prazer na companhia dos pequenos, mesmo os mais difíceis, que choravam, se comportavam mal e agiam de modo desagradável.

– Talvez acabasse se sentindo de outra forma em relação aos seus próprios filhos – sugeriu Amanda, fazendo uso de um comentário que ela mesma sempre ouvia com frequência.

Devlin deu de ombros e respondeu com tranquilidade.

– Duvido.

O assunto filhos parecia ter dissipado a crescente aura de intimidade do jantar. Devlin pousou o guardanapo de linho sobre a mesa com muito cuidado, e deu um sorrisinho.

– Bem, agora preciso ir.

O olhar decidido dela o deixara desconfortável, pensou Amanda, com uma pontada de remorso. Era algo que ela fazia às vezes, encarar as pessoas como se retirasse camadas, a fim de chegar ao que havia dentro delas. Não era intencional... era só um hábito de escritora.

– Não vai tomar café? – perguntou Amanda. – Ou uma taça de vinho do Porto?

Quando ele balançou a cabeça, recusando, ela se levantou com a intenção de tocar a campainha para chamar Sukey.

– Vou pedir que tragam seu chapéu e seu casaco para o hall de entrada, então...

– Espere.

Devlin também se levantou, deu a volta na mesa e foi até ela.

A expressão no rosto dele era estranha, ao mesmo tempo concentrada e cautelosa, como um animal selvagem sendo atraído para aceitar comida da mão de um estranho em quem não confia. Amanda devolveu o olhar firme com um sorriso educado de curiosidade, tentando parecer composta, mesmo com o coração batendo a mil.

– Sim?

– Você exerce um efeito desconcertante sobre mim – murmurou ele. – Me faz querer dizer a verdade... o que certamente não é comum para mim, menos ainda conveniente.

Amanda não se deu conta de que estava recuando para longe dele até sentir a parede forrada de brocado tocar suas costas. Devlin acompanhou o movimento e pousou uma das mãos perto do ombro dela, deixando a outra caída junto à lateral do corpo. Era uma pose casual, mas Amanda se sentiu cercada, abraçada.

Ela umedeceu os lábios com a ponta da língua.

– Em relação a que assunto deseja me contar a verdade, Sr. Devlin? – conseguiu perguntar.

Os longos cílios dele não a deixavam ver seus olhos. Devlin ficou parado por um longo tempo, até Amanda achar que não iria mais responder. Então ele a encarou bem diretamente. A uma distância tão curta, as profundezas azuis dos olhos dele eram de uma intensidade chocante.

– O empréstimo – murmurou ele. O timbre aveludado da voz se tornara vago e monótono, como se Devlin estivesse se forçando a pronunciar as palavras. – O empréstimo que peguei para começar o meu negócio. Não foi de um banco, ou de uma instituição financeira. Foi do meu pai.

– Entendo – disse Amanda em voz baixa, embora ambos soubessem que ela não entendia.

Devlin cerrou a mão grande que estava apoiada na parede, os nós dos dedos pressionando com força o brocado.

– Eu nunca havia estado com ele antes, mas mesmo assim já o odiava. É um homem da nobreza, rico, minha mãe foi criada dele. E então ele a violentou, ou a seduziu, e quando eu nasci se livrou dela por uma ninharia. Não sou o primeiro filho bastardo dele, e Deus sabe que também não fui o último. Bem, a questão é que filhos ilegítimos não têm qualquer importância ou interesse para ele, que tem sete legítimos com a esposa. – Devlin crispou os lábios com desprezo. – E, pelo que vi, são um bando de mimados e preguiçosos, que não servem para nada.

– Você os conheceu? – perguntou Amanda em tom cauteloso. – Seus meios-irmãos e irmãs?

– Sim, cheguei a vê-los – disse ele, com amargura. – Mas não demonstraram qualquer desejo de se relacionar com um dos muitos filhos bastardos do pai.

Amanda assentiu e ficou observando aquele rosto duro e orgulhoso.

– Quando minha mãe morreu e ninguém se ofereceu para ficar comigo, meu pai me mandou para Knatchford Heath. Não era... não era um bom lugar. Qualquer um que fosse mandado para lá dificilmente poderia ser acusado de estar errado por achar que o pai o queria morto. E eu estava bem consciente de que não seria uma grande perda para o mundo se eu morresse. Então foi exatamente isso o que me manteve vivo. – Ele deu uma risadinha irritada. – Sobrevivi por pura teimosia, apenas para contrariar o meu pai. Eu... – Devlin se interrompeu e seu olhar encontrou o rosto calmo

de Amanda. Ele balançou a cabeça, como se para clarear os pensamentos.
– Não deveria estar lhe contando isso – murmurou.

Amanda tocou de leve a frente do paletó dele e segurou a lapela entre os dedos.

– Continue – sussurrou.

Ela ficou muito quieta, o corpo vibrando com a consciência eletrizante de que Devlin estava se abrindo, confiando nela, de um modo que não fazia com ninguém. Amanda queria ouvir as confidências dele... queria compreendê-lo.

Devlin manteve o olhar no rosto dela.

– Quando me formei, não tinha nada. Não tinha nome, segurança, família. E sabia que nunca conseguiria ser nada na vida sem dinheiro para começar. Assim, fui até o meu pai, o homem que eu mais odiava no mundo, e pedi um empréstimo a ele, a qualquer taxa de juros que ele quisesse, porque eu não sabia o que mais poderia fazer.

– Deve ter sido muito difícil – sussurrou Amanda.

– Quando nos encontramos, tive a sensação de ter sido jogado dentro de um tonel de veneno. Acho que até aquele momento eu tinha a vaga ideia de que ele me devia alguma coisa. Mas pelo modo como me olhou, eu soube que não era um filho para ele, nem qualquer coisa perto disso. Era apenas um erro.

Um erro. Amanda lembrou que Oscar Fretwell havia usado a mesma palavra para descrever a si mesmo e os outros meninos que frequentavam a escola.

– Você é filho dele – disse ela. – Ele lhe devia alguma coisa.

Devlin não pareceu ouvi-la.

– O mais irônico – continuou ele, baixinho – é que somos muito parecidos fisicamente. Sou mais parecido com ele do que qualquer um de seus filhos legítimos... que são todos louros, de pele clara, como a mãe. Deve ter achado graça ao notar que eu carregava a marca dele tão obviamente. E pareceu gostar de ver que eu não fiz qualquer queixa sobre a escola que havia frequentado. Ele me deu todas as oportunidades para reclamar do inferno que eu havia vivido, mas eu não disse uma palavra sequer. Contei a ele sobre os meus planos de me tornar editor e ele perguntou quanto dinheiro eu queria. Eu sabia que seria vender a alma ao diabo. Pegar dinheiro dele seria como trair a minha mãe. Mas eu precisava demais para me importar. E aceitei.

– Ninguém pode culpá-lo – afirmou Amanda, depressa. Mas ela sabia que não importava. Devlin não estava inclinado a se perdoar por suas ações, não importava o que qualquer pessoa dissesse. – E você pagou o empréstimo, não foi? O problema agora está resolvido.

Ele deu um sorriso amargo, como se aquele raciocínio fosse absurdamente inocente.

– Sim, eu paguei tudo o que devia, com juros. Mas não está resolvido. Meu pai gosta de se gabar com os amigos por ter sido ele quem me deu o empurrão inicial. Ele encena o papel do benfeitor, e não posso contradizê-lo.

– As pessoas que o conhecem sabem a verdade – garantiu Amanda em voz baixa. – Isso é tudo o que importa.

– Sim.

Devlin pareceu distraído, e Amanda sentiu que ele estava arrependido de ter contado tanto a ela sobre si próprio. Mais do que qualquer coisa, ela não queria que ele se arrependesse por ter confiado nela. Por que ele confiara? Por que havia contado a Amanda o que havia de pior sobre si mesmo? A intenção de Devlin fora se aproximar mais ou afastá-la? Ele abaixou os olhos e pareceu estar esperando que ela o censurasse, pareceu quase desejar que isso acontecesse.

– Jack... – disse Amanda, o apelido dele escapando de seus lábios antes que se desse conta.

Ele se moveu como se pretendesse se afastar dela e Amanda estendeu a mão impulsivamente, alcançando os ombros largos dele. Ela o abraçou como se para protegê-lo, embora parecesse absurdo proteger uma criatura tão poderosa fisicamente. Devlin enrijeceu o corpo. Para surpresa de Amanda, e talvez para a dele mesmo, foi aos poucos aceitando o gesto, inclinando o corpo para se acomodar à baixa estatura dela. Os cabelos negros quase encostaram no ombro de Amanda, que levou uma das mãos à nuca de Devlin, no ponto onde a pele quente encontrava a gola engomada do colarinho.

– Jack... – A intenção dela era soar solidária, mas por algum motivo seu tom acabou sendo tão pragmático como sempre. – O que você fez não foi ilegal, nem imoral, e com certeza não adianta perder tempo com arrependimentos. Você não precisa se censurar por algo que não pode mudar. E, como você mesmo disse, não havia escolha. Se quer se vingar do seu pai e dos seus irmãos pelo modo como o trataram, sugiro que se dedique a ser feliz.

Devlin deixou escapar uma risadinha junto ao ouvido dela.

– Minha princesa é tão prática – murmurou, e a abraçou com mais força. – Gostaria que fosse tão fácil. Mas algumas pessoas não são feitas para serem felizes... já pensou nisso?

∽

Para um homem que passava cada minuto da vida administrando, controlando, batalhando por alguma coisa, e conquistando o que queria, aquele momento de rendição foi uma experiência das mais estranhas. Jack se sentia zonzo, como se uma neblina quente houvesse subitamente descido sobre ele e embaçado os contornos do mundo cruel em que vivia. Ele não sabia muito bem o que o levara a fazer aquela confissão impetuosa, mas uma palavra foi conduzindo à outra, até ele estar despejando segredos que nunca contara a ninguém. Nem mesmo a Fretwell ou Stubbins, seus confidentes mais próximos. Jack teria preferido que Amanda risse dele, ou se mantivesse distante e fria... Nesse caso ele teria conseguido lidar com a situação com humor e sarcasmo, suas defesas favoritas. Mas o apoio e a compreensão dela eram demais. Ele parecia incapaz de se afastar dela, não importava que o momento estivesse se estendendo excessivamente.

Jack amava a força daquela mulher, sua abordagem objetiva da vida, sem falso sentimentalismo. E então lhe ocorreu que sempre precisara de uma mulher como ela, alguém que não se deixaria intimidar pelo enorme rebuliço de ambição e caos que o perturbara por toda a vida. Era enternecedora a confiança dela em sua própria capacidade de reduzir um problema ao seu tamanho real.

– Jack – disse ela, baixinho. – Fique um pouco mais. Vamos tomar um drinque na sala de estar.

Ele enfiou o rosto nos cabelos dela, onde o penteado elegantemente preso na lateral havia se soltado em cachos rebeldes.

– Você não tem medo de ficar sozinha comigo na sala de estar? – perguntou ele. – Lembre-se do que aconteceu na última vez.

Jack sentiu que ela se eriçava.

– Acho que sou perfeitamente capaz de lidar com a situação.

A autoconfiança de Amanda foi demais para Jack. Ele se afastou, segurou o rosto dela entre as mãos e usou o próprio peso para pressioná-la contra a parede. As pernas levemente abertas prenderam as dela dentro do peso farfalhante das saias de veludo cor de âmbar. Então um brilho de surpresa cintilou nos olhos cinza-claros dela, e o rosto ficou ruborizado. Amanda tinha uma pele clara e bela, além da boca mais tentadora que Jack já vira, macia e rosada, que se curvava lindamente quando ela não estava cerrando os lábios como tinha mania de fazer.

– Nunca diga isso para um homem – disse ele. – Só nos faz querer provar que está errada.

Jack gostava de fazê-la corar, uma habilidade que, imaginava, poucos homens deviam possuir. Ela riu, parecendo incapaz de emitir uma resposta. Jack deixou os polegares correrem suavemente pela lateral do rosto dela, sentindo a pele fria e sedosa. Queria aquecê-la, enchê-la de fogo. Então baixou a cabeça e roçou o nariz no rosto dela, deixando os lábios encontrarem a pele macia.

– Amanda... o que eu acabei de contar... não foi para conquistar a sua simpatia, está bem? Quero que entenda o tipo de homem que eu sou. Não sou uma pessoa nobre. Não sou um homem de princípios.

– Nunca achei que fosse – retrucou ela em tom sarcástico.

Jack riu ainda com os lábios junto ao rosto dela, e sentiu Amanda estremecer.

– Jack... – Amanda manteve o rosto encostado no dele, como se estivesse apreciando a sensação da pele barbeada. – Parece que está me alertando contra você, embora eu não consiga compreender o motivo...

– Não? – Jack se afastou e olhou para ela, muito sério, o desejo ardendo, implacável, contaminando todas as considerações racionais. Ela estava de olhos arregalados. Eram tão prateados, frescos e revigorantes quanto uma chuva de primavera. Jack poderia contemplá-los para sempre. – Porque eu quero você. – Jack se forçou a falar mesmo com a súbita rouquidão. – Porque você não deve mais me receber para jantar. E quando me vir caminhando em sua direção é melhor correr o mais rápido possível na direção oposta. Você é como uma das personagens de seus romances, Amanda... uma mulher boa, decente, que está se envolvendo com uma má companhia.

– Acho más companhias bastante interessantes. – Ela não parecia ter o menor medo dele, muito menos compreender o que ele estava tentando dizer. – E talvez eu esteja apenas usando você para fins de pesquisa. – Amanda o surpreendeu ao passar os braços ao redor do pescoço dele e ao encostar os lábios no canto da boca de Jack. – Pronto... viu só? Não tenho medo de você.

Os lábios suaves de Amanda deixaram Jack em chamas. Ele não seria capaz de continuar controlando suas reações, assim como não poderia impedir a terra de girar. Então ele baixou a cabeça abruptamente, capturou a boca de Amanda e beijou-a com uma paixão primitiva. Ela era sedutora e doce, o corpo pequeno, mas voluptuoso, encaixando-se perfeitamente em seus braços, os seios fartos pressionando o peito dele. Jack explorou a boca de Amanda com movimentos profundos da língua, tentando ser gentil, mesmo sentindo uma fogueira arder dentro de si. Tinha vontade de rasgar o vestido de veludo e saborear sua pele, o bico dos seios, a curva do abdômen, o fogo entre as coxas. Queria corrompê-la de mil maneiras diferentes, chocá-la, exauri-la até que ela dormisse por horas em seus braços.

Jack encontrou cegamente a curva das nádegas de Amanda, segurou-a e puxou-a para que seu ventre encontrasse a rigidez do sexo dele. As saias dela impediram que a sensação fosse plena, as dobras pesadas de tecido um obstáculo para o contato íntimo pelo qual ele tanto ansiava. Ele a beijou com paixão renovada e a tensão cresceu entre os dois, até Amanda gemer e ficar cada vez mais agitada. Sem saber exatamente como e respirando com dificuldade, Jack conseguiu se afastar e imprensou-a com seu corpo excitado.

– Chega – sussurrou ele, a voz muito rouca. – Chega... ou vou tomar você inteira agora mesmo.

O rosto de Amanda estava escondido dele, mas Jack ouviu o ritmo alterado de sua respiração, sentiu o esforço que ela fazia para se manter quieta apesar dos tremores que agitavam seu corpo. Ele, então, arrumou os cachos ruivos cintilantes em um movimento desajeitado, cada um deles proporcionando a sensação de fogo em suas mãos.

Demorou um longo tempo antes que Jack conseguisse se forçar a falar.

– Agora você entende por que é uma má ideia me convidar para esta sala?

– Talvez você tenha razão – disse ela, a voz hesitante.

Jack afastou-a, embora sentisse cada fibra de seu corpo se rebelando contra isso.

– Eu não deveria ter vindo aqui esta noite – murmurou ele. – Fiz uma promessa a mim mesmo, mas parece que não consigo...

Jack deixou escapar um grunhido baixo, quando se deu conta de que estava prestes a fazer outra confissão. O que havia acontecido com ele, um homem tão escrupulosamente reservado a respeito de si mesmo, mas que parecia incapaz de parar de falar quando estava perto de Amanda?

– Até breve – disse ele abruptamente, encarando o rosto ruborizado dela. Jack balançou rapidamente a cabeça, se perguntando onde diabo havia ido parar o seu autocontrole.

– Espere.

Os dedos de Amanda encontraram a manga do paletó dele. Jack observou aquela mão pequena e precisou se esforçar para controlar a urgência que sentiu de colocá-la ao redor do seu sexo rígido, que latejava.

– Quando nos veremos de novo? – perguntou ela.

Um longo tempo se passou antes que ele respondesse.

– Quais são os seus planos para as festas de fim de ano? – perguntou ele, a voz saindo ainda em um grunhido.

O Natal seria dali a menos de duas semanas. Amanda baixou o olhar e se dedicou a recolocar a faixa do vestido no lugar.

– Pretendo ir a Windsor, como sempre, passar as festas com as minhas irmãs e suas respectivas famílias. Sou a única que ainda se lembra da receita de ponche de conhaque flambado da minha mãe, e Helen, minha irmã, sempre me pede que o prepare. Para não mencionar o bolo de ameixa...

– Passe o Natal comigo.

– Com você? – murmurou ela, claramente surpresa. – Onde?

Jack continuou a falar lentamente.

– Todo ano eu ofereço uma festa na minha casa, para amigos e colegas. É... – Ele fez uma pausa, incapaz de ler a expressão no rosto de Amanda. – Na verdade, a casa vira um hospício. Muita bebida, agitação... um barulho ensurdecedor. E quando finalmente se consegue encontrar um prato, a comida já está fria. Além do mais, você não conheceria uma única alma entre os convidados...

– Sim, aceito o convite.

– Aceita? – Ele a encarou, estupefato. – E quanto aos seus sobrinhos e sobrinhas, e o ponche de conhaque flambado?

Amanda tinha mais certeza a cada segundo que passava.

– Vou enviar pelo correio a receita do ponche. E quanto às crianças, duvido que sequer notem a minha ausência.

Jack assentiu, feito um bobo.

– Se quiser reconsiderar... – começou a dizer, mas Amanda balançou a cabeça na mesma hora.

– Não, não, será perfeito para mim. Vou gostar da mudança de ambiente, sem crianças gritando o tempo todo, nem as minhas irmãs me perturbando, isso sem falar da deplorável viagem de ida e volta até Windsor, sacolejando na carruagem. Será revigorante passar o Natal em uma festa cheia de novos rostos. – Ela começou a guiá-lo de volta para a sala de jantar, como se tivesse receio de que ele pudesse ser mal-educado a ponto de retirar o convite. – Bem, mas não vou mais atrasar sua partida, afinal, já manifestou seu desejo de partir. Boa noite. – Amanda tocou a sineta para que a criada trouxesse o casaco dele e, antes que Devlin percebesse o que estava acontecendo, já estava na rua.

Ficou parado diante da porta, na noite gelada, os sapatos fazendo barulho sobre a areia espalhada pela calçada para evitar que alguém escorregasse, e enfiou as mãos nos bolsos. Caminhou lentamente em direção à própria carruagem e, enquanto o cocheiro preparava os cavalos para partirem, resmungou para si mesmo:

– Por que eu fiz isso, santo Deus?

Estava surpreso com o desfecho inesperado da noite. Tudo que quisera era passar uma ou duas horas na companhia de Amanda Briars e, de algum modo, acabara convidando-a para passar o Natal na casa dele.

Jack subiu na carruagem e sentou-se, o corpo muito tenso, as costas sequer tocando o elegante encosto de couro, as mãos segurando com força os joelhos. Sentia-se ameaçado, desestabilizado, como se o mundo que vinha habitando confortavelmente tivesse de repente mudado além da sua capacidade de adaptação. Alguma coisa estava acontecendo com ele, e Jack não estava gostando.

Ao que parecia, aquela pequena solteirona havia atravessado suas defesas tão bem construídas. Jack sentia vontade de ir ao encontro dela na mesma medida em que desejava sair correndo, e nenhuma das duas opções parecia possível. Pior de tudo, Amanda era uma dama respeitável, que não se contentaria com um mero caso entre eles, com um relacionamento casual. Amanda desejaria conquistar o coração de qualquer homem com quem se envolvesse – era orgulhosa demais, obstinada demais, para desejar menos que isso. E o coração calcificado de Jack não estava disponível para Amanda nem para mais ninguém.

Capítulo 8

Amanda sorriu e estremeceu de frio diante da porta aberta, enquanto ela, Sukey e Charles ouviam as crianças apresentando canções de Natal na frente da casa. O pequeno grupo de meninos e meninas, meia dúzia ao todo, cantava encoberto por camadas de cachecóis de lã e de gorros que quase escondiam seus rostos. Só era possível ver a ponta dos narizes vermelhos e o vapor que se formava com a respiração.

Quando finalmente terminaram, estendendo a última nota o máximo possível, Amanda e os criados bateram palmas.

– Para vocês – disse ela, e entregou uma moeda à criança mais alta. – Quantas casas mais pretendem visitar hoje?

O menino respondeu com um forte sotaque do East End.

– Pensamos em procurar mais uma, senhorita, e depois iremos para casa aproveitar a ceia de Natal.

Amanda sorriu e viu que duas delas batiam os pés no chão para reavivar os pés dormentes pelo frio. Muitas crianças apresentavam cantos natalinos na manhã de Natal para ganhar algum dinheiro extra.

– Tome, então – disse Amanda, pegando outra moeda no bolso. – Pegue essa e vão logo para casa. Está frio demais para ficarem na rua.

– Obrigada, senhorita – falou o menino, encantado, e seguiu-se um coro de agradecimentos dos colegas dele. – Feliz Natal, senhorita! – O grupo desceu correndo os degraus da entrada e se afastou apressado, como se tivessem medo de que Amanda mudasse de ideia.

– Srta. Amanda, não deveria oferecer seu dinheiro tão despreocupadamente – repreendeu Sukey em seu sotaque carregado, seguindo a patroa para dentro de casa e fechando a porta para bloquear o vento frio. – Não faria mal algum àquelas crianças ficarem um pouco mais na rua.

Amanda riu e enrolou o xale mais apertado ao redor do corpo.

– Não me repreenda, Sukey. É Natal. Agora vamos... logo a carruagem do Sr. Devlin vai chegar para me buscar.

Enquanto Amanda estivesse na festa de Natal na casa de Jack Devlin, Sukey, Charles e a cozinheira, Violet, celebrariam em outros lugares, com seus próprios amigos. No dia seguinte, conhecido como *Boxing Day*, ou Dia de Encaixotar – porque era quando se enchiam caixas com roupas e utensílios usados, para serem doados aos pobres, junto com algum dinheiro –, Amanda e os criados iriam para Windsor, passar a última semana das festas de fim de ano na casa de Sophia, irmã dela.

Amanda estava feliz com a perspectiva de rever os parentes no dia seguinte, mas estava adorando a ideia de passar aquele dia em Londres. Como era bom ter alguma coisa diferente para fazer naquele ano. E sentiu-se realmente satisfeita porque, dali em diante, os parentes não estariam sempre certos do que esperar dela. "Amanda não vem?", ela quase podia ouvir a tia-avó extravagante indagar. "Mas ela sempre vem no Natal... não tem marido nem filhos. E quem vai fazer o ponche de conhaque...?"

Em vez disso, Amanda estaria dançando e aproveitando o banquete de Natal com Jack Devlin. Talvez ela até se permitisse ser pega sob uma guirlanda de visco junto com ele.

– Ora, Sr. Devlin – murmurou, já cheia de expectativa –, vamos ver o que esse Natal trará para nós dois.

Depois de tomar um delicioso banho quente, Amanda se enrolou em um roupão e sentou-se diante da lareira do quarto. Ela penteou os cabelos até secarem e se transformarem numa explosão de cachos avermelhados. Então, enrolou-os com habilidade em um coque no alto da cabeça, deixando algumas mechas caírem ao redor da testa e do rosto.

Sukey ajudou Amanda a colocar o vestido verde-esmeralda de seda, com duas fileiras de veludo canelado arrematando a bainha. As longas mangas de veludo eram presas nos punhos por braceletes de contas de jade, e o decote quadrado era baixo o suficiente para revelar um pedaço provocante do seu colo. Como concessão ao clima frio, Amanda acrescentou um xale franjado de seda cor de vinho. Nas orelhas, um par de brincos em estilo flamengo, lágrimas de ouro que gentilmente balançavam junto ao pescoço. Examinando o resultado final no espelho, sorriu com prazer, pois sabia que nunca estivera tão bonita. Não houve nem necessidade da usual beliscadinha nas bochechas: já estavam ruborizadas de empolgação. Uma empoada rápida no nariz, um toque de perfume atrás das orelhas e pronto.

Amanda foi até a janela e deu um gole no chá que já esfriava. Tentou controlar o coração disparado ao ver que a carruagem havia chegado.

– Que boba. Na minha idade, me sentindo a própria Cinderela – disse a si mesma, em tom irônico, mas a euforia interna permaneceu enquanto descia apressadamente a escada para pegar a capa.

Depois que o criado a ajudou a se acomodar na carruagem, com direito a aquecedor para os pés e manta forrada de pele, Amanda viu um embrulho de presente no assento. Hesitante, tocou a fita do laço vermelho em cima do pacotinho quadrado e pegou um pequeno cartão que havia sido enfiado ali embaixo. Então sorriu ao ler o bilhete, que dizia:

Embora não seja tão empolgante quanto as memórias de madame B., acho que pode vir a ser do seu interesse. Feliz Natal

– J. Devlin

Enquanto a carruagem seguia pelas ruas geladas, Amanda abriu o presente e ficou olhando para ele com um sorriso de curiosidade. Era um livro... Pequeno e muito antigo, a capa de couro já gasta, as páginas marrons e quebradiças... Ela segurou o volume com extrema delicadeza e abriu a página do título.

– "Viagens a várias nações remotas do mundo" – leu em voz alta. – "Em quatro partes. Por Lemuel Gulliver..."

Amanda parou, então deixou escapar uma risada de prazer.

– As viagens de Gulliver!

Certa vez, ela confidenciara a Devlin que aquele trabalho "anônimo" de Jonathan Swift, o clérigo irlandês e escritor satírico, tinha sido uma das histórias favoritas dela na infância. Aquela edição em particular era a impressão original de Motte, de 1762, extremamente rara.

Sorrindo, Amanda reconheceu que aquele pequeno volume a deixava mais satisfeita do que se tivesse ganhado as joias da Coroa. Não havia dúvida de que o certo seria recusar um presente tão valioso, mas ela não conseguiria se forçar a isso.

Foi com o livro no colo à medida que a carruagem seguia em direção ao elegante bairro de St. James's. Embora nunca tivesse visitado a casa de Jack Devlin antes, Amanda tinha ouvido Oscar Fretwell falar do lugar. Devlin havia comprado a mansão de um antigo embaixador da França que, na velhice, decidira estabelecer residência em outra parte do continente europeu e se desfazer de suas propriedades na Inglaterra.

A casa ficava em uma área distinta da cidade, com belas propriedades, apartamentos de solteiros e lojas exclusivas. Não era comum que um homem de negócios possuísse uma mansão em St. James's, já que a maior parte dos profissionais bem-sucedidos construía suas casas ao sul do rio, ou em Bloomsbury. No entanto, Devlin tinha algum sangue aristocrático nas veias, e talvez isso, combinado com sua riqueza considerável, tornasse a presença dele mais palatável aos vizinhos.

A carruagem desacelerou para se juntar a uma fila de veículos que deixavam seus passageiros na calçada diante da magnífica residência. Amanda não conseguiu evitar ficar boquiaberta ao olhar pela janela coberta de gelo.

Era uma casa alta, esplêndida, em estilo georgiano, a frente de tijolos vermelhos com imensas colunas brancas, frontões e fileiras de grandes janelas paladianas. As laterais da casa eram emolduradas por freixos imaculadamente podados e por sebes de faias que levavam a um bosque onde as árvores cresciam de um solo coberto por cíclames brancas.

Era uma casa que daria orgulho a qualquer pessoa distinta. A imaginação de Amanda se acendeu enquanto ela esperava a carruagem chegar diante da porta da frente. Imaginou Jack Devlin ainda menino, sonhando acordado com a vida que teria fora dos muros sombrios de Knatchford Heath. Será que de algum modo ele intuíra que um dia viveria em um lugar como aquele? Que emoções o haviam motivado durante a longa e difícil escalada até aquela casa? Mais importante: ele algum dia encontraria alívio para a eterna ambição que o movia, ou ela continuaria guiando implacavelmente os passos de Devlin até a sua morte?

Diferentemente dos homens comuns, faltava a Devlin certas características... a capacidade de relaxar, de sentir satisfação, de apreciar as próprias conquistas. Apesar disso, ou talvez por causa disso, Amanda provavelmente o achava a pessoa mais fascinante que já conhecera. E sabia, sem sombra de dúvida, que ele era perigoso.

– Ora, mas eu não sou nenhuma colegial sonhadora – disse a si mesma, consolando-se com a consciência do próprio bom senso. – Sou uma mulher capaz de ver Jack como ele realmente é... Não estou correndo perigo. Só não posso me permitir fazer coisas absurdas.

Como se apaixonar. Não, sentiu o coração contrair de ansiedade só de pensar nisso. Viver bons momentos na companhia de Devlin já era o bastante. Precisava manter em mente que ele não era o tipo de homem que passaria a vida com uma única mulher.

A carruagem parou e o criado se apressou em ajudar Amanda a descer. Ela aceitou o braço do homem que a guiou pelos degraus congelados e cobertos de areia, que levavam às portas duplas da entrada. O som de vozes, a música e o calor se erguiam como uma onda no interior muito iluminado. Havia guirlandas de visco e de azevinho presas com fitas vermelhas de veludo aos corrimãos e cornijas. O aroma verde se misturava ao das flores e aos cheiros de uma elaborada refeição que estava sendo servida no salão de jantar.

Havia muito mais convidados do que Amanda imaginara, pelo menos umas duzentas pessoas. Enquanto as crianças brincavam em um cômodo separado, os adultos transitavam por um extenso circuito de salas. A música alegre vindo da sala de visitas se espalhava por toda a casa.

Amanda sentiu um tremor agradável tomar seu corpo quando Devlin a encontrou. Ele estava elegante em um paletó e calça pretos, com um colete grafite que se moldava perfeitamente ao torso esguio. No entanto, o traje elegante não disfarçava sua natureza escandalizante. Devlin era irreverente e claramente calculista demais para conseguir convencer alguém de que era um cavalheiro.

– Srta. Briars – disse ele, em voz baixa, pegando as duas mãos enluvadas dela e examinando-a com um olhar de franca aprovação. – Está parecendo um anjo de Natal.

Amanda riu do elogio.

– Obrigada pelo livro adorável, Sr. Devlin. Vou guardar como um tesouro. Mas lamento não ter trazido nada para o senhor.

– Ver a senhorita nesse vestido decotado é o único presente que eu quero.

Ela franziu a testa e lançou um rápido olhar ao redor para ver se havia alguém próximo.

– Shhh... e se alguém escutar isso?

– Achariam que tenho uma quedinha por você – murmurou ele *sotto voce*. – E estariam certos.

– Uma quedinha – repetiu ela friamente, mas se deleitando por dentro com a conversa. – Nossa, que poético.

Devlin sorriu.

– Bem, admito que não tenho seu talento para descrições arrebatadoras do desejo carnal.

– Agradeço se não mencionar assuntos indecentes em uma data sagrada – sussurrou Amanda, em tom severo, o rosto ardendo.

Ele continuou sorrindo e pousou uma das mãos de Amanda em seu braço.

– Muito bem – disse, cedendo –, vou me comportar como um coroinha pelo resto do dia se é o que deseja.

– Seria uma mudança agradável – retrucou Amanda, em tom pudico, fazendo-o rir.

– Venha comigo. Quero apresentá-la a alguns amigos.

Não escapou a Amanda o ar possessivo de Devlin quando entrou com ela no grande salão de visitas. Ele foi de um grupo a outro de convidados, todos sorridentes, fazendo as apresentações com elegância, trocando votos de boas festas e soltando piadinhas com uma naturalidade que a encantou.

Embora de forma alguma ele tivesse deixado isso abertamente claro, havia algo em seu tom ou em sua expressão que sugeria que ele e Amanda tinham uma ligação que ia além dos negócios. Desconcertava Amanda como isso a fazia se sentir, afinal, ela nunca estivera em um relacionamento, nunca fora alvo dos olhares invejosos de outras mulheres, ou da apreciação dos homens. Na verdade, nenhum homem jamais fizera o esforço de demonstrar publicamente interesse por ela. Mas Amanda sentia que, ainda que de forma sutil, era isso que Devlin estava fazendo.

Eles seguiram através do círculo de amplas salas de recepção. Para os convidados que não desejavam dançar ou cantar, havia uma sala com paredes de mogno onde podiam se entreter com charadas, e outra, com várias mesas para jogar cartas. Amanda reconheceu muitos convidados – escritores, editores e jornalistas que havia encontrado em vários eventos sociais nos últimos meses. Era um grupo animado, e o espírito contagiante do Natal parecia se espalhar do rosto mais jovem ao mais velho.

Devlin fez Amanda parar diante de uma mesa de comes e bebes, onde algumas crianças estavam envolvidas em um jogo de "boca de dragão". Estavam em cima de cadeiras ao redor de uma tigela de ponche muito quente, pegando algumas passas fumegantes com os dedinhos pequenos e jogando rapidamente na boca. Devlin riu ao ver os rostos melados se voltando em sua direção.

– Quem está ganhando? – perguntou, e todos apontaram para um menino rechonchudo, de cabelos arrepiados.

– O Georgie! Ele comeu a maior parte das passas até agora.

– Tenho os dedos mais rápidos, senhor – admitiu o menino, com um sorriso melado de açúcar.

Devlin retribuiu o sorriso e levou Amanda até a poncheira.

– Tente – sugeriu.

Todas as crianças começaram a rir e Amanda franziu a testa discretamente para ele.

– Acho que levaria tempo demais para tirar as minhas luvas – disse ela, com discrição.

Os olhos azuis de Devlin cintilaram, maliciosos.

– Deixa que eu faço isso por você, então.

Ele tirou a própria luva e, antes que ela pudesse protestar, mergulhou a mão na poncheira, pegou uma passa e a colocou na boca de Amanda. Ela aceitou automaticamente e a fruta pareceu abrir um buraco quente em sua língua. As crianças explodiram em gargalhadas. Amanda baixou a cabeça para esconder um sorriso incontestável enquanto a passa encharcada de conhaque espalhava um sabor doce por sua boca. Depois de engolir, ela levantou a cabeça e encarou Devlin com uma expressão de reprovação.

– Outra? – perguntou ele, com inocência forçada, os dedos já pousados novamente sobre a poncheira.

– Não, obrigada. Não quero estragar o meu apetite.

Devlin sorriu e sugou o dedo melado, então calçou novamente a luva. As crianças retomaram a brincadeira. Fingiam dar gritinhos de dor quando os dedos tocavam o líquido escaldante.

– E agora? – perguntou Devlin, afastando-se com Amanda. – Aceita uma taça de vinho?

– Não gostaria de monopolizar sua atenção... certamente precisa receber seus convidados.

Devlin levou-a até um canto do salão de visitas, e pegou uma taça de vinho de um criado que passava com uma bandeja. Então entregou-a para Amanda e murmurou em seu ouvido:

– Só uma convidada me interessa.

Amanda sentiu as bochechas pinicarem. Era como se estivesse em um sonho. Aquilo não podia estar acontecendo a Amanda Briars, a solteirona de Windsor... a música agradável, o ambiente encantador, aquele homem belo sussurrando bobagens sedutoras ao ouvido dela.

– Você tem uma bela casa – disse Amanda, a voz instável, em um esforço para romper o encanto.

– Não tenho mérito algum nisso. Comprei exatamente como está agora, incluindo a mobília.

– É uma casa muito grande para uma pessoa só.

– Eu recebo convidados com frequência.

– Alguma amante? – Amanda não tinha ideia de por que ousara fazer aquela pergunta chocante que surgira em sua mente.

Devlin sorriu, e a voz saiu em tom de zombaria ao responder:

– Ora, ora, Srta. Briars... fazendo esse tipo de pergunta em uma data sagrada...

– E então? – insistiu ela, já tendo se arriscado demais para voltar atrás.

– Não – admitiu Devlin. – Tive um ou dois casos, mas nenhuma amante fixa. Pelo que observei, trata-se de um grande inconveniente... além de ser caro... se livrar dela quando nos cansamos.

– Quando terminou seu último caso?

Devlin riu baixinho.

– Não vou responder mais nenhuma pergunta até que me diga por que tanto interesse nas minhas atividades entre quatro paredes.

– Posso decidir basear um personagem no senhor algum dia.

O final de um delicioso sorriso se demorou nos lábios dele.

– Então pode muito bem aprender outra coisa sobre mim, minha amiguinha curiosa... Gosto de dançar. E sou muito bom nisso. Portanto, se me permite...

Ele tirou a taça de vinho da mão dela e pousou-a em uma mesinha. Então, levou Amanda em direção ao salão de visitas.

A sensação de estar em um sonho permaneceu ao longo das horas seguintes, enquanto Amanda dançava, bebia, ria e participava de brincadeiras de Natal. Os deveres de Devlin como anfitrião de vez em quando o afastavam, mas mesmo quando estava do outro lado do salão, Amanda sentia seu olhar nela. Para diverti-la, ele lançava olhares francamente aborrecidos quando a via conversando por tempo demais com qualquer cavalheiro em particular, como se fosse possível que estivesse com ciúmes. Na verdade, Devlin se apressou em mandar Oscar Fretwell intervir depois que Amanda dançou duas vezes com um charmoso banqueiro, chamado "Rei" Mitchell.

– Srta. Briars! – exclamou Fretwell, muito simpático, os cabelos louros cintilando sob a luz dos candelabros. – Não creio que ainda não dançou comigo... e não posso permitir que o Sr. Mitchell guarde uma dama tão encantadora só para si.

Mitchell entregou a mão de Amanda ao gerente-geral de Devlin com uma expressão de pesar. Amanda sorriu para Fretwell enquanto eles entravam em uma quadrilha.

– Devlin mandou você, não é? – perguntou ela em tom irônico.

Fretwell sorriu, constrangido, mas não se deu ao trabalho de negar.

– Fui mandado para lhe informar que Rei Mitchell é um homem divorciado e um apostador, e que é uma péssima companhia.

– Eu o achei muito divertido – retrucou Amanda com malícia, seguindo os movimentos da quadrilha.

Avistou Devlin parado sob o arco amplo que dividia o salão de visitas da sala de estar. Respondeu com um breve aceno animado à expressão séria dele, de testa franzida, e continuou a dançar com Fretwell.

Quando a dança terminou, Fretwell a acompanhou até a mesa para servir-se de ponche. Enquanto um criado servia o líquido cor de framboesa em um copo de cristal, Amanda percebeu um estranho parado ao seu lado. Ela se virou e sorriu para o homem.

– Já nos conhecemos, senhor?

– Para minha enorme tristeza, não.

Era um homem alto, de aparência razoavelmente comum, mas elegante, com uma barba muito bem-aparada que se tornara moda recentemente. O nariz grande era compensado por belos olhos castanhos e a boca exibia um sorriso fácil. Os cabelos castanho-avermelhados eram cortados muito curtos e já começavam a ficar grisalhos nas têmporas. Amanda imaginou que ele devia ser cinco ou dez anos mais velho do que ela... um homem maduro, estabelecido e muito confiante.

– Permitam-me fazer as apresentações – disse Fretwell, ajustando melhor os óculos no nariz. – Srta. Amanda Briars, esse é o Sr. Charles Hartley. Por acaso, vocês dois escrevem para o mesmo editor.

Amanda ficou intrigada pelo fato de Hartley também ser contratado de Jack Devlin.

– O Sr. Hartley tem a minha solidariedade – comentou ela, fazendo os dois homens rirem.

– Com sua permissão, Srta. Briars – murmurou Fretwell, claramente se divertindo –, vou deixá-los, para que possam se lamentar juntos. Preciso cumprimentar alguns velhos amigos que acabaram de chegar.

– Com certeza – disse Amanda, provando o ponche doce e azedo. E então voltou-se para Hartley quando se deu conta de que talvez reconhecesse aquele nome. – Não acredito, o senhor é o *Tio* Hartley? – perguntou, encantada. – Autor dos livros de versos para crianças? – Quando ele assentiu, confirmando, Amanda riu e tocou o braço dele, impulsivamente. – Seu trabalho é maravilhoso, Sr. Hartley. Realmente maravilhoso. Li suas histórias para os meus sobrinhos e sobrinhas. Minha favorita é sobre o elefante que reclama o tempo todo, ou talvez seja a do rei que encontra o gato mágico...

– Sim, meus versos imortais – comentou ele, em tom irônico e autodepreciativo.

– Mas o senhor é tão inteligente – declarou Amanda com sinceridade. – E é tão difícil escrever para crianças. Eu jamais conseguiria criar nada que interessasse a elas.

Hartley abriu um sorriso caloroso que fez seu rosto comum parecer quase belo.

– Acho difícil acreditar que qualquer tema esteja acima do seu talento, Srta. Briars.

– Venha, vamos encontrar um lugar mais reservado para conversarmos – convidou ela. – Tenho muitas perguntas que adoraria fazer.

– Não consigo imaginar sugestão mais atraente – respondeu ele, oferecendo o braço a Amanda e se afastando com ela.

Amanda achou a companhia de Hartley relaxante e tranquilizadora, absolutamente diferente da agitação vertiginosa que a presença de Jack Devlin provocava. Ironicamente, embora Hartley ganhasse a vida escrevendo livros para crianças, era viúvo e não tinha filhos.

– Foi um bom casamento – confidenciou a Amanda, as mãos grandes ainda segurando um copo de cristal, embora já tivesse bebido todo o ponche vários minutos antes. – Minha esposa era o tipo de mulher que sabia como fazer um homem se sentir confortável. Não tinha afetações, era uma pessoa agradável e nunca bancava a tola como parece ser comum com a maioria das mulheres hoje em dia. Falava livremente o que lhe vinha à mente e gostava de rir. – Hartley parou e observou Amanda, pensativo. – Na verdade, ela se parecia muito com a senhorita.

Jack conseguiu se livrar de uma conversa mortalmente tediosa com uma dupla de acadêmicos, o Dr. Samuel Shoreham e o irmão dele, Claude, na qual ambos tentavam ansiosamente convencê-lo a publicar um original sobre antiguidades gregas. Ele se afastou com um alívio mal disfarçado e encontrou Fretwell por perto.

– Onde ela está? – perguntou bruscamente ao gerente, e não foi necessário explicar quem era "ela".

– A Srta. Briars está sentada no sofazinho ali no canto, com o Sr. Hartley – disse Fretwell. – Está totalmente a salvo com ele, posso garantir. Hartley não é do tipo que faz avanços inapropriados.

Jack olhou de relance para os dois, então baixou a cabeça, aborrecido, encarando o conhaque no copo que segurava. Um sorriso estranho e amargo se insinuou em seus lábios e ele falou com Fretwell sem levantar os olhos.

– O que você *realmente* sabe sobre Charles Hartley, Oscar?

– Sobre a situação dele, senhor? Ou o caráter? Bem, Hartley é viúvo e é conhecido como um homem honrado. Tem boa situação financeira, nasceu em boa família e tem uma reputação impecável. – Fretwell fez uma pausa e sorriu. – E acredito que seja adorado pelas crianças em toda parte.

– E o que sabe de mim? – perguntou Jack, a voz muito baixa.

Fretwell franziu o cenho, sem entender.

– Não sei se entendi bem a pergunta.

– Você conhece minhas práticas de negócio. Fiz fortuna, mas sou ilegítimo e não tenho sangue nobre. Acima de tudo, não gosto de crianças, abomino a ideia de casamento e nunca consegui manter um relacionamento com uma mulher por mais de seis meses. E sou um egoísta... porque não vou deixar que nada disso me impeça de ir atrás da Srta. Briars, apesar de saber que sou a última coisa de que ela precisa.

– A Srta. Briars é uma mulher inteligente – disse Fretwell com muita calma. – Talvez devesse deixar que ela decida do que precisa.

Jack balançou a cabeça.

– Ela não vai se dar conta do erro que cometeu até ser tarde demais – afirmou Jack em tom sombrio. – É o que sempre acontece com as mulheres nesses casos.

– Senhor... – disse Fretwell, parecendo desconfortável.

Mas Jack já estava se afastando, esfregando a nuca, o gesto inconsciente do cansaço de um homem movido por uma vontade feroz que dominava seus melhores instintos.

O banquete de Natal foi soberbo, com um prato após o outro de comidas deliciosas para deleite dos convidados que exclamavam de prazer. O som de rolhas sendo retiradas das garrafas de vinho garantia um meio-tom ritmado e constante ao tilintar de pratos e ao burburinho animado das conversas. Amanda perdeu a conta das várias iguarias que lhe foram oferecidas. Havia quatro tipos de sopas, incluindo de tartaruga e de lagosta, e vários perus recheados com linguiça e ervas.

Uma sucessão interminável de criados trazia travessas de vitela ao molho bechamel, frango, moela, codorna e lebre, carne de cervo, ovos de cisne e uma sucessão impressionante de pratos com legumes. Flans exóticos feitos de peixe e de carne de vaca eram apresentados em tigelas de prata fumegantes, seguidos por bandejas requintadas de frutas e saladas, e travessas de cristal com trufas ao vinho. Havia até caules macios de aspargos, que não eram da estação e por isso custavam caríssimo na época de Natal.

Por mais que Amanda apreciasse a maravilhosa refeição, mal tinha noção do que estava comendo, tão fascinada estava pelo homem ao seu lado. Devlin se comportou de forma absolutamente encantadora, contando histórias com um espírito que certamente era fruto de sua herança irlandesa.

Uma ânsia agridoce cresceu no peito de Amanda, uma ânsia que não tinha nada a ver com o vinho que tomara. Queria ficar a sós com Devlin, queria seduzi-lo e possuí-lo, mesmo que por pouco tempo. Olhar para as mãos dele já a deixava com a boca seca. Amanda se lembrou do calor impressionante daquele corpo... e queria sentir aquilo de novo. Queria Devlin dentro dela... queria a paz que esse alívio físico traria para os dois, e então ficar deitada e feliz nos braços dele. Ela sempre vivera uma vida tão comum, e Devlin parecia brilhante como um cometa rasgando o céu.

Depois do que pareceu uma eternidade, a refeição havia chegado ao fim e os convidados se dividiram em grupos – alguns homens permaneceram à mesa para tomar vinho do porto, algumas damas se reuniram na sala de estar para tomar chá, enquanto muitos convidados de ambos os sexos se juntavam ao redor do piano para cantar canções de Natal. Amanda já se preparava para se juntar ao último grupo, mas antes que pudesse chegar ao piano, sentiu a mão de Devlin se fechar ao redor de seu cotovelo, e ouviu a voz grave dele murmurando em seu ouvido.

– Vem comigo.

– Para onde? – perguntou ela, animada.

A expressão de polidez social não conseguiu disfarçar o desejo vibrante que ardia nos olhos ele.

– Encontrar uma guirlanda de visco convenientemente posicionada.

– Desse jeito vai acabar provocando um escândalo – alertou ela, dividida entre o riso e a preocupação.

– E você tem medo de um escândalo? – Ele a guiou para fora do salão de visitas até um corredor escuro. – Se tiver, é melhor ficar com seu respeitável amigo Hartley, então.

Amanda deixou escapar um murmúrio de incredulidade divertida.

– Você quase parece estar com ciúmes daquele viúvo tão gentil e cavalheiro...

– É claro que estou com ciúmes dele – murmurou Devlin. – Tenho ciúmes de qualquer homem que olha para você.

Ele puxou Amanda para dentro de uma sala grande, na penumbra, que cheirava a couro, pergaminho e tabaco. Era a biblioteca, percebeu ela, enquanto seu coração batia descompassado de empolgação diante da perspectiva de ficar a sós com ele.

– Quero você só para mim – continuou Devlin, mal-humorado. – Quero que todas essas malditas pessoas vão embora.

– Sr. Devlin – disse Amanda com a voz trêmula. E logo sentiu a respiração presa na garganta quando ele a imprensou contra uma estante, o corpo poderoso quase tocando o dela. – Acho que bebeu demais.

– Não estou bêbado. Por que é tão difícil acreditar que eu quero você?
– Ela sentiu as mãos dele se apoiarem ao lado de sua cabeça, roçando deli-

cadamente seus cabelos. Os lábios de Devlin tocaram a testa dela, o rosto, o nariz, em beijinhos ardentes que pareceram colocar fogo em sua pele. Ele voltou a falar baixinho, o hálito de rum como uma carícia. – A pergunta é, Amanda... você me quer?

As palavras se agitaram e colidiram dentro de Amanda. Seu corpo era atraído para o dele com tamanha determinação que ela já não pode mais evitar se projetar para a frente, para enfim estar colada à forma grande e musculosa de Devlin. Ele a puxou contra si, acomodando os quadris dela até seus corpos estarem o mais próximos que as camadas de roupa permitiam.

O alívio de ser abraçada com firmeza, de ser mantida junto a ele por suas mãos fortes foi tamanho que Amanda não conseguiu conter um súbito arquejo. Devlin roçou o nariz no pescoço exposto dela, beijando, saboreando, e Amanda sentiu os joelhos bambos com as sensações intensas que a dominavam.

– Tão linda... – murmurou Devlin, a respiração saindo acelerada e quente, tocando a pele dela. – *A chuisle mo chroi*... Eu já disse isso antes, lembra-se?

– Você não me falou o significado – ela conseguiu responder, e pousou o rosto na pele barbeada e ligeiramente áspera de Devlin.

Devlin afastou a cabeça e a encarou com olhos que pareciam negros e não azuis. Seu peito largo se movia em espasmos com a força da respiração.

– O próprio pulsar do meu coração – sussurrou. – Desde a primeira vez que a vi, Amanda, eu soube como seria entre nós.

Os dedos de Amanda tremiam quando ela segurou as lapelas do paletó de lã macia. Aquilo era desejo, pensou, zonza, e era uma sensação cem vezes mais poderosa do que qualquer coisa que já experimentara. Mesmo na noite em que Devlin lhe dera o clímax maravilhoso e devastador que estimulara seus sentidos a um novo nível de prazer, ele ainda era um estranho. E Amanda estava aprendendo que havia uma grande diferença entre desejar um estranho atraente e desejar um homem de quem ela passara a gostar. Entre as confidências compartilhadas, as conversas, as risadas e a tensão latente, algo novo se desenvolvera entre os dois. Atração e afeto haviam se transformado em algo mais denso e primitivo.

Ele nunca será seu, o coração dela se apressou a alertar. Ele nunca pertencerá a você. Nunca vai desejar se casar com você, ou se submeter a qualquer tipo de restrições à liberdade dele. Cedo ou tarde isso irá acabar e você ficará sozinha de novo. Amanda era realista demais para evitar essa verdade perturbadora.

Mas qualquer pensamento foi varrido quando a boca de Devlin encostou na dela. Os lábios dele provocaram, se impuseram, insistiram, até a boca de Amanda relaxar e recebê-lo. A reação dela pareceu provocar um pequeno choque em Devlin – ela sentiu as reverberações no pescoço e no peito dele, então o beijo se tornou mais intenso, mais profundo, a língua dele explorando com desejo febril o interior da boca de Amanda. Aquilo a excitou e ela apertou o corpo com mais força contra o dele, até os seios fartos estarem comprimidos pelo torso musculoso de Devlin.

Ele arrancou a boca da dela como se não conseguisse mais suportar, a respiração muito acelerada, as mãos segurando com força o corpo de Amanda.

– Deus – murmurou junto ao cabelo dela. – O modo como você preenche os meus braços... me deixa louco. Você é tão doce... tão macia...

Devlin a beijou de novo, a boca quente exigindo mais dela, deleitando-se como se Amanda fosse uma iguaria delicada pela qual ele ansiara. Como se Devlin fosse viciado nela, como se apenas o sabor e a textura de Amanda pudessem aplacar uma necessidade violenta. Amanda sentiu todos os lugares sensíveis do seu corpo tensionarem, contraindo-se, esperando pelo gatilho que liberaria tudo em uma explosão de êxtase.

As mãos de Devlin se moviam pelo corpete do vestido, ligeiramente trêmulas, enquanto tateavam a pala de gorgorão. A carne fria dos seios saltou por cima do decote quadrado, sua voluptuosidade resistindo à contenção rígida do vestido. Ele se inclinou e pressionou os lábios contra o vale profundo do decote, espalhando beijos lentos na pele recém-revelada. Os mamilos rosados estavam rígidos e Devlin os tocou através do tecido com os polegares, roçando, acariciando, depois beliscando delicadamente. Amanda gemeu de agonia, lembrando-se da outra vez em que haviam estado juntos no aniversário dela, de como seu corpo ficara exposto a ele sob a luz do fogo, o modo como Devlin lambera e sugara seus seios nus. Amanda queria aquela intimidade de novo, e com tamanho desespero que beirava a loucura.

Devlin pareceu ler a mente de Amanda, pois levou a mão ao seio dela e apertou com firmeza, para aplacar um pouco a ânsia que a consumia.

– Amanda – disse ele com a voz rouca –, me deixe levar você de volta para casa esta noite.

A mente de Amanda estava anuviada pela luxúria. Ela demorou um longo tempo para responder.

– Você já me ofereceu sua carruagem – sussurrou por fim.

– Você sabe o que estou pedindo.

Sim, é claro que ela sabia. Devlin queria ir para casa com ela, acompanhá-la até o quarto e fazer amor na cama em que apenas Amanda dormira até então. Ela apoiou a cabeça no torso firme dele e, trêmula, assentiu. Estava na hora. Ela compreendia os riscos, os limites, as possíveis consequências, e ainda assim estava disposta a aceitar qualquer coisa em troca da pura alegria de estar com aquele homem. Uma noite com ele... uma centena... o que fosse que o destino lhe permitisse, ela aceitaria.

– Sim – respondeu Amanda, a voz abafada pelo linho macio e úmido da camisa dele, onde o aroma da pele se misturava deliciosamente a um leve toque da goma usada na camisa, à colônia que ele usava e à decoração de plantas natalinas. – Sim, volte para casa comigo esta noite.

Capítulo 9

Amanda mal teve consciência da passagem do tempo pelo resto da noite, só sabia que pareceu se passar uma eternidade até que os convidados partissem. Finalmente pais ruborizados de vinho e de alegria natalina levaram crianças cansadas e muito agasalhadas para as carruagens. Casais sussurravam discretamente na entrada, trocando planos e promessas, assim como alguns beijos rápidos embaixo da guirlanda de visco acima da porta.

Amanda viu Devlin muito pouco durante a última hora da festa, já que ele estava ocupado se despedindo dos convidados e recebendo os votos de boas festas. Um sorriso incontrolável surgiu quando se deu conta do que Devlin estava fazendo: encaminhando sutilmente os convidados para a porta e para as carruagens, com a maior pressa possível. Estava claramente ansioso para se ver livre de todos e ficar a sós com ela. E pelo olhar cauteloso que lançou a ela, Amanda imaginou que ele temia que ela pudesse mudar de ideia.

No entanto, nada se colocaria entre eles naquela noite. Amanda nunca se sentira tão vulnerável, tão disposta e tão cheia de expectativa. Em um esforço de paciência, ela esperou sentada na saleta azul e dourada, contemplando com ar sonhador o fogo que ardia na lareira de mármore. Quando todos os convidados se foram, a casa se encheu da agitação dos criados fazendo a limpeza e dos músicos guardando cuidadosamente seus instrumentos, então Devlin foi até ela.

O nome saiu suavemente pelos lábios dela quando ele se agachou a sua frente e pegou suas mãos.

– Jack.

A luz do fogo criava reflexos desiguais no rosto de Jack, realçando metade de suas feições com um brilho amarelado e deixando o restante na sombra.

– Está na hora de você ir para casa – falou Jack, encarando-a, mas sem a segurança vivaz de sempre, ou qualquer sugestão de sorriso. Naquele momento, o olhar dele era atento, concentrado, como se tentasse ler os pensamentos mais íntimos de Amanda. – Quer ir sozinha – continuou ele, com gentileza – ou devo acompanhá-la?

Ela tocou o rosto dele com a ponta do dedo enluvado, no ponto onde o brilho da chama iluminava a aspereza da barba, emprestando reflexos dourados à pele. Amanda nunca tinha visto uma boca tão linda quanto a de Jack, com um contorno tão perfeito, o lábio inferior mais macio, mais cheio, contendo a promessa de deleite carnal.

– Venha comigo – disse Amanda.

O interior da carruagem estava frio e escuro. Amanda pousou os pés de sapatilhas bem em cima do aquecedor. O corpo grande de Devlin ocupava o lugar ao lado dela, as pernas longas tomando a maior parte do espaço disponível embaixo dos assentos. Ele riu quando a viu absorvendo com avidez o calor do aquecedor de porcelana, abastecido com carvão, depois que o criado fechou silenciosamente a porta da carruagem.

Devlin passou o braço ao redor dos ombros de Amanda, baixou a cabeça e sussurrou no ouvido dela.

– Posso aquecê-la.

A carruagem começou a andar, sacudindo levemente à medida que as molas acima das rodas absorviam o impacto das ruas desniveladas.

Amanda se viu sendo levantada sem esforço para o colo de seu acompanhante.

– *Jack!* – exclamou, ofegante, enquanto ele afastava o xale vinho que ela usava e passava uma das mãos pelas costas do vestido dela.

Ele pareceu não ouvir, estava com o olhar fixo no brilho pálido dos seios parcialmente expostos, usando a outra mão para encontrar o tornozelo dela por baixo das saias.

– Jack! – repetiu Amanda.

Sem ar, ela o empurrou, mas Jack pressionou o bastante as costas dela para fazê-la cair contra o corpo dele.

– Sim? – murmurou ele, a boca roçando a pele macia do pescoço dela.

– Não aqui na *carruagem*, pelo amor de Deus.

– Por que não?

– Porque é... – A ponta da língua dele tocou a pele dela, fazendo vibrar um ponto sensível na lateral do pescoço, e Amanda precisou conter um gemido baixo de desejo. – Vulgar.

– Excitante – sussurrou ele de volta. – Já pensou em fazer amor em uma carruagem, Amanda?

Espantada, ela ergueu rapidamente a cabeça para encará-lo, embora mal conseguisse ver o rosto dele, oculto pelas sombras no interior escuro do veículo.

– É claro que não! Não posso nem imaginar como seria possível fazer uma coisa dessas. – Quando viu o brilho dos dentes muito brancos dele ao sorrir, Amanda se arrependeu imediatamente do que dissera. – Não, não, não me conte.

– Em vez disso, vou mostrar a você – disse Jack.

Então ele começou a sussurrar coisas íntimas, mortificantes, enquanto seus dedos trabalhavam com determinação nas costas do vestido dela. Amanda sentiu, pela série de puxões e pelo afrouxar do corpete do vestido, que ele estava fazendo rápidos avanços com a roupa.

Quando concordara em fazer amor com ele naquela noite, visualizara o cenário romântico do próprio quarto, não a *carruagem* de Jack. Ele roubou beijos dos lábios entreabertos de Amanda e deixou a boca percorrer o pescoço dela.

– Não – disse ela em um gemido. – Estamos quase chegando... o criado vai saber... pare com isso, Jack!

Jack a aconchegou no colo e encarou os olhos cinza, escurecidos pelas sombras da carruagem, mas sempre tão vivos, inteligentes e desafiadores. Agora as profundezas prateadas daqueles olhos estavam vulneráveis, entregues, absurdamente atraentes. O desejo fazia o coração dele bater fora de compasso, a pulsação insana se concentrando no ventre, fazendo seu membro enrijecer em um instante. Jack queria penetrá-la, queria apertar, morder e lamber cada centímetro macio do corpo dela.

Ele capturou a boca de Amanda em um beijo ardente, buscando a língua dela, absorvendo com ganância aquele sabor delicioso. Amanda aceitou de bom grado, e deixou que Jack a beijasse exatamente como ele queria, arqueando o corpo quando ele abriu as costas do vestido dela. A mão de Jack tateou pelas costas de Amanda até encontrar o espartilho. Ele puxou com impaciência os cordões que o fechavam, e a peça rígida afrouxou. Amanda passou a respirar em arquejos profundos quando a peça deixou de pressionar seus pulmões.

Jack afastou a seda do vestido e desabotoou a frente do espartilho. Os seios muito redondos de Amanda saltaram, cobertos apenas pelo tecido fino e amassado da camisa de baixo. Agindo cegamente, ele ergueu Amanda mais alto em seu colo e buscou o mamilo. Quando o encontrou, capturou-o com a boca, lambeu-o e mordeu de leve através do linho da camisa. O bico suave se enrijeceu em sua boca e cada toque escaldante da língua arrancava um novo suspiro de Amanda.

Jack puxou a camisa de baixo e sentiu o tecido delicado se rasgar sob seus dedos, mas continuou a puxar até desnudar completamente os seios dela. Gemendo, ele enfiou a boca no vale entre eles, enquanto sentia o peso de ambos nas mãos.

– Jack... – Amanda mal conseguia falar através da respiração acelerada, entrecortada. – Ah, Jack...

A boca ávida de Jack voltou a encontrar o mamilo rosado, a língua fazendo movimentos circulares ao redor do bico delicado. O cheiro de Amanda provocou uma reação tão primitiva em Jack que ele perdeu toda a consciência do mundo fora da carruagem escura e oscilante. Ansioso para reivindicar sua presa, ele passou as mãos por baixo das saias de Amanda e posicionou o corpo dela, abrindo suas coxas até que ela estivesse completamente montada sobre ele.

Como Jack havia esperado, Amanda não era uma parceira passiva, e sua boca interagia com beijos ansiosos, as mãos descendo e subindo pelo peito e pelo abdômen dele. As camadas justas de roupa de Jack e sua gravata, porém, a derrotaram e Amanda puxou-as com um gemido.

– Me ajude – pediu ela, trêmula, enquanto se esforçava para abrir a calça dele. – Quero tocar você.

– Ainda não. – Jack passou a mão pelos calções dela, encontrando a curva das nádegas. – Se fizer isso agora, não vou ser capaz de me controlar.

– Não me importo. – Amanda puxou com mais força e conseguiu abrir o primeiro botão. – Quero saber como é a sensação de... de ter nas minhas mãos... – Os dedos dela cobriram a forma rígida delineada contra o tecido da frente da calça. A leve pressão fez com que ele se sobressaltasse e gemesse. – Além do mais – lembrou ela, ofegante –, foi você que começou isso.

Ela era tão adoravelmente mandona, tão passional, que Jack sentiu o coração se contrair com um sentimento que até então lhe era desconhecido... um sentimento perigoso demais para ser examinado.

– Muito bem, então – disse ele, a voz cheia de desejo e bom-humor. – Longe de mim negar alguma coisa que você queira.

Ele afastou a mão dela e abriu com habilidade os seis botões restantes. Sua ereção saltou, livre do tecido grosso, pulsando diante da proximidade da carne macia de Amanda. As mãos de Jack tremiam enquanto ele tentava controlar a ânsia de descer o corpo dela sobre seu membro, de penetrar em apenas uma estocada o corpo virgem de Amanda. Em vez disso, forçou-se a ser paciente, a esperar, os dentes cerrados enquanto os dedos frios dela pousavam cautelosamente sobre ele, roçando a pele sedosa que se esticava sobre a carne muito rígida.

– Ah – disse Amanda, os olhos semicerrados, a mão se movendo em uma exploração gentil. – Eu não esperava... é tão quente... e a pele é tão...

Jack virou o rosto para o lado, a respiração saindo em arquejos entre os dentes cerrados, enquanto se esforçava para se conter. Ele sentiu o rosto macio de Amanda pressionado ao dele.

– Eu estou machucando você? – sussurrou ela, os dedos hesitando perto do topo pulsante da ereção dele.

– Não, Deus, não... – Jack soltou uma risada trêmula que terminou em um gemido. – É maravilhoso. *Mhuirnin*... Você está me matando, Amanda... precisa parar agora.

Ele segurou o pulso dela, afastou sua mão e estendeu a outra para a abertura nos calções de Amanda. Jack puxou a abertura até sentir a costura se abrindo, então enfiou o polegar por ali e roçou a trilha de pelos ruivos e úmidos.

– Minha vez.

Ele beijou o rosto quente dela, enquanto deixava o polegar entrar na fenda escondida. Ele repetiu o movimento até os lábios do sexo dela incharem e se abrirem. Jack sentiu as coxas de Amanda se contraírem ao seu redor, e usou as próprias pernas para manter as dela separadas, deixando-a aberta e impotente ao seu toque.

Então ele se aproximou da entrada mais íntima do corpo de Amanda, e acariciou, provocou, até sentir a umidade na ponta dos dedos. Ela gemeu e pressionou o corpo contra a mão dele, buscando mais. Jack manteve o toque tão leve que quase a levou à loucura. Também deixou o polegar parado logo acima do monte delicado de carne que naquele momento estava inchado e insuportavelmente sensível. Ela estremeceu e se contorceu enquanto ele girava o polegar provocando-a ainda mais.

Com cuidado, ele uniu o ventre ao dela, sem penetrá-la, apenas permitindo que a parte debaixo do sexo dele, muito sensível, roçasse a fenda úmida. Cada solavanco suave da carruagem, que tinha um bom amortecedor, juntava mais os corpos deles. Jack fechou os olhos, as sensações absorvendo-o a um nível excruciante. Ele ficou paralisado de prazer enquanto seu autocontrole ameaçava se romper. Se continuassem assim ele atingiria o clímax... mas não, ele não podia permitir isso, não ali, não ainda. Jack xingou baixinho, segurou Amanda pelos quadris e afastou-a de seu membro ereto.

– Jack – arquejou ela –, eu preciso de você... preciso de você... ah, meu Deus, por favor...

– Sim – sussurrou ele, o corpo todo tenso e suado. – Vou dar o seu alívio, meu bem. Logo. Mas podemos esperar um pouco mais, *mhuirnin*... vamos fazer isso do jeito certo, em uma cama confortável. Nunca tive a intenção de chegar tão longe dentro de uma carruagem... eu só... não consegui me conter. Agora me deixe fechar seu vestido...

– Não, nada de esperar – disse ela, com a voz rouca. – Eu quero você agora.

Amanda saboreou a boca de Jack com a língua, provocando-o, e as coxas de Jack pareciam feitas de ferro sob o corpo dela.

– Não. – Ele deu uma risadinha abalada, segurou o rosto dela entre as mãos e deu vários beijinhos em sua boca. – Você vai se arrepender se não esperarmos... ah, meu bem... vamos parar enquanto ainda sou capaz...

– Eu esperei por trinta anos – sussurrou ela, inclinando-se desajeitadamente para a frente para se debruçar sobre ele. – Me deixe decidir quando e onde. Por favor. Na próxima vez você decide.

A menção à "próxima vez", e a ideia do que ele iria fazer a ela, com ela, por ela, foi demais para que Jack resistisse.

– Não devemos – disse ele com a voz rouca, mas já enfiando as mãos por debaixo das saias dela e posicionando-a em cima dos seus quadris.

– Não me importo. Eu quero agora... agora...

As palavras se dissolveram em um gemido baixo quando Amanda sentiu o polegar de Jack excitando-a mais uma vez enquanto ele deixava o dedo médio deslizar para dentro dela.

Jack olhou bem dentro dos olhos cinza suaves, pesados de desejo, viu Amanda abaixar as pálpebras enquanto a cor da paixão coloria seu rosto. Ela agarrou os ombros dele, o peito, e colou mais o corpo ao dele, fazendo Jack sentir o interior quente do corpo dela se contrair ao redor do dedo que a invadia com gentileza. A boca de Amanda buscou a dele, e Jack beijou-a com a intensidade que ela desejava, arremetendo a língua lentamente, no mesmo ritmo em que a penetrava com o dedo, usando toda a sua habilidade para levá-la mais e mais perto do êxtase.

Um som trêmulo escapou da garganta de Amanda, então um gemido, e ela se agarrou com força a ele ao ser dominada por um clímax intenso. Ela estremeceu, arqueou o corpo, colou-se a ele, e ao mesmo tempo seu membro se contraiu em espasmos. Jack deixou escapar um murmúrio baixo, retirou o dedo e posicionou-a sobre seu sexo latejante. Ele roçou a abertura úmida do corpo dela com a ponta, provocando-a, fazendo movimentos circulares, empurrando, e Amanda pressionou o corpo para baixo, ansiosa. Ela prendeu a respiração ao sentir a primeira dor da penetração, mas continuou a abaixar o corpo até Jack finalmente se encaixar dentro dela com uma arremetida precisa.

Ele inclinou a cabeça para trás, os olhos fechados, franzindo a testa com força. O peso de Amanda pressionava suas coxas ao mesmo tempo em que o sexo o prendia com força. O prazer que isso provocava era quase insuportável. Jack não conseguia pensar, ou falar, não conseguia dizer o nome dela. Só conseguiu ficar sentando ali, enquanto a sensação o engolfava em ondas implacáveis. Ele sentiu Amanda se inclinar para a frente, os lábios entreabertos tocando o pescoço dele bem no ponto em que uma veia pulsava sob o maxilar. Ela roçou a língua na pele dele com delicadeza, explorando, e a respiração de Jack saía com dificuldade. Ele ergueu os quadris contra os dela, o pênis penetrando-a mais fundo, e Amanda se contraiu intimamente. Ele ouviu o próprio grito primal quando arremeteu uma última vez, o corpo se contraindo e estremecendo ao alcançar o êxtase. Finalmente capaz de se mover, Jack segurou a cabeça de Amanda entre as mãos, devorando-a, consciente de que seus beijos provavelmente estavam arranhando a boca delicada, mas ela não pareceu se importar.

O som da respiração entrecortada deles foi se acalmando lentamente. Jack segurou Amanda contra o peito e descansou a mão grande sobre os cabelos desalinhados, enquanto a outra, quente, se movia em círculos pelas costas nuas dela. Amanda estremeceu com o contraste de temperatura. Jack xingou e se apressou a fechar desajeitadamente o espartilho dela ao perceber que a carruagem diminuía de velocidade.

– Maldição! Maldição. Chegamos.

Amanda permaneceu relaxada e dócil contra o corpo dele, sem parecer compartilhar sua súbita urgência. Então, estendeu languidamente a mão para a porta e trancou-a. Quando falou, sua voz saiu pesada e rouca.

– Está tudo bem, Jack.

Ele a encarou com severidade enquanto juntava as duas partes do vestido dela e o fechava com destreza.

– Eu deveria ter me contido... deveria ter feito com que esperássemos. Isso não é maneira de possuir uma mulher virgem. Eu pretendia ser gentil com você, eu pretendia...

– Foi exatamente como eu queria. – Ela o encarou com um sorrisinho, o rosto ainda ruborizado, os olhos cinza cintilando. – E eu não era o tipo mais comum de virgem. Não acho que deveríamos ter feito isso da forma convencional.

Ainda com a testa franzida, Jack segurou-a pela cintura, ergueu-a e Amanda ficou sem ar ao senti-lo sair de dentro do seu corpo. Compreendendo as necessidades íntimas dela, encontrou um lenço no bolso do paletó e o entregou silenciosamente a Amanda. Claramente constrangida, ela enxugou a umidade abundante entre as coxas.

– Eu machuquei você – disse Jack, em um grunhido de remorso, ao que ela balançou a cabeça na mesma hora.

– O desconforto não foi tão grande quanto eu imaginava – afirmou Amanda. – Escutamos tantas histórias sobre noites de núpcias agoniantes, mas não foi nem de longe tão terrível quanto eu imaginei que pudesse ser.

– Amanda...

Ele estava achando a tagarelice dela divertida, apesar de estar aborrecido consigo mesmo. Ele a abraçou com força, beijou seus cabelos, o rosto e o canto da boca.

A carruagem parou de repente assim que chegaram diante da casa de Amanda. Jack resmungou baixinho enquanto arrumava as próprias roupas, e Amanda tentou ajeitar o penteado. Recolocou alguns grampos e o xale vinho.

– Como estou? – perguntou.

Jack balançou a cabeça com uma expressão de pesar ao olhá-la. Qualquer pessoa que pousasse os olhos no rubor que ainda coloria seu rosto, no brilho suave nos olhos, na boca sedutoramente inchada, deduziria que aquilo tudo era resultado do que tinham acabado de fazer.

– Como se tivesse sido mais do que apenas tocada – disse ele sem rodeios.

Ela o surpreendeu ao abrir um sorriso.

– Ande logo, por favor. Quero entrar em casa e me olhar no espelho. Sempre quis saber como é a aparência de uma mulher que acabou de conhecer o sexo de um homem.

– E então?

Os olhos cinza o encararam com firmeza.

– Então, quero tirar toda a sua roupa. Nunca vi um homem completamente nu antes.

Um sorriso relutante surgiu nos lábios de Jack.

– Estou a sua disposição. – Ele estendeu a mão para brincar com um cacho de cabelo perto da orelha dela.

Amanda ficou em silêncio por um momento, encarando-o sem piscar, e Jack se perguntou o que se passava na mente dela.

– Bem, isso é algo que precisamos discutir – murmurou ela finalmente. – Acho melhor estabelecermos os termos.

– Estabelecermos os termos? – As mãos dele pararam em cima dos cabelos dela.

– Para o nosso caso. – Ela franziu a testa, subitamente insegura. – Você quer ter um caso comigo, não quer?

Capítulo 10

– Ora, sim, quero ter um caso com você. – Jack a encarou com uma resignação divertida antes de acrescentar: – Mas deveria ter imaginado que você iria querer planejar tudo.

– É errado da minha parte? – perguntou Amanda. – Por que eu não deveria tentar organizar um caso de forma sensata?

– Tudo bem – murmurou ele, a voz vibrando com o riso contido. – Vamos entrar e negociar. Mal posso esperar para ouvir seus planos.

O criado abriu a porta da carruagem e Amanda permitiu que Jack a acompanhasse para dentro da casa vazia. As pernas dela estavam bambas e a região entre suas coxas estava úmida, dolorida e ardendo. Ela pensou com ironia que aquele com certeza era um Natal do qual nunca se esqueceria. Um cacho se desprendeu do penteado frouxo e caiu sobre o olho direito. Amanda empurrou-o para trás da orelha e se lembrou dos dedos de Jack segurando com agonia a cabeça dela, a boca colada à dela.

Não era possível que ela tivesse acabado de entregar a virgindade daquela maneira... mas a leve dor insistente entre as coxas e a impressão das mãos dele no corpo dela eram uma prova de que havia, sim, feito exatamente isso. Amanda vasculhou sua alma em busca de algum arrependimento, mas não encontrou nada.

Nenhum homem jamais a fizera se sentir tão desejável e plena, tão diferente de uma solteirona. Amanda só esperava conseguir esconder o amor que sentia por ele.

Porque ela o amava.

Essa constatação veio não com a urgência de uma tempestade de verão, mas com a lenta persistência de uma chuva de abril. Ela achava improvável que qualquer mulher conseguisse evitar se apaixonar por Jack Devlin, tão belo, malicioso e perigoso como era. Ao mesmo tempo, não tinha qualquer ilusão sobre a possibilidade de ele corresponder àquele amor, ou sobre a possibilidade de o interesse dele resistir ao teste do tempo. Se Jack fosse capaz de amar uma mulher, teria feito isso muito tempo antes, com uma das muitas que conhecera no passado.

E mesmo se uma mulher conseguisse capturá-lo na armadilha do casamento, sem dúvida seria uma experiência infeliz e insatisfatória. Jack era um homem belo, com riqueza e posição social, as mulheres se atirariam aos pés dele para sempre. E ele nunca seria capaz de retribuir o amor da esposa assim.

Amanda estava disposta a simplesmente aceitar o que pudesse ter dele, e fazer o melhor possível para garantir que o caso não terminasse de forma amarga para nenhum dos dois.

Entraram na sala de estar e Jack pegou fósforos em uma caixinha de prata para acender a lareira. Amanda sentou-se no tapete florido, diante das chamas que começavam a arder, e esticou as mãos para o calor. Jack se acomodou ao lado dela e passou o braço por suas costas. Ela sentiu quando ele beijou o topo de sua cabeça, os lábios se movendo suavemente pelos cachos desalinhados.

– Agora me diga os seus termos, antes que eu a possua de novo – disse ele, a voz rouca.

Amanda se esforçou para lembrar exatamente os pontos que desejara destacar. Era difícil pensar claramente com Jack tão perto.

– Primeiro, insisto em discrição. Tenho muito a perder se nosso relacionamento íntimo vier a público. Haverá boatos, é claro, mas se não alardearmos acho que não haverá nenhum grande escândalo. E também... – Amanda parou ao sentir a mão dele descer por suas costas. Ela fechou os olhos, o fogo na lareira projetando uma luz vermelha através de suas pálpebras.

– E também? – perguntou ele, o hálito quente em seu ouvido.

– E também quero que nosso caso tenha uma duração limitada. Três meses, talvez. Quando esse tempo acabar terminaremos de forma amigável e seguiremos cada um o seu caminho.

Embora não pudesse ver o rosto de Jack, Amanda sentiu pela súbita tensão no corpo dele que a exigência o surpreendera.

– Suponho que você tenha uma lista de razões para isso. Deus sabe que gostaria de ouvi-las...

Amanda assentiu com determinação.

– Pelo que observei, os casos sempre terminam por tédio, por discussões ou por ciúmes. Se decidirmos já de antemão quando e como ele deve terminar, talvez ainda possamos fazer isso de forma amigável. Eu detestaria perder a sua amizade quando a paixão terminar.

– Por que está tão certa de que vai terminar?

– Bem, um caso não pode durar para sempre... pode?

Em vez de responder, Jack contra-atacou com outra pergunta:

– E se nenhum de nós dois quiser terminar o relacionamento depois de três meses?

– Melhor ainda. Eu preferiria terminar querendo mais do que arrastar o relacionamento até estarmos enjoados um do outro. Além do mais, nossas chances de sermos flagrados aumentam com o tempo e... bem, eu não tenho a menor vontade de me tornar uma pária social.

Jack a fez encará-lo e ela percebeu que ele parecia estar dividido de algum modo entre achar graça e se irritar.

– Ainda vou querer você daqui a três meses – disse ele. – E quando esse momento chegar, me reservo o direito de tentar fazer você mudar de ideia.

– Pode tentar quanto quiser – informou Amanda, com um sorrisinho. – Mas não vai conseguir. Eu sou muito determinada.

– Eu também.

Eles trocaram um olhar eletrizado, tamanho o prazer do desafio. As mãos de Jack se curvaram ao redor dos ombros de Amanda, ele a puxou para si e deixou sua boca encontrar a dela. No entanto, foram interrompidos pelo som de alguém entrando na casa, e Jack parou onde estava.

– Meus criados – disse Amanda, lamentando-se.

Ela se esforçou para se levantar. Jack ficou de pé em um movimento fluido e puxou-a com ele.

Sukey chegou à sala de estar e ficou pálida de espanto ao ver que Amanda estava sozinha na casa com Jack Devlin. O desalinho das roupas e dos cabelos da patroa, e a atmosfera íntima no ambiente deixavam poucas dúvidas do que ocorrera entre os dois. Apensar de conhecer Sukey há muitos anos, quase toda a vida, e de ter suportado as constantes alfinetadas dela em relação à ausência de companhia masculina na vida da patroa, Amanda estava constrangida pela situação comprometedora. Ela sentiu o rosto muito quente, embora tentasse assumir uma expressão absolutamente tranquila.

– Perdão, Srta. Amanda.

Amanda foi até ela na mesma hora.

– Boa noite, Sukey. Espero que você e Charles tenham aproveitado as festividades de Natal.

– Muito, senhorita. Foi uma ótima noite, na verdade. Há algo que eu possa fazer antes de me recolher?

Amanda assentiu.

– Por favor, leve um jarro de água quente para o meu quarto.

– Sim, senhorita. – A criada evitou a todo custo olhar para o convidado de Amanda e saiu apressada em direção à cozinha.

Antes que Amanda pudesse se mover, sentiu as mãos de Jack a segurarem por trás, pela cintura. Ele a puxou gentilmente contra o peito e abaixou a cabeça para enfiar o nariz na curva do pescoço dela. A boca quente e leve provocou uma vibração de prazer que desceu até os dedos dos pés de Amanda.

– O que foi? – O som da própria voz, rouca e sensual soou estranha aos ouvidos de Amanda.

– Se vamos ser amantes por um período tão curto, então quero aproveitar ao máximo. Quero que prometa que não vai me negar nada. – Jack passou a mão pela lateral do corpo dela em uma longa carícia e sussurrou: – Quero fazer tudo com você, Amanda.

– Como definiria "tudo"? – perguntou ela.

Jack riu baixinho em vez de responder, o som reverberando em cada parte de seu corpo.

Amanda se virou para ele com a testa franzida, na defensiva.

– Dificilmente você poderia esperar que eu concordasse com algo que não sei o que é!

A boca de Jack se contorceu em uma tentativa de disfarçar o riso.

– Eu lhe dei um exemplar das memórias de Gemma Bradshaw – disse ele, o rosto sério. – O livro seria bastante esclarecedor.

– Eu não li todo – respondeu Amanda, em tom atrevido. – Apenas certas partes... e logo achei chocante demais para continuar.

– Jamais imaginei que uma dama disposta a perder a virgindade em uma carruagem se mostraria tão pudica. – Jack sorriu ao ver o olhar de reprovação dela. – Esse é o nosso trato, então. Vamos terminar nosso caso em três meses, a seu pedido, desde que você esteja disposta a fazer comigo tudo o que está descrito no livro de Gemma.

– Você não está falando sério – disse Amanda, estarrecida.

– Dentro do razoável, é claro. Não se pode ter certeza de que tudo naquele livro é anatomicamente possível. Mas seria interessante descobrir, não acha?

– Você é um depravado, Jack – declarou Amanda. – Um corrompido, um degenerado.

– Sim, e pelos próximos três meses serei todo seu. – Ele a fitou com uma expressão maliciosa e especulativa. – Agora, exatamente como começa o primeiro capítulo?

Amanda se viu dividida entre o riso e o horror, enquanto se perguntava exatamente quanto da proposta indecorosa dele era sincera.

– Acho que começa com um cavalheiro em particular sendo levado até a porta de saída.

Jack cobriu a boca de Amanda com a dele, em um beijo profundo, doce e invasivo.

– Pelo que me lembro, começa dessa forma – murmurou ele. – Agora vamos lá para cima para que eu demonstre como continua.

Amanda o levou até a escada, mas parou antes de subir o primeiro degrau, sentindo uma onda de acanhamento. No confinamento escuro da carruagem, fora fácil se desligar da realidade. No entanto, ali, no ambiente familiar da própria casa, ela estava constrangedoramente consciente do que fazia.

Jack pareceu compreender o momento de incerteza dela, parou e imprensou-a contra o corrimão, os dedos envolvendo a madeira polida em ambos os lados. Seus lábios insinuavam um sorriso.

– Devo carregá-la?

Amanda subiu um degrau acima do dele, para que seus rostos ficassem no mesmo nível.

– Não, eu sou pesada demais. Vai acabar me deixando cair, ou tropeçar, e nós dois vamos quebrar o pescoço.

Os olhos azuis dele cintilaram com uma expressão maliciosa.

– Tenho que ensiná-la a não me subestimar.

– Não é isso, eu só... – Ela deixou escapar um gritinho de surpresa quando ele se inclinou e ergueu-a com facilidade nos braços. – Ah, não! Não, Jack, você vai me deixar cair.

Mas ele a segurava com firmeza e não pareceu sentir o peso enquanto a carregava escada acima.

– Você não tem nem metade do meu tamanho – comentou Jack. – Poderia carregá-la por quilômetros sem sequer ficar ofegante. Agora pare de se contorcer.

Amanda passou os braços ao redor dos ombros dele.

– Você já provou seu argumento. Me coloque no chão, por favor.

– Ah, vou colocar – garantiu ele. – Mas não no chão. Vou colocar você em cima da sua cama assim que chegarmos ao quarto. Qual deles é?

– A segunda porta no fim do corredor – respondeu Amanda, a voz abafada junto ao peito dele.

Ela nunca fora carregada para lugar algum daquele jeito, e por mais que se sentisse ligeiramente ridícula, havia certo charme primitivo naquilo. Amanda encostou o rosto no ombro de Jack e se permitiu aproveitar a sensação de ser carregada por um homem forte.

Eles chegaram ao quarto dela e Jack fechou a porta com o calcanhar. Ele pousou Amanda com cuidado na cama grande, com suas colunas de madeira torcida e o dossel em tecido adamascado amarelo-ouro. Anéis de vapor subiam do jarro de água quente que havia sido deixado no lavatório em um canto. As chamas dançavam na lareira, alimentando uma chuva de brasas.

Amanda fitava Jack com os olhos arregalados, imaginando se ele pretendia se despir ali mesmo, na frente dela. Ele jogou o paletó em cima da penteadeira, tirou o colete e a gravata.

Amanda pigarreou, sentindo o coração disparar e o sangue correr mais rápido nas veias.

– Jack – murmurou ela –, não vamos realmente seguir o que acontece no primeiro capítulo, não é?

Ele sorriu ao perceber que ela se referia a *Os pecados de Madame B*.

– Confesso, pesseguinha, que minha memória precisa ser refrescada. Não consigo lembrar como o maldito livro começa... a menos que você queira me esclarecer?

– Não – respondeu ela abruptamente, fazendo-o rir.

Jack se aproximou dela com a camisa semiaberta, a luz do lampião cintilando sobre a superfície musculosa do peito. Ele estendeu a mão para os brincos em formato de gota que pendiam até o maxilar dela, removeu-os com delicadeza e esfregou os lóbulos doloridos entre o polegar e o indicador. Então, deixou a joia de lado na mesa de cabeceira e soltou os cabelos dela. Amanda fechou os olhos, a respiração saindo instável. Cada movimento dele era lento e cuidadoso, como se ela fosse uma criatura frágil que precisava ser cuidada com extrema gentileza.

– Deve haver alguma parte do livro de Gemma que você tenha gostado. – Jack tirou os sapatos dela e deixou-os sobre o chão acarpetado. – Alguma coisa que a tenha intrigado... ou excitado.

Amanda se sobressaltou ao sentir as mãos dele ao redor de seus tornozelos, subindo para as ligas, as quais ele soltou com alguns gestos hábeis. Jack abaixou as meias de seda, uma de cada vez, parando para acariciar as curvas firmes das panturrilhas. As pontas dos dedos dele fizeram cócegas em lugares sensíveis atrás dos joelhos dela, fazendo Amanda contorcer as pernas em reação ao prazer que sentiu.

– Dificilmente eu comentaria algo desse tipo com você – protestou ela, com uma risada abafada. – Além do mais, eu não gostei de parte alguma daquele livro horrível.

– Ah, gostou, sim – disse ele baixinho. – E vai me contar, minha pesseguinha. Depois de tudo o que compartilhamos até aqui, compartilhar uma fantasia ou duas não vai ser tão difícil.

Amanda foi evasiva.

– Me conte as suas primeiro.

Jack envolveu novamente os tornozelos dela com as mãos e puxou-a para si.

– Tenho fantasias que envolvem todas as partes do seu corpo. Seus cabelos, sua boca e seus seios... até seus pés.

– Meus *pés*?

Amanda se sobressaltou novamente ao sentir os polegares dele acariciando os arcos dos seus pés, desfazendo os pequenos nós de tensão. Ele pousou o pé dela no colo, bem em cima do lugar onde o membro rígido e pesado pressionava o tecido da calça. O calor do corpo dele irradiava e pareceu queimar a sola do pé dela, fazendo Amanda contorcer os dedos em uma reação automática.

Ela se sentiu constrangida e excitada, espiou por entre os cílios, e viu um toque de malícia naqueles olhos azuis. Quando ela arrancou o pé, ele riu, então tirou o resto das roupas e as deixou caídas no chão. O quarto ficou muito silencioso, a não ser pelo crepitar do fogo baixo na lareira. Amanda arriscou um olhar tímido para o corpo masculino nu e, fascinada, encarou a visão a sua frente. O jogo de luz e sombra projetado pelo fogo destacava cada detalhe do corpo de Jack, que era todo músculo, pele dourada, sombras íntimas, linhas longas e sinuosas que sugeriam ao mesmo tempo elegância e poder. Ela não imaginara que alguém pudesse se sentir tão confortável com a própria nudez, mas Jack estava ali, parado diante dela com a mesma tranquilidade que mostraria se estivesse totalmente vestido. E estava excitado, uma exibição gloriosamente masculina de desejo que ele não fazia a menor questão de esconder. Enquanto o fitava, Amanda sentiu que uma onda de prazer a dominava. Nunca quisera nada na vida como queria naquele momento... sentir o peso nu do corpo de Jack, o hálito quente em sua pele, as mãos agarrando-a e guiando-a.

– Agora você já viu um homem completamente nu – comentou Jack. – O que acha?

Amanda umedeceu os lábios secos com a língua.

– Acho que trinta anos é tempo demais esperando por isso.

Jack colocou-se atrás dela e abriu as costas do vestido. O cheiro da pele dele, quente e ligeiramente salgada, provocou em Amanda a mesma sensação de vertigem que ocorre quando se bebe vinho rápido demais. Ela pousou as mãos nos ombros dele para se firmar, as pontas dos dedos vibrando ao sentir a textura rígida e acetinada da pele.

Jack colocou-a gentilmente no chão e puxou o vestido já aberto para baixo até ela poder sair de dentro dele. Amanda se viu usando apenas o espartilho leve, a camisa de baixo e os calções, e se afastou dele com um murmúrio constrangido.

– Jack... – Então foi até o lavatório e despejou água quente em uma bacia de cerâmica. – Se não se importa de esperar atrás do biombo – disse, sem olhar para ele –, preciso de um momento de privacidade.

Ele veio para trás dela, e pousou as mãos em sua cintura.

– Deixe-me ajudá-la.

– Não, não – disse ela em um súbito ataque de constrangimento. – Se puder esperar ali eu... eu me resolvo sozinha.

Mas ele a silenciou com um beijo e ignorou os protestos, enquanto abria o espartilho e despia as roupas de baixo dela. Amanda sentiu que ruborizava profundamente e se forçou a permanecer imóvel enquanto Jack observava seu corpo. Tinha plena consciência dos próprios defeitos: pernas curtas, quadris largos demais, um abdômen que não era completamente liso. Mas enquanto Jack a fitava, uma veia começou a pulsar visivelmente em seu pescoço, e a mão dele tremeu ligeiramente ao tocar a curva na parte de baixo do seio dela. Ele parecia contemplar uma deusa e não uma solteirona de 30 anos.

– Meu Deus, como eu desejo você... – disse Jack com a voz muito rouca. – Seria capaz de devorá-la viva.

Amanda ficou perplexa com a declaração desconcertante e de certa forma alarmante.

– Por favor, não tente dizer que sou bonita, está bem? Ambos sabemos que não é o caso.

Jack molhou um pano de linho na água quente, torceu-o e começou a limpar delicadamente a parte interna das coxas dela. Para absoluta mortificação de Amanda, ele a fez pousar um pé sobre uma cadeira próxima, expondo-a melhor aos seus cuidados.

– Sabe, cada homem tem as suas preferências – disse ele.

O pano foi lavado e molhado de novo, e ele pousou-o diretamente entre as coxas de Amanda, de modo que o calor pudesse acalmar o desconforto deixado pelo encontro deles na carruagem.

– Você, por acaso, preenche todas as minhas.

Amanda se inclinou para a frente até seu rosto encostar no ombro nu dele, e sentiu-se relaxar contra o corpo quente e convidativo.

– Você prefere mulheres baixas e com quadris largos? – perguntou, cética.

A mão livre dele encontrou a forma generosa das nádegas dela, e Amanda o sentiu sorrir junto a seu rosto.

– Prefiro tudo em você. A sensação do seu corpo nas minhas mãos, seu sabor... cada curva, cada canto. Mas por mais que eu deseje seu corpo, o que mais me atrai em você está aqui. – Ele encostou o indicador na têmpora de Amanda. – Você me fascina – confessou Jack. – Sempre fascinou. Acho você a mulher mais original, mais desafiadora que já conheci. Quis levar você para a cama no primeiro momento em que a vi, na porta da sua casa.

Amanda ficou de pé, quieta, permitindo que Jack a limpasse e cuidasse dela, que aplicasse mais compressas quentes entre suas pernas. Quando terminou, ele a levou até a cama e a fez deitar sobre as cobertas. O coração de Amanda batia descompassadamente, e as paredes do quarto pareceram se desintegrar, deixando apenas a escuridão, a luz do fogo e os braços e pernas deles entrelaçados, quentes.

Ele a puxou para perto, o peso do membro rígido roçando contra a parte interna do joelho dela.

– Jack...

As mãos de Amanda encontraram as nádegas dele e ela apertou a textura firme da pele, massageando como um gato, deixando Jack sem fôlego, o rosto mergulhando nos cabelos dela. Sentindo-se encorajada, Amanda deixou uma das mãos deslizar até o sexo dele e tocou-o, os dedos se fechando ao redor do membro latejante. Ele se afastou para que ela tivesse mais acesso ao seu corpo, e a deixou tocá-lo da maneira que desejasse.

Amanda segurou delicadamente os testículos cobertos de penugem na base do sexo de Jack, achando-o frio e macio em comparação com o pênis tão rígido e quente. Os dedos dela traçaram o relevo de veias que levavam até a ponta larga. Hesitante, ela passou o polegar pelo bulbo em carne viva.

Jack agarrou os cabelos dela e gemeu.

– Gosta? – perguntou Amanda em um sussurro.

Ele pareceu estar com dificuldade de falar.

– Sim – conseguiu dizer Jack finalmente, com uma risada rouca. – Meu Deus, gosto... se gostasse mais eu provavelmente iria explodir.

Ele inclinou a cabeça de Amanda para trás e colou o rosto ao dela. Amanda reparou na camada de suor cintilando na pele dele, nos olhos azuis ardentes. A mão grande de Jack cobriu a dela, ajudando-a a guiar a ponta do membro rígido até o sexo dela. Ele deixou a palma da mão correr até a coxa de Amanda, e ergueu-a acima do quadril, para que ela ficasse totalmente aberta.

– Me esfregue contra o seu corpo – murmurou ele.

Ela ficou vermelha por inteiro, mas ainda assim pegou a ponta do membro com os dedos e levou-o até a entrada úmida entre as coxas. Ficou totalmente ofegante enquanto esfregava a ponta do órgão dele sobre a parte mais íntima de seu corpo, até a umidade deixá-lo escorregadio.

– Jack – pediu Amanda em um gemido, empurrando o sexo dele mais para perto de sua entrada –, eu quero que você me possua agora. Por favor. Quero você dentro de mim. Quero...

Ele a interrompeu com um beijo intenso, a língua brincando com a dela, as mãos acariciando seus seios.

– Vire – sussurrou ele. – Deite de lado, com as costas coladas ao meu corpo.

Amanda gemeu ao sentir os dedos dele beliscarem delicadamente os mamilos dela.

– Não, eu quero...

– Sei o que você quer. – A boca de Jack deslizou pelo rosto quente de Amanda. – E vai ter, meu amor. Só faça o que eu digo.

Amanda obedeceu com um gemido, e se acomodou pressionando as costas no peito de Jack, o corpo dele curvado ao redor do dela, em concha.

Amanda sentiu a ereção dele se erguer, tocando suas nádegas, e se contorceu, o desejo que sentia já tão intenso que todo constrangimento havia desaparecido. Jack beijou e mordiscou a nuca de Amanda, e a orientou a abrir as pernas e arquear as costas. Para surpresa dela, sentiu que Jack a penetrava por trás e deixou escapar um gemido gutural quando ele arremeteu mais fundo, preenchendo-a até ela sentir que o envolvia todo, com força. Embora ele se preocupasse em ser gentil, Amanda sentiu uma pontada de desconforto, o corpo ainda desacostumado àquela invasão íntima.

– Está doendo? – sussurrou ele na orelha dela.

– Sim, um pouco – respondeu Amanda em um arquejo.

Ela logo sentiu as mãos grandes de Jack deslizarem até seus seios macios, descendo pelo abdômen trêmulo, até chegar à carne que concentrava as sensações no sexo dela. Com habilidade, ele deixou a ponta do dedo próxima à região pulsante, sem tocá-la diretamente, provocando, se aproximando e logo se afastando quando Amanda esticava o corpo em uma tentativa de obrigá-lo a tocá-la.

Jack a provocou até ela começar a se contorcer, buscando desesperadamente o estímulo que ele mantinha fora de seu alcance. Cada vez que Amanda projetava os quadris para a frente, Jack seguia o movimento, adentrando cada vez mais as profundezas do corpo dela. Qualquer vestígio de dor desapareceu à medida que as arremetidas bem lubrificadas iam provocando uma onda de prazer nela, a tensão deliciosa aumentando cada vez mais, até Amanda se ver obrigada a morder os lábios para conter um grito.

– Jack, por favor, por favor...

Amanda suplicou em um gemido, sentindo todos os membros tensos, tão suada que até as raízes de seus cabelos estavam úmidas. Ela segurou a mão gentil que a provocava entre as pernas e esticou o corpo para alcançar o clímax que ele lhe negava.

– Está certo, meu amor – disse a voz profunda junto ao seu ouvido. – Você fez por merecer o seu prazer.

Amanda sentiu Jack beliscar devagarzinho o clitóris pulsante, entre o polegar e o indicador, e acariciá-lo gentilmente enquanto arremetia com cada vez mais força dentro dela. O mundo pareceu explodir em sensações e fogo enquanto o corpo de Amanda se contraía ao redor do membro rígido dele em espasmos de êxtase. O movimento dos músculos internos dela também o levou a um clímax poderoso, e Jack saiu de dentro dela com um gemido, espalhando seus fluidos sobre os lençóis.

Exausta e saciada, Amanda rolou na cama para encará-lo, e deslizou os braços pelas costas dele. Ela sentiu o relevo suave das cicatrizes e acariciou-as suavemente com as pontas dos dedos. Jack ficou absolutamente imóvel e a cadência de sua respiração se alterou. Ele baixou os olhos, escondendo seus pensamentos de Amanda.

Ela acariciou a parte de baixo das costas dele e deixou a mão subir pela extensão poderosa da coluna. Quando voltou a encontrar as cicatrizes, tocou-as de leve, como se pudesse apagá-las.

– O Sr. Fretwell me disse que você levou muitas surras no lugar dos outros meninos na escola Knatchford Heath – disse Amanda. – Disse que você tentava proteger os menores, para que não apanhassem.

Ele estreitou os lábios, irritado.

– Garrett fala demais.

– Fiquei feliz por ele ter me contado... Eu nunca teria imaginado que você seria capaz de tamanho sacrifício.

Jack encolheu os ombros em um movimento despreocupado.

– Não foi nada. Tenho couro de irlandês... os golpes não me machucavam tanto quanto teriam machucado os outros meninos.

Amanda se aconchegou mais a ele e tomou cuidado para que seu tom de voz saísse solidário e sem qualquer traço de pena quando falou:

– Não diminua o que você fez.

– Chega. – Jack pousou os dedos com gentileza sobre os lábios dela. Estava vermelho. – Daqui a pouco você vai me fazer parecer um santo – resmungou –, e acredite em mim, não é o caso. Eu era um encrenqueiro, e cresci para ser um canalha sem princípios.

Amanda projetou a língua sobre um dos dedos dele, lambendo as linhas da parte de dentro.

Surpreso com o movimento brincalhão, Jack tirou a mão e sorriu, as sombras de amargura se apagando de seus olhos.

– Bruxinha. – Ele puxou as cobertas e ajeitou o corpo de Amanda sobre os lençóis macios. – Acho que podemos dar um uso melhor para a sua língua – murmurou, e calou os lábios dela com os dele.

Capítulo 11

Os parentes de Amanda não ficaram satisfeitos com a notícia de que ela não iria para Windsor passar os dias que restavam das festas de fim de ano. Registraram esse desprazer em uma sucessão de cartas postadas a intervalos curtos, as quais Amanda não se deu ao trabalho de responder. Normalmente teria separado algum tempo para acalmar os ânimos da família, mas os dias foram passando e não conseguiu se importar. Toda a sua existência se tornara centrada em Jack Devlin. As horas que passavam separados eram de uma lentidão insuportável, enquanto as noites pareciam voar, doces e frenéticas. Ele sempre a procurava depois que a noite caía e ia embora antes do amanhecer; a cada hora que passava nos braços dele, Amanda só o desejava mais.

Ele a tratava como nenhum homem jamais havia tratado, enxergava Amanda não como uma solteirona, mas como uma mulher cheia de calor e paixão. Nos momentos em que Amanda não conseguia vencer as próprias inibições, ele a provocava incansavelmente, atiçando um mau gênio dentro dela, que Amanda nunca suspeitou ter. Havia vezes, no entanto, em que o humor de Jack mudava e ele já não era mais o canalha brincalhão, mas o amante carinhoso. Ele era capaz de passar horas com ela nos braços, aconchegando-a, acariciando-a, fazendo amor com extrema gentileza. Nesses momentos, Jack parecia entender Amanda de um modo tão completo que a assustava, como se ele fosse capaz de enxergar dentro da alma dela.

Como haviam combinado, Jack a fez ler certos capítulos de *Os pecados de Madame B.*, e se divertiu muito com o desconforto de Amanda ao ter que encenar certas situações em particular, na cama, com ele.

– Não consigo – disse ela certa noite, a voz abafada, e puxou as cobertas para esconder o rosto muito vermelho. – Simplesmente não consigo. Escolha outra coisa... Farei qualquer coisa menos isso.

– Você prometeu que tentaria – cobrou Jack, os olhos cintilando maliciosos, enquanto puxava os lençóis de cima dela.

– Não me lembro disso.

– Covarde. – Ele beijou o topo das costas dela e foi descendo, e Amanda sentiu-o sorrir ao tocar sua pele. – Vamos, Amanda, coragem – sussurrou Jack. – O que você tem a perder?

– Minha dignidade! – Ela tentou se desvencilhar, mas Jack a prendeu contra o colchão e mordiscou de leve o ponto sensível entre o ombro e as omoplatas.

– Apenas tente – sugeriu ele. – Vou fazer em você primeiro... Que tal? – Jack virou-a para cima e beijou o abdômen trêmulo. – Quero sentir seu sabor – murmurou ele. – Quero colocar a minha língua em você.

Se fosse possível morrer de vergonha, ela estaria dando seu último suspiro naquele exato momento, pensou Amanda.

– Talvez mais tarde – disse. – Preciso de um tempinho para me acostumar à ideia.

O brilho de uma risada se mesclou ao ardor nos olhos de Jack.

– Bem, mas como você decidiu limitar o nosso caso a três meses, isso não nos deixa muito tempo. – Ele deixou a boca brincar ao redor do pequeno círculo do umbigo dela, assoprando dentro da cavidade oca. – Um beijo – insistiu ele, e abriu caminho com o indicador entre o sexo de Amanda, expondo o lugar onde as sensações eram intensas. – Bem aqui. Acha que vai ser demais para você?

Ela deixou escapar um som impotente ao sentir o toque.

– Só um – disse, hesitante.

A boca de Jack desceu até onde estavam os dedos dele, que continuaram seus movimentos exploratórios. Então ele os substituiu pela língua e passou a investigá-la em movimentos circulares. Amanda sentia cada parte do corpo se preparando para o êxtase, os nervos gritando por mais, e qualquer pensamento coerente desapareceu de sua mente diante da visão da cabeça de Jack entre as coxas dela.

– Mais um? – perguntou Jack, a voz rouca, e voltou a abaixar a cabeça, antes que Amanda pudesse negar.

A boca dele tocou-a de novo, umedecendo a carne trêmula, a língua acariciando, instigando, com delicadeza. Então ele parou de pedir o consentimento dela e simplesmente fez o que queria, posicionando-se entre as pernas dela com um suspiro de prazer, enquanto Amanda gritava, esticava o corpo e estremecia. O prazer se espalhou em ondas dentro dela, disparando por cada veia. Ela ficou deitada, esparramada em baixo dele, enquanto seu corpo cedia de boa vontade ao doce tormento que era a boca de Jack. As sensações foram se acumulando, o prazer cada vez maior, até Amanda perder toda a esperança de controlar os gemidos agoniados que escapavam de seu peito.

Ela sentiu a língua de Jack deslizar para dentro do seu corpo, arremetendo pela área escorregadia sem parar, fazendo com que ela mesma movesse os quadris com sofreguidão. Ele voltou ao clitóris macio e o sugou enquanto a penetrava com o dedo. Jack lambeu-a de um jeito que a fez implorar, até os dois estarem conscientes de que ela permitiria qualquer coisa, tudo o que ele quisesse.

Jack enfiou um segundo dedo dentro de Amanda, penetrando mais fundo, até encontrar um ponto insuportavelmente sensível. Ele provocou gentilmente, acariciou, a boca sugando com mais força em carícias ritmadas, compassadas, até Amanda gritar e soluçar, enquanto o mundo explodia em um clímax intenso.

Vários minutos depois, Amanda deixou Jack puxá-la para cima do corpo dele e se acomodou sobre os músculos sinuosos.

– Você deve ter tido muitos casos, para ser tão habilidoso – murmurou, sentindo uma pontada de ciúme.

Jack franziu a testa, claramente se perguntando se ela estava criticando ou elogiando.

– Na verdade, não tive – respondeu ele, brincando com os longos cabelos dela, espalhando-os sobre o próprio peito. – Por acaso sou bem seletivo em relação a esse tipo de coisa. Além do mais, estive sempre tão envolvido com o trabalho que nunca tive tanto tempo assim para ter casos.

– E quanto ao amor? – Amanda ergueu o corpo, ainda em cima do peito dele, e encarou o rosto moreno. – Nunca se apaixonou perdidamente por ninguém?

– Não a ponto de permitir que isso interferisse no meu trabalho.

Amanda riu de repente, e alisou um cacho solto de cabelos negros na testa dele. Jack tinha cabelos lindos, cheios e brilhantes, ligeiramente ásperos ao toque dos dedos dela.

– Então, não era amor. Não se você foi capaz de dispensar com tanta facilidade quando se tornou inconveniente.

– E você? – foi a vez de Jack perguntar, correndo as mãos quentes pelos braços dela, até deixá-la arrepiada. – Obviamente você nunca se apaixonou.

– Por que tem tanta certeza disso?

– Porque você não permaneceria virgem se tivesse se apaixonado.

– Cínico – acusou ela com um sorriso. – Não acha que é possível amar de forma sincera, mas casta?

– Não – respondeu Jack sem rodeios. – Se é amor de verdade, tem que incluir paixão física. Um homem e uma mulher não conseguem se conhecer de verdade de outra forma.

– Discordo. Acho que a paixão emocional é bem mais intensa do que a física.

– Para a mulher, talvez.

Amanda pegou um travesseiro e jogou-o no rosto sorridente dele.

– Seu grosseirão primitivo.

Jack riu, desviou-se com facilidade do travesseiro e segurou os punhos dela com as mãos grandes.

– Todos os homens são grosseirões primitivos – informou ele. – Alguns apenas disfarçam melhor.

– O que explica por que nunca me casei. – Amanda lutou brevemente com ele, se deliciando com a sensação de se esfregar no corpo musculoso e nu de Jack, até a ereção dele se erguer quente e rígida entre os dois. – *Muito* primitivo – disse ela, rouca, e continuou a se debater até Jack deixar escapar uma risada.

– *Mhuirnin* – murmurou ele –, eu me sinto compelido a lembrar que fiz o meu melhor para satisfazer você até aqui, essa noite... e você ainda não retribuiu o favor.

Ela levou a boca até a dele e beijou-o com ardor, gemendo ao ver a reação ávida de Jack. Amanda se sentia estranhamente alheia a si mesma, maliciosa e livre de inibições.

– É melhor eu resolver isso – declarou, a voz saindo rouca. – Odiaria ser injusta.

Os olhares dos dois se encontraram, o dela ousado, o dele carregado de paixão. Então, Jack fechou os olhos enquanto Amanda deslizava para a parte inferior de seu corpo, a boca deixando uma trilha ao longo da pele firme.

Para uma mulher que sempre acreditara na máxima "Moderação acima de tudo", um caso com Jack Devlin era desastroso para o equilíbrio. Amanda sentia as emoções oscilarem de um extremo a outro, do prazer totalmente entorpecente de estar com ele à obsessão e abatimento que a dominavam quando estavam separados. Esses últimos eram momentos privados, quando a melancolia a envolvia como uma névoa. Tinha algo a ver com o sentimento agridoce de entender que a relação deles era passageira, que logo a temporada de paixão estaria encerrada. Jack não era realmente dela, nem nunca seria. Quanto melhor Amanda o conhecia, mas reconhecia a resistência absoluta dele de se entregar completamente a uma mulher. Ela achava irônico que um homem tão disposto a correr riscos em todas as outras áreas da vida achasse impossível arriscar onde mais importava.

Amanda com frequência sentia-se profundamente frustrada, pois pela primeira vez na vida desejava ter tudo de um homem, corpo e coração. E era uma infelicidade em particular desejar isso de Jack Devlin. Mas, lembrou a si mesma, aquilo não significava que ela permaneceria sozinha pelo resto da vida. Jack a ensinara que era uma mulher desejável, com qualidades que muitos homens seriam capazes de apreciar. Se quisesse, Amanda encontraria um parceiro para si depois que o caso com Jack tivesse terminado. Mas enquanto isso... enquanto isso...

Preocupada em não chamar a atenção dos outros, Amanda tomava cuidado para que chegassem separadamente às festas, e tratava Jack com a mesma educação e simpatia com que se dirigia aos outros homens presentes. Não traía a existência do relacionamento deles com um único olhar, uma única palavra. Jack tinha o mesmo cuidado em observar as regras de decoro, tratando-a com um respeito exagerado, que divertia e irritava Amanda ao mesmo tempo. No entanto, à medida que as semanas se passavam, Jack já não parecia mais ver o caso e a necessidade de mantê-lo em segredo com a mesma leveza de antes. Parecia aborrecê-lo não poder exibi-la publicamente. O fato de ter que compartilhar a companhia de Amanda com outras pessoas era uma crescente fonte de frustração, o que ele finalmente admitiu para ela quando os dois compareceram a um mesmo evento musical. Jack conseguiu afastá-la do restante do público durante o intervalo, e levou-a para uma saleta que claramente não deveria ser usada pelos convidados.

– Ficou louco? – perguntou Amanda quando ele fechou os dois dentro da sala escura. – Alguém pode ter visto você me puxar para fora do salão. Haverá comentários se repararem que nós dois desaparecemos ao mesmo tempo...

– Não me importo. – Os braços de Jack se fecharam ao redor dela, prendendo-a contra a firmeza de seu corpo. – Tive que passar a última hora e meia sentado longe de você, fingindo não perceber outros homens lançando olhares lascivos na sua direção. Quero ir para casa com você agora, maldição.

– Não seja ridículo – retrucou Amanda secamente. – Ninguém está lançando olhares lascivos. Não sei o que você está tentando conseguir fingindo esse ataque de ciúmes, mas garanto que é desnecessário.

– Conheço um olhar lascivo quando vejo um. – Ele passou as mãos pelo corpete de veludo e seda do vestido marrom-dourado que ela usava, até cobrir o vale exposto do colo dela. – Por que você veio com esse vestido hoje?

– Já o usei antes, e você pareceu gostar. – Amanda estremeceu ao sentir o calor da mão dele sobre sua pele delicada.

– Gosto dele *em particular* – resmungou Jack. – Não quero que o use em público nunca mais.

– Jack... – começou a dizer Amanda, mas sua risadinha abafada foi interrompida quando ele se inclinou e correu a boca pela pele exposta do colo dela. – Pare com isso – sussurrou, estremecendo ao sentir a língua dele invadindo o vale entre seus seios. – Alguém vai nos descobrir... Preciso voltar antes que a música comece.

– Não consigo me conter. – A voz dele saiu baixa e rouca, o hálito quente roçando em arquejos a pele dela.

Jack puxou Amanda mais para junto de si e beijou-a, sua boca com sabor de conhaque invadindo a dela com avidez.

O pânico crescente de Amanda foi engolido por uma onda de desejo tão avassaladora que ela não conseguia mais respirar, ou mesmo pensar, todo o corpo à mercê das mãos exigentes de Jack. Ele levantou as saias dela e enfiou as mãos com tanto desespero dentro dos calções que ela teve medo que acabasse rasgando-os. Amanda prendeu a respiração quando sentiu os dedos de Jack deslizarem por entre as suas coxas, buscando, acariciando a carne macia, até ela começar a se contorcer angustiada.

– Agora não – disse Amanda, a voz fraca. – Vamos estar juntos em poucas horas. Você pode esperar até lá.

– Não, eu não posso.

A respiração de Jack se acelerou quando ele sentiu a umidade do corpo excitado dela. Ele puxou os laços que prendiam os calções, deixando-os cair ao redor dos tornozelos dela, então, tateou até abrir a própria calça. Jack a imprensou contra a porta fechada e beijou o pescoço dela, a pele áspera do maxilar barbeado arranhando Amanda, fazendo a pele dela vibrar.

– Jack – disse ela em um gemido, e inclinou a cabeça para trás, mesmo enquanto o medo de ser descoberta fazia seu coração disparar violentamente.

A boca de Jack abafou os protestos dela, provocando um choque de ardor e de sensações e, para desespero de Amanda, ela não conseguiu resistir ao prazer perverso daquilo. Assim, retribuiu o beijo, abrindo-se para ele de boa vontade, afastando as coxas para permitir a intrusão da perna de Jack. O membro ereto dele tateou a carne dela, muito rígido, a pele sedosa, e Amanda ergueu os quadris em um movimento involuntário. Ele arremeteu com força, penetrando-a fundo. Amanda gemeu ao se sentir completamente preenchida, o corpo se contraindo ao redor de Jack naquela invasão deliciosa. Ele segurou um dos joelhos dela por baixo, levantando a perna dela mais alto, e penetrou-a com intensidade ainda maior.

Amanda estremeceu, o corpo colado ao dele, então um calor lânguido a dominou, enquanto ela relaxava ao ritmo imposto por Jack. As roupas de ambos farfalhavam, uma confusão amarfanhada de seda, veludo e lã, impedindo o contato da pele em qualquer lugar que não no encontro nu e úmido do ventre de ambos. Amanda se encostou na porta, o corpo se erguendo a cada arremetida. Era completamente dominada por Jack e já não se importava mais com o risco que estavam correndo. Naquele instante, só tinha consciência do êxtase da carne dele colada à dela. Agitado, Jack murmurava junto à curva do pescoço dela, e arremetia mais rápido, provocando uma fricção escorregadia que finalmente levou Amanda a um orgasmo escaldante. Ele abafou os gritos guturais e começou a sair de dentro dela do modo como sempre fazia antes de atingir o clímax. Mas, subitamente, parecendo possuído por alguma urgência primitiva e irresistível, em vez de recuar, Jack mergulhou mais fundo dentro dela. O corpo grande estremeceu com a força do orgasmo e Amanda sentiu um gemido baixo vibrar da garganta dele.

Eles permaneceram juntos, esperando os espasmos de prazer cederem, a respiração desacelerar, enquanto a boca de Jack acariciava gentilmente a de Amanda. Finalmente ele interrompeu o beijo e se afastou, falando em um sussurro rouco:

– Maldição... eu não deveria ter feito isso..

Amanda ainda estava zonza demais para conseguir responder. Desde que o caso deles tivera início, os dois haviam tomado cuidados para prevenir uma gravidez, e aquela era a primeira vez que Jack se arriscava a terminar daquela maneira. Ela tentou calcular os dias mais prováveis para concepção.

– Acho que está tudo bem – murmurou, e pousou a mão no rosto dele.

Embora não conseguisse ver a expressão de Jack, Amanda sentiu a rigidez do queixo dele e foi dominada por uma terrível inquietude.

– Sophia! – exclamou Amanda, sem acreditar. Ela atravessou correndo o pequeno hall de entrada de sua casa, até onde a irmã mais velha esperava por ela. – Você deveria ter me avisado que estava planejando uma visita... eu teria feito os preparativos.

– Só queria saber se você estava viva ou morta – foi a resposta amarga de Sophia, fazendo Amanda rir.

Embora fosse intrometida e mandona por natureza, Sophia também era uma irmã amorosa, com um forte instinto maternal. Era ela com frequência a porta-voz das preocupações da família em relação ao comportamento inconveniente de Amanda. Fora Sophia quem protestara com mais veemência quando Amanda se tornara romancista e se mudara para Londres. Ela mandava cartas cheias de recomendações que divertiam imensamente Amanda, sempre aconselhando a irmã a tomar cuidado com as tentações da vida na cidade grande. Talvez Sophia não tivesse ficado surpresa se soubesse que Amanda, na verdade, ousara contratar um amante de aluguel no próprio aniversário. Parecia que a irmã mais velha reconhecia, como poucos outros, o traço de impulsividade que ocasionalmente vinha à superfície na personalidade de Amanda.

– Estou muito viva – respondeu Amanda, animada. – Só um pouco ocupada. – Ela fitou a irmã com um sorriso carinhoso. – Você parece bem, Sophia.

Há anos, Sophia mantinha a mesma aparência suave, de ombros ligeiramente arredondados. Seus cabelos eram penteados sempre no mesmo coque elegante e ela usava o mesmo perfume de baunilha que também era o favorito da mãe delas. Sophia era exatamente o que parecia ser – uma atraente matrona do campo, que administrava com competência a família composta por um marido tedioso, mas respeitável, e cinco filhos agitadíssimos.

Sophia segurou Amanda a certa distância e examinou a irmã de cima a baixo.

– Fiquei com medo de que você estivesse doente. Foi a única razão que consegui encontrar para essa sua insistência de se manter longe de Windsor.

– Só conseguiu pensar em uma razão? – retrucou Amanda, rindo, enquanto levava a irmã para dentro de casa.

Sophia torceu os lábios em uma expressão irônica.

– Agora me explique por que fui forçada a vir até aqui em vez de recebê-la na minha casa. Depois de evitar a família no Natal, você prometeu que iria em janeiro. Já estamos em meados de fevereiro e não recebi notícias suas. E não me venha com essa bobagem de que está com trabalho demais. Você está sempre ocupada e isso nunca a manteve longe de Windsor antes.

Ela tirou o *bonnet* de viagem, uma peça bonita mas prática, de lã azul, com a parte de cima inclinada, a aba mais curta atrás e mais larga na frente.

– Lamento que você tenha tido todo esse trabalho – disse Amanda, enquanto pegava o chapéu da irmã e a capa, com a gola quadrada, transpassada. – Mas estou muito feliz de ter você aqui.

Ela fez questão de pendurar com todo cuidado as peças de roupa da irmã no cabideiro de madeira do hall de entrada, certificando-se de que estavam bem presas nos ganchos com ponta de porcelana.

– Vamos para a sala de estar – convidou Amanda. – Não poderia ter escolhido um momento melhor para chegar, eu estava mesmo preparando um bule de chá. Como estavam as estradas de Windsor para cá? Você teve alguma dificuldade...

– Onde estão os criados? – interrompeu Sophia, desconfiada, enquanto seguia a irmã até a sala decorada em azul e creme.

– Sukey está no mercado com Violet, a cozinheira, e Charles foi até a loja de vinhos.

– Excelente. Agora podemos ter um pouco de privacidade enquanto você me explica o que está acontecendo.

– Por que acha que tem alguma coisa acontecendo? – esquivou-se Amanda. – Eu posso garantir que a vida por aqui continua basicamente como sempre.

– Você é uma péssima mentirosa – informou Sophia em tom sereno, enquanto se acomodava no sofá. – Amanda, Windsor não fica exatamente isolada de Londres, sinto lembrar. Sabemos sobre o que andada acontecendo por aqui, e ouvimos boatos sobre você e certo cavalheiro.

– Boatos? – Amanda encarou a irmã com receio e surpresa.

– E você está diferente.

Em sua súbita consternação, Amanda só conseguiu ficar vermelha de culpa e repetir a palavra da irmã, como um papagaio adestrado.

– Diferente?

– Alguma coisa em sua expressão me faz suspeitar que os boatos são verdadeiros. Você realmente está tendo algum tipo de relacionamento, não está? – Sophia franziu os lábios enquanto observava a irmã mais nova. – Obviamente tem todo o direito de viver a sua vida como quiser... e também já aceitei que você não se curva aos ditames das convenções. Caso contrário, poderia ter se casado com algum pretendente de Windsor e se instalado perto da família. Em vez disso, vendeu a casa, veio morar em Londres e se dedicou a construir uma carreira. Sempre digo a mim mesma que se isso tudo a faz feliz, então que assim seja...

– Obrigada – interrompeu Amanda, com um leve toque de sarcasmo.

– No entanto – continuou Sophia, séria –, suas ações agora estão colocando todo o seu futuro em risco. Gostaria que confiasse em mim e que me deixasse ajudar você a resolver as coisas.

Amanda se sentiu tentada a responder a irmã com quantas mentiras deslavadas fossem necessárias para acalmar suas suspeitas. No entanto, enquanto trocava um longo olhar com a Sophia, seus olhos arderam e ela sentiu uma lágrima escorrer pelo rosto.

– Sophia... o que eu preciso no momento é de uma ouvinte compreensiva. Alguém que não vá julgar as minhas ações. Você poderia fazer isso por mim?

– É claro que não – foi a resposta irritada de Sophia. – De que eu serviria se não pudesse oferecer a você o meu bom julgamento? Se não for assim, você pode muito bem fazer suas confidências ao toco de árvore mais próximo.

Amanda deixou escapar uma risada hesitante e enxugou os olhos úmidos com a manga do vestido.

– Ah, Sophia, é que eu tenho medo de que você fique extremamente chocada com a minha confissão.

Enquanto o chá esfriava nas xícaras, Amanda contou toda a história do seu relacionamento com Jack Devlin, não sem editar prudentemente alguns detalhes, como as circunstâncias do primeiro encontro. Sophia ouviu sem demonstrar qualquer opinião, sem fazer qualquer comentário, até Amanda terminar com um suspiro choroso.

– Bem – disse então Sophia, pensativa –, não estou tão chocada quanto talvez devesse estar. Eu conheço você muito bem, Amanda, e nunca achei que você seria feliz vivendo sozinha para sempre. Por mais que eu não aprove as suas ações, entendo sua necessidade de companhia. Mas devo lembrar que se tivesse aceitado meu conselho e se casado com um bom homem de Windsor, não estaria passando por apuros agora.

– Infelizmente, não se pode apenas sair por aí e se obrigar a se apaixonar por um homem adequado.

Sophia fez um gesto impaciente.

– Amor não é a questão, minha cara. Afinal, por que acha que me contentei em me casar com Henry?

A pergunta pegou Amanda de surpresa.

– Bem, eu... eu nunca achei que você estava "se contentando". Sempre me pareceu feliz com Henry.

– E tenho sido mesmo – retrucou Sophia, em um tom arrogante. – Esse é o meu argumento. Quando meu casamento começou, eu não amava Henry, mas reconheci que ele possuía um caráter admirável. Compreendi que se eu queria uma família e uma posição sólida na sociedade, precisava de um parceiro respeitável. E amor, ou alguma coisa muito parecida com isso, vem com o tempo. Eu gosto e valorizo a vida que tenho com Henry. E é algo que você também poderia ter se estivesse disposta a deixar de lado essa sua independência obstinada e suas ilusões românticas.

– E se eu não estiver disposta?

Sophia olhou bem dentro dos olhos da irmã.

– Então vai ser pelo pior caminho. É sempre mais difícil para quem nada contra a corrente. Estou só expondo fatos, Amanda, e você sabe que estou certa. E agora, sendo bem enfática: você precisa moldar a sua vida para se encaixar nas convenções. Meu conselho é que termine esse caso de uma vez e se dedique a encontrar um cavalheiro que esteja disposto a se casar com você.

Amanda esfregou as têmporas doloridas.

– Mas eu amo Jack – disse em um sussurro. – Não quero mais ninguém.

Sophia fitou a irmã com simpatia.

– Acredite ou não, eu entendo você, querida. Mas acho que deve ter em mente que homens como o Sr. Devlin são como sobremesas... deliciosas por um momento, mas geralmente péssimas para a silhueta. Além do mais, não é crime se casar com um homem de quem se gosta. Na verdade, na minha opinião, é bem melhor do que se casar com um homem a quem se ama. A amizade dura muito mais do que a paixão.

– Qual é o problema? – perguntou Jack baixinho, enquanto acariciava a curva da nuca de Amanda. Eles estavam deitados juntos entre os lençóis desarrumados, o ar úmido e com um aroma salgado depois de terem feito amor. Jack se inclinou para beijar a parte de trás do ombro dela. – Você esteve distraída a noite toda. Tem alguma coisa a ver com a visita da sua irmã, hoje? Vocês brigaram?

– Não, de jeito nenhum. Na verdade, tivemos uma conversa longa, muito boa, e ela me deu muitos conselhos sensatos antes de voltar para Windsor. – Amanda franziu a testa ao ouvi-lo soltar alguns impropérios a respeito dos "conselhos sensatos", e se apoiou no cotovelo. – Não posso deixar de concordar com a maior parte das opiniões dela, mesmo contra a minha vontade.

A mão dele ficou imóvel nas costas dela, o polegar encostado de leve na curva da coluna.

– Que opiniões?

– Sophia ouviu boatos sobre o nosso relacionamento. Ela disse que está prestes a estourar um escândalo e que eu devo terminar tudo isso imediatamente ou me arriscarei a ter a minha reputação destruída. – Ela deu um sorriso triste. – Tenho muito a perder, Jack. Se eu cair em desgraça, toda a minha vida vai mudar. Não serei mais convidada para eventos sociais, e a maior parte dos meus amigos vai deixar de falar comigo. Muito provavelmente terei que me mudar para um lugar distante no campo ou viver no exterior.

– Estou correndo o mesmo risco – argumentou ele.

– Não – retrucou Amanda com um sorriso irônico –, você sabe muito bem que homens nunca são julgados da mesma forma que as mulheres nessas questões. Eu me tornaria uma pária, enquanto você receberia um mero tapinha de repreensão.

– O que você está querendo dizer? – Subitamente, o tom de Jack continha um toque de raiva. – Maldito seja eu, se permitir que você termine nosso relacionamento um mês e meio mais cedo!

– Eu nunca deveria ter concordado com um arranjo desse tipo. – Amanda se afastou dele e deixou escapar um gemido de infelicidade. – Foi loucura. Eu não estava pensando direito.

Jack puxou-a de volta para junto dele, as mãos se movendo possessivamente pelo corpo dela.

– Se está preocupada com a possibilidade de um escândalo, vou encontrar um jeito de ser mais discreto. Vou comprar uma casa no campo onde possamos nos encontrar sem ninguém saber...

– Não adianta, Jack. Essa... essa coisa que aconteceu entre nós... – Amanda fez uma pausa, consternada, tentando desesperadamente encontrar a palavra certa. Como não conseguiu, deixou escapar um suspiro de impaciência diante a própria falta de coragem. – Isso não pode continuar.

– Bastaram algumas palavras da sua irmã mais velha puritana e você já está pronta para terminar o nosso relacionamento? – perguntou Jack, incrédulo.

– Sophia confirmou o que eu já vinha pensando. Eu sabia desde o início que isso era errado, e ainda assim não consegui encarar o fato até este momento. Por favor, não dificulte as coisas.

Ele xingou violentamente e deitou Amanda de barriga para cima, o corpo poderoso se avolumando acima dela. A expressão de seu rosto era quase indecifrável, mas Amanda praticamente conseguia ver os pensamentos em sua mente. Quando Jack falou, sua voz saiu cuidadosamente controlada:

– Amanda, não vou perder você. Nós dois sabemos que nosso acordo de três meses era apenas um jogo. Um caso nunca ficaria limitado a tão pouco tempo. Desde o começo eu sabia do risco de um escândalo, e decidi que protegeria você de qualquer consequência de nosso relacionamento.

Você tem a minha palavra em relação a isso. Agora vamos acabar com essa besteira e continuar como estávamos, sim?

– Como você poderia me proteger de um escândalo? – perguntou Amanda, perplexa. – Está dizendo que se casaria comigo para salvar a minha reputação arruinada?

Ele encontrou o olhar dela sem hesitar.

– Se necessário.

Mas foi fácil ler nos olhos dele a falta de vontade de fazer aquilo, e Amanda compreendeu que seria um dever desagradável para Jack se casar com alguém.

– Não. Você não tem vontade de ser marido ou pai. Eu não pediria isso a você... ou a mim mesma. Mereço mais do que ser vista como uma pedra em seu sapato.

As palavras pareceram ficar suspensas no ar. Amanda sentiu-se ao mesmo tempo resignada e infeliz ao ver a expressão dele. Jack nunca fingiu que queria mais do que um relacionamento passageiro, então ela não poderia culpá-lo pelos sentimentos dele.

– Jack – disse Amanda, hesitante. – Eu sempre vou pensar em você com... com carinho. Espero que possamos até continuar a trabalhar juntos. Quero muito que nosso relacionamento permaneça amigável.

Ele a encarou de um modo como nunca fizera antes, o canto da boca retorcido, os olhos cintilando com algo muito próximo do ultraje.

– Então é amizade que você quer – disse Jack, a voz baixa. – E carinho é tudo o que sente por mim.

Amanda se forçou a sustentar o olhar dele.

– Sim.

Ela não compreendeu exatamente o motivo da amargura que ele exibiu. Um homem não transparecia algo assim a não ser que tivesse sido profundamente magoado, e Amanda não acreditava que Jack se importasse o bastante com ela para se sentir dessa forma. Talvez fosse o orgulho dele que estivesse ferido.

– É hora de dizer adeus – sussurrou ela. – Você sabe disso.

O rosto de Jack estava inexpressivo ao encará-la.

– Quando verei você de novo? – perguntou, mal-humorado.

– Em algumas semanas, talvez – respondeu Amanda, hesitante. – Mas espero que nessa ocasião já possamos nos encontrar como amigos.

O ar pareceu carregado de um silêncio peculiar, doloroso, até Jack voltar a falar.

– Então, vamos dizer adeus da mesma forma que começamos – murmurou ele, e estendeu as mãos para ela, sem a menor gentileza.

Todas as vezes que Amanda imaginara ou escrevera sobre a despedida de dois amantes, nunca fora com aquela urgência hostil, como se ele quisesse machucá-la.

– Jack – protestou ela.

As mãos dele a seguram com mais gentileza, firmes, mas não sem machucá-la.

– Mais uma demonstração de carinho não é pedir demais, certo?

Jack abriu as pernas de Amanda com o joelho e a penetrou sem preliminares. Amanda prendeu a respiração ao senti-lo arremetendo dentro dela, estabelecendo um ritmo exigente, forte, que ressoou por todo o seu corpo. O prazer ardeu e cresceu, e ela passou a arquear os quadris a cada arremetida. Ela fechou os olhos e sentiu a boca de Jack em seus seios, capturando seus mamilos, mordendo e acariciando delicadamente com os dentes e a língua. Ela se esforçou para colar mais o corpo ao dele, arqueando-se, ansiando pelo calor e pelo peso do corpo vigoroso. Jack a beijou, a boca aberta, faminta, sobre a dela, e Amanda gemeu ao sentir um clímax arrebatador dominá-la, arrastando-a em ondas cáusticas de prazer. Ele saiu de dentro dela em um movimento brusco, a respiração presa na garganta, o corpo tremendo e tenso nos espasmos do próprio orgasmo.

Normalmente, quando faziam amor, Jack a abraçava e acariciava quando terminavam. Daquela vez, no entanto, ele rolou para o lado e saiu da cama, soltando o ar com força.

Amanda mordeu o lábio e permaneceu quieta enquanto Jack recolhia as próprias roupas e se vestia em silêncio. Talvez se ela tivesse conseguido explicar as coisas de maneira diferente, de uma maneira melhor, ele não tivesse reagido com aquela raiva desconcertante. Amanda tentou falar, mas a garganta estava apertada demais para pronunciar qualquer palavra, e tudo o que conseguiu foi deixar escapar um som estranho, entrecortado.

Ao ouvir o som baixo, Jack se virou para ver do que se tratava. Ler o sofrimento que devia estar óbvio no rosto dela não pareceu abrandá-lo. Na verdade, só pareceu deixá-lo ainda mais frustrado.

Ele finalmente falou, em um tom frio, rígido, forçando as palavras por entre os dentes cerrados.

– Ainda não terminei com você, Amanda. Vou esperar.

∽

Amanda nunca havia conhecido um silêncio tão absoluto quanto o que ocupou o quarto depois que Jack partiu. Ela puxou os lençóis que ainda guardavam o calor e o cheiro do corpo dele, e tentou se acalmar o bastante para pensar. Eles não haviam trocado promessas, nem assumido compromissos... nenhum dos dois jamais ousara acreditar em algum tipo de permanência.

Ela esperou que fosse sofrer quando eles se separassem, mas não contara com uma sensação de perda tão profunda que lembrava a de ter uma parte do corpo amputada. Nas semanas e meses que se seguiriam, Amanda descobriria todas as formas como o caso com Jack a transformara, todos os motivos pelos quais ela nunca mais seria a mesma. Naquele momento, no entanto, tentaria se poupar dos detalhes indesejados que se acumulavam em sua mente... a imagem dos olhos azul-escuros de Jack, o sabor de sua boca, o calor úmido da pele dele quando se movia acima dela com paixão... o timbre baixo e maravilhoso da voz dele sussurrando em seu ouvido.

– Jack – sussurrou Amanda, e rolou na cama para enterrar o rosto no travesseiro, enquanto chorava.

∽

A brisa gelada de fevereiro foi um choque bem-vindo quando Jack saiu na noite. Ele enfiou as mãos bem fundo nos bolsos do casaco e andou com seu passo firme e senso de direção costumeiros. Não importava para onde ia, ou quanto tempo levaria para chegar, só o que importava era que não parasse. Jack tinha a sensação de ter bebido uísque barato, do tipo que deixava a boca seca e a cabeça parecendo cheia de lã. Parecia impossível que uma mulher que ele queria tão desesperadamente não o quisesse. Por mais que compreendesse o medo que Amanda tinha de um escândalo e suas consequências, Jack não conseguia se forçar a aceitar que não poderia mais vê-la, falar com ela, possuí-la... que aquele caso tivesse se tornado tão abruptamente algo do passado.

Não que culpasse Amanda pela decisão. Na verdade, se ele fosse uma mulher nas circunstâncias dela, provavelmente teria feito o mesmo. Mas não conseguia se livrar da sensação de perda e de raiva. Sentia-se mais íntimo de Amanda do que de qualquer outra pessoa em sua vida. Ele havia confidenciado coisas a ela que até então achara difícil admitir até para si mesmo. Não era apenas do prazer do corpo dela que sentiria falta. Jack amava a inteligência irascível de Amanda, a risada fácil... amava apenas estar no mesmo cômodo que ela, embora não conseguisse explicar por que a companhia dela era tão agradável.

Ímpetos opostos disputavam espaço dentro dele. Poderia voltar para ela naquele minuto, argumentar e adular Amanda até que ela o recebesse de volta em sua cama. Mas não era aquilo que ela queria... não era o melhor para ela. Jack xingou baixinho e apressou o passo, caminhando rápido para o mais longe possível da casa dela. Faria o que Amanda pedira. Daria a amizade que ela queria e encontraria um modo de tirá-la do coração e da mente.

Capítulo 12

A temporada social de Londres, com seus rituais de jantares, bailes, festas e chás, começou em março. Havia eventos para cada camada da sociedade, mais notavelmente os insuportáveis e entediantes eventos da aristocracia, cujo objetivo era unir maridos adequados a esposas apropriadas a fim de que garantissem a continuação da linhagem. No entanto, qualquer um com o mínimo de bom senso faria de tudo para evitar esses eventos, onde as conversas eram arrastadas e egocêntricas e onde era provável encontrar-se subitamente preso à companhia de algum tolo pomposo.

Eram mais cobiçados os convites para eventos frequentados pelo que poderia ser considerada a classe média alta... pessoas de linhagens de pouca importância, mas abastadas ou célebres. Esse grupo incluía políticos, ricos barões de terras, homens de negócio, médicos, donos de jornais, artistas e até alguns comerciantes prósperos.

Desde que se mudara para Londres, Amanda fora prontamente muito bem recebida nos jantares e bailes, nos concertos privados e nas peças teatrais, mas nos últimos tempos passara a recusar todos os convites.

Embora tivesse se divertido naquelas ocasiões no passado, agora não conseguia se interessar em ir a lugar algum. A expressão "coração partido" nunca tinha sido clara para ela até aquele momento. Mais de quatro semanas haviam se passado desde que vira Jack, e seu coração parecia estar em mil pedaços, causando uma dor que ela não imaginava ser possível sentir. Havia momentos em que até respirar era um grande esforço. Amanda desprezava a si mesma por sentir tanta saudade de um homem, odiava a inutilidade daquele drama, e ainda assim parecia não conseguir evitar. Com certeza o tempo aliviaria sua aflição, mas a perspectiva de meses, anos, sem Jack a enchia de melancolia.

Quando Oscar Fretwell foi até a casa dela para pegar as revisões mais recentes do folhetim de Amanda, se mostrara uma fonte de vastas informações sobre o patrão. Jack se tornara insaciável em seus esforços para alcançar um sucesso ainda maior. Adquirira um conhecido jornal chamado *London Daily Review*, e ostentou a impressionante circulação de 150 mil exemplares. Também abrira duas novas lojas, e acabara de comprar uma nova revista. Havia rumores de que Jack tinha se transformado no homem mais rico da Inglaterra, e que o fluxo de caixa anual da Devlin's estava se aproximando da marca de um milhão de libras.

– Ele é como um cometa – confidenciara Fretwell, ajeitando os óculos em seu gesto característico –, mais rápido do que qualquer um ou qualquer coisa ao redor dele. Não consigo me lembrar da última vez que o vi fazer uma refeição completa. E estou certo de que nunca dorme. Ele fica na loja por muito tempo depois do expediente e volta pela manhã, antes que qualquer um tenha chegado.

– Por que tanta ambição? – perguntara Amanda. – Eu imaginaria que Devlin iria querer relaxar e aproveitar o que conquistou.

– É o que se imaginaria mesmo – retrucara Fretwell, o tom muito sério. – Mas é mais provável que ele acabe se matando de tanto trabalhar.

Amanda não conseguia deixar de se perguntar se Jack sentia falta dela. Talvez tanto empenho no trabalho fosse para se manter tão ocupado que lhe sobrasse pouco tempo para pensar no fim do relacionamento.

– Sr. Fretwell – começou Amanda, com um sorriso constrangido –, ele mencionou o meu nome recentemente? Isto é... há algum recado que Devlin gostaria que o senhor me passasse?

O gerente manteve a expressão cuidadosamente neutra. Era impossível discernir se Jack havia confiado alguma coisa a ele sobre o caso com Amanda, ou dado alguma pista sobre seus sentimentos.

– Ele parece absolutamente satisfeito com as vendas do primeiro capítulo de *Uma dama incompleta* – comentou Fretwell com uma animação um pouco excessiva.

Amanda procurou disfarçar o desapontamento e a saudade com um sorriso tenso.

– Ah, sim. Bem, obrigada.

Ao perceber que Jack estava fazendo o que podia para deixar o relacionamento deles no passado, Amanda se deu conta de que precisava agir da mesma forma. Ela recomeçou a aceitar convites e se forçou a rir e a ter conversas leves com amigos. No entanto, a verdade era que nada conseguia diminuir a solidão que sentia, e ela se pegava o tempo todo esperando pela menor menção a Jack Devlin. Era inevitável que um dia eles acabassem comparecendo ao mesmo evento, e essa ideia enchia Amanda de medo e de expectativa.

Para a surpresa de Amanda, ela foi convidada pelos Stephensons, que não conhecia muito bem, para um baile que aconteceria no fim de março. Lembrava-se vagamente de ter sido apresentada ao Sr. e à Sra. Stephenson, já idosos, no ano anterior, por Thaddeus Talbot, seu advogado. A família possuía várias minas de diamante na África do Sul, o que havia acrescentado o fascínio de uma grande riqueza ao brilho de um nome sólido e respeitado.

Levada pela curiosidade, Amanda resolveu comparecer ao baile. Ela usou seu traje mais elegante para a ocasião, um vestido de cetim rosa-chá, com uma gola enorme de babados de gaze branca que deixavam à mostra a parte de cima dos ombros. As saias amplas ondulavam e farfalhavam quando ela se movia, revelando ocasionalmente um relance dos sapatinhos de renda com laços cor-de-rosa. Amanda arrumou os cabelos em um coque alto, frouxo, e deixou algumas mechas caírem ao redor do rosto e da nuca.

A Stephenson Hall era uma casa classicamente inglesa, um projeto arquitetônico majestoso, de tijolos vermelhos e colunas coríntias brancas gigantescas, que se erguiam acima de um pátio de acesso amplo, pavimentado de pedras. O teto do salão de baile era pintado com emblemas em *trompe l'oeil* mostrando as estações do ano, e combinava com o elaborado padrão floral do piso brilhoso de madeira. Centenas de convidados circulavam sob a luz cintilante projetada pelos dois maiores candelabros que Amanda já vira.

Assim que chegou, foi cumprimentada pelo filho mais velho dos Stephensons, Kerwin, um homem corpulento, com pouco mais de trinta anos, que se apresentava da forma mais extravagante possível. Havia grampos cintilantes de diamantes presos em seus cabelos, fivelas de diamantes nos sapatos, botões de diamantes no paletó e anéis de diamantes em cada dedo. Amanda não conseguiu evitar encarar aquela visão extraordinária de um homem que conseguira decorar cada parte do corpo com pedras preciosas.

Stephenson passou uma das mãos orgulhosamente pela frente do casaco cintilante e sorriu para Amanda.

– Impressionante, não? – perguntou. – Posso ver que se sente ofuscada pelo meu brilho.

– Quase dói olhar para o senhor – retrucou Amanda, com ironia.

Kerwin confundiu o comentário com um elogio, inclinou-se para mais perto dela e murmurou:

– E, pense bem, minha cara... a mulher de sorte que conseguir se casar comigo se enfeitará da mesma forma.

Amanda deu um sorriso sem graça, ciente de que era alvo de uma série de olhares invejosos de matronas casamenteiras e suas pupilas. Ela desejou poder tranquilizá-las e garantir que não tinha interesse algum naquele almofadinha ridículo.

Infelizmente, Stephenson não conseguiu ser persuadido a sair do lado dela pelo resto da noite. Parecia haver decidido dar a Amanda a honra de escrever a história de sua vida.

– Seria um sacrifício da minha preciosa privacidade – refletiu o homem, a imensidão de anéis cintilando enquanto mantinha a mão robusta firmemente ao redor do braço de Amanda –, mas não posso mais negar ao público a história que tanto deseja. E apenas a senhorita tem a habilidade para captar a essência do tema, que no caso sou eu. Vai se divertir escrevendo sobre mim, eu prometo. Não vai nem parecer trabalho.

Finalmente Amanda se deu conta de que aquele era o motivo para ter sido convidada para o baile – a família provavelmente concordara em conceder a ela a honra de escrever a biografia do pomposo herdeiro.

– O senhor é muito gentil – murmurou Amanda, dividida entre o ultraje e a vontade de rir, enquanto olhava ao redor em busca de alguma rota de fuga. – No entanto, devo lhe dizer que biografias não são o meu forte...

– Vamos encontrar um lugar mais reservado – interrompeu ele – e pelo restante da noite eu lhe conto a história da minha vida.

O sangue de Amanda pareceu coagular nas veias diante da perspectiva.

– Sr. Stephenson, eu não poderia negar a outras mulheres no baile a chance de aproveitarem a sua companhia...

– Elas terão que se conformar – disse ele com um suspiro de lamento. – Afinal, eu sou apenas um... e por essa noite, Srta. Briars, sou seu. Agora vamos.

Enquanto era praticamente arrastada para um sofazinho de veludo em um canto da festa, Amanda viu o rosto moreno de Jack Devlin. Seu coração pareceu dar uma cambalhota. Não sabia que ele estaria presente naquela noite... Teve que se esforçar para não encará-lo abertamente. Jack estava lindo, principesco em seu traje preto formal, os cabelos também negros penteados para trás. Ele estava parado com um grupo de homens, observando Amanda por cima do copo de conhaque, com uma expressão de satisfação zombeteira. Seus dentes brancos cintilaram em um rápido sorriso diante do apuro em que ela se encontrava.

De repente, a saudade que Amanda sentira dele se transformou em uma irritação ardente. *Canalha cruel*, pensou ela, lançando um olhar de raiva para Jack enquanto era puxada pelo corpulento Stephenson. Não deveria ficar surpresa por Jack sentir prazer em vê-la desconfortável.

Amanda fervilhou de raiva silenciosamente enquanto Stephenson a monopolizava pelas duas horas seguintes com um discurso pomposo sobre o começo de sua vida, suas conquistas, opiniões, até fazê-la ter vontade de gritar. Amanda deu um gole no ponche e observou todo o resto dos convidados dançando alegremente, rindo e conversando, enquanto ela ficava presa no sofá com aquele traste arrogante.

Pior, toda vez que alguém se aproximava deles e um resgate parecia possível, Stephenson dispensava a pessoa e continuava a tagarelar. Quando ela já começava a considerar a ideia de fingir que estava passando mal, ou simular um desmaio, para se ver livre dele, a ajuda veio de onde menos desejava.

Jack parou diante deles com uma expressão neutra no rosto e ignorou as tentativas de Stephenson de dispensá-lo também.

– Srta. Briars – murmurou –, está aproveitando a noite?

Stephenson respondeu antes que Amanda pudesse dizer qualquer coisa.

– Devlin, você terá a honra de ser o primeiro a ouvir a boa notícia – alardeou ele.

Devlin arqueou a sobrancelha e desviou os olhos para Amanda.

– Boa notícia?

– Convenci a Srta. Briars a escrever a minha biografia.

– É mesmo? – Devlin encarou Amanda com um olhar ligeiramente reprovador. – Talvez tenha esquecido, Srta. Briars, que tem obrigações contratuais comigo. Apesar de seu entusiasmo pelo projeto, talvez tenha que adiá-lo por enquanto.

– Se o senhor está dizendo...

Amanda quase engasgou com a mistura irritante de aborrecimento e gratidão. E então dirigiu um olhar discreto a Jack, prometendo vingança se ele não a resgatasse dali imediatamente.

Devlin se inclinou e estendeu a mão enluvada.

– Vamos conversar mais sobre o assunto? Durante uma valsa, talvez?

Ele não precisou insistir. Amanda praticamente saltou do sofá, que passara a ver como uma câmara de tortura, e aceitou a mão de Devlin.

– Muito bem, se o senhor insiste.

– Insisto – garantiu Devlin.

– Mas a história da minha vida... – protestou Stephenson. – Ainda não terminei de contar sobre os meus anos em Oxford... – balbuciou ele, indignado, enquanto Jack levava Amanda em direção aos casais que rodopiavam, dançando, no salão.

Uma valsa efervescente soava, mas isso não diminuiu a irritação de Amanda.

– Não vai me agradecer? – perguntou Jack, segurando a mão enluvada dela e passando o braço ao redor de sua cintura.

– Por...? – respondeu ela, emburrada.

Os músculos dormentes da perna de Amanda reclamaram da ideia de uma dança depois de tanto tempo parados no sofá, mas ela estava tão aliviada por estar longe do homem que a atormentara que ignorou a dor.

– Por resgatar você de Stephenson.

– Você esperou duas horas para fazer isso – reclamou Amanda, sem rodeios. – Não vai receber qualquer agradecimento da minha parte.

– Como eu ia saber que você não estava achando o sujeito atraente? – perguntou ele, muito inocente. – Muitas mulheres acham.

– Pois podem ficar à vontade. Você permitiu que eu fosse atormentada pelo imbecil mais pretensioso que já conheci.

– Ele é respeitável, culto, solteiro e rico... O que mais você poderia querer?

– Ele *não* é culto – retrucou Amanda, com uma veemência mal contida. – Ou ao menos, se é, seu conhecimento se limita a um único assunto. Ele mesmo.

– Stephenson sabe muito sobre pedras preciosas – comentou Jack em um tom brando.

Amanda se sentiu tentada a bater nele, bem ali, diante dos vários casais valsando. Ao ler a expressão dela, Devlin riu e tentou parecer pesaroso.

– Desculpe. É sério. Vou me redimir com você, está bem? Me diga quem mais gostaria de conhecer esta noite e providenciarei na mesma hora. Qualquer pessoa.

– Não se dê ao trabalho – resmungou ela. – Ser sujeitada por tanto tempo à companhia do Sr. Stephenson me deixou com o pior dos humores. Sou uma companhia adequada apenas a você.

Os olhos dele cintilaram com uma risada maliciosa.

– Dance comigo, então.

Devlin guiou-a para a valsa com uma esplêndida economia de movimentos, de algum modo compensando a grande diferença de estatura entre os dois. Amanda ficou novamente impressionada com a imponência dele, a força e a fluidez do corpo disfarçadas dentro de um traje de noite civilizado.

Como ela deveria ter esperado, Jack era um excelente dançarino, não apenas hábil, mas gracioso. Ele a guiou com firmeza, sem dar oportunidade a qualquer erro de passo. A mão forte nas costas dela garantia o equilíbrio exato de apoio e de pressão para guiá-la.

O cheiro do linho engomado se misturava ao da pele de Jack – salgado, limpo, temperado com um toque de colônia. Amanda odiava que Jack tivesse um perfume tão melhor do que qualquer outro homem que conhecia. Se ao menos pudesse engarrafar aquela essência e despejar em algum outro homem...

A música exuberante os envolveu e Amanda se sentiu relaxar nos braços firmes de Devlin. Ela raramente dançava na juventude, já que a maior parte dos homens que a conhecia parecia achá-la altiva demais para ter prazer em uma atividade como aquela. Embora não tivesse exatamente sido relegada a ficar sentada em um canto do salão, Amanda com certeza não fora uma parceira de dança altamente requisitada.

Enquanto giravam e circulavam entre os outros casais, Amanda percebeu as mudanças sutis no rosto de Devlin. Nas semanas desde a separação deles, parecia ter perdido parte da jovialidade, da arrogância. Jack parecia mais velho, com novas marcas nos cantos da boca e duas rugas que apareciam com frequência entre as sobrancelhas cheias. Tinha perdido peso, o que tornara seus malares ainda mais proeminentes e enfatizara o ângulo firme do maxilar. E havia olheiras que atestavam uma privação de sono regular.

– Você parece muito cansado – comentou Amanda em um rompante. – Precisa dormir mais.

– É que passei esse tempo definhando e querendo você – retrucou ele em uma voz tão despreocupada e brincalhona que sugeria exatamente o contrário. – Era essa a resposta que estava esperando?

Amanda enrijeceu o corpo diante da zombaria discreta.

– Preciso ir. O laço do meu sapato afrouxou.

– Ainda não. – A mão dele permaneceu nas costas dela. – Tenho boas notícias para compartilhar com você. A primeira edição de *Uma dama incompleta* esgotou. A segunda parte está sendo tão requisitada que vou dobrar o número de exemplares esse mês.

– Ah! Ora, são mesmo boas notícias. – Mas o prazer que ela normalmente teria sentido foi afetado pela terrível tensão que crescia entre eles. – Jack, meu sapato...

– Maldição – murmurou ele.

Então, parou de valsar e saiu com ela da pista de dança.

Amanda segurou no braço de Jack enquanto ele a guiava até um conjunto de cadeiras douradas na lateral do salão de visitas. Ela amaldiçoou silenciosamente o sapatinho e a fita delicada que era amarrada ao tornozelo, enquanto sentia que ela ia afrouxando até quase não conseguir mais manter o sapato no pé.

– Sente – ordenou Jack bruscamente, ajoelhando-se ao lado da cadeira e estendendo a mão para o pé dela.

– Pare com isso – disse Amanda, irritada, ciente de que estavam atraindo vários olhares curiosos e divertidos.

Algumas convidadas estavam até dando risadinhas por trás de seus leques ou das mãos enluvadas diante do espetáculo da decente Srta. Briars recebendo tamanha atenção de um conhecido mulherengo como Jack Devlin.

– As pessoas estão olhando – disse ela, em tom mais baixo, enquanto Jack tirava o sapato do seu pé.

– Calma. Já vi fitas de sapatos se soltarem antes, está bem? Aliás, algumas mulheres até fazem isso de propósito, como uma desculpa para mostrar o tornozelo para o parceiro.

– Se está insinuando que eu usaria um pretexto estúpido desses para... para... ora, você é ainda mais insuportável do que eu imaginava! – Amanda enrubesceu, constrangida, e olhou irritada para Jack, que fitava o sapatinho delicado com um súbito sorriso.

– Tsc tsc, Srta. Briars – murmurou ele. – Que frívolo da sua parte.

Ela havia comprado os sapatinhos de dança em um impulso. Ao contrário de seus outros calçados, aqueles haviam sido feitos sem qualquer intenção de serem funcionais, e não eram de boa qualidade. Eram, na verdade, pouco mais do que uma sola fina e um salto de três centímetros unidos por pedaços de renda e fita, com minúsculas flores bordadas na frente. Uma das fitas de seda que prendiam o sapato ao tornozelo havia arrebentado e Jack amarrou as duas extremidades com alguns movimentos rápidos e ágeis.

Ele manteve uma expressão adequadamente impassível ao devolver o sapato para o pé dela e amarrou a fita ao redor do tornozelo. No entanto, ainda havia em seus olhos um vestígio traiçoeiro de risada, deixando claro que estava achando graça da impotência dela perante a atenção que estavam atraindo.

Devlin tomou cuidado de evitar expor qualquer relance do tornozelo de Amanda, enquanto voltava a calçar o sapato, os dedos tocando brevemente o calcanhar dela para manter o pé firme. Amanda nunca gostara das próprias pernas, roliças e curtas demais. Nunca haviam sido escritas odes a uma mulher de tornozelos fortes, apenas às de tornozelos esguios e delicados. Ainda assim, os tornozelos nada românticos de Amanda eram extremamente sensíveis e ela não conseguiu evitar que um tremor a dominasse ao sentir os dedos de Devlin ali, o calor das mãos penetrando a barreira de seda das meias, fazendo arder a pele embaixo.

O toque foi muito rápido, mas Amanda sentiu-o em diversos pontos do corpo. Ficou chocada com a rapidez com que foi dominada por uma onda de desejo, pelo modo como sua boca ficou seca, pelo prazer tempestuoso que a dominou. De repente, Amanda já não se importava mais se eles estavam em um salão lotado. Queria resvalar com Jack para o piso encerado, colar a boca na pele dele, puxar o peso do corpo grande sobre o dela até sentir o calor íntimo dele dentro de si. Os pensamentos primitivos que disparavam por sua mente enquanto ela permanecia sentada naquele ambiente civilizado a deixaram horrorizada e zonza.

Jack soltou o pé já calçado e ficou parado diante dela.

– Amanda – disse ele, baixinho, e ela sentiu o olhar intenso com que a encarava.

Amanda não conseguiu levantar os olhos. Mal conseguiu falar.

— Por favor, quero ficar sozinha — sussurrou finalmente. — Por favor.

Estranhamente, ele pareceu entender o dilema dela, porque, depois de se inclinar educadamente, obedeceu.

Amanda precisou respirar fundo várias vezes para acalmar os pensamentos. O tempo que passara longe de Jack não diminuíra o desejo que sentia por ele... estava cheia de tamanho anseio, de tamanha solidão, que beirava o desespero. Como suportaria os encontros infrequentes com ele? Iria sofrer assim pelo resto da vida? E, se fosse assim, o que poderia fazer a respeito?

— Srta. Briars?

A voz baixa soou agradável aos ouvidos de Amanda. Ela ergueu a cabeça, o olhar ainda perturbado, e encontrou um rosto conhecido. Um homem alto, de cabelos castanhos já grisalhos, se aproximou dela, o rosto comum, ostentando uma barba, iluminado por um sorriso. Os olhos cor de chocolate cintilaram ao ver a hesitação dela.

— Acho que não vai se lembrar de mim — disse ele, modestamente —, mas nos conhecemos na festa de Natal de Jack Devlin. Sou...

— É claro que me lembro — disse Amanda, sorrindo, aliviada por ter se lembrado do nome dele. Era o popular autor de versos infantis com quem tivera uma conversa muito agradável no Natal. — Que prazer voltar a vê-lo, Tio Hartley. Não tinha ideia de que estaria aqui esta noite.

Hartley riu por ela usar seu pseudônimo.

— Não consigo entender por que a mulher mais encantadora aqui presente esta noite não está dançando. Me daria a honra de me acompanhar em uma quadrilha?

Ela balançou a cabeça, lamentando.

— As fitas do meu sapato direito não vão aguentar, Sr. Hartley, sinto muito. Terei sorte se conseguir manter essa coisa rebelde no meu pé pelo resto da noite.

Hartley a encarou como os homens costumam fazer quando não sabem se estão sendo rejeitados ou não. Amanda aliviou o desconforto dele dando outro sorriso.

— No entanto — acrescentou —, acho que conseguiria alcançar a mesa... Faria a gentileza de me acompanhar?

— Eu ficaria encantado — foi a resposta sincera, e ele estendeu o braço em uma demonstração de cortesia. — Tive muita esperança de voltar a encontrá-la depois da nossa conversa naquela noite – comentou Hartley, enquanto os dois seguiam lentamente até a sala onde estavam as comidas e bebidas. – Infelizmente, parece que a senhorita não tem aparecido muito em eventos sociais.

Amanda lançou um olhar atento a ele, se perguntando se Hartley teria ouvido algum boato sobre o caso dela com Jack. Mas a expressão dele era gentil e educada, sem qualquer traço de acusação ou insinuação.

– Andei ocupada com o trabalho – disse ela abruptamente, tentando afastar uma súbita pontada de vergonha... Era a primeira vez que experimentava aquele tipo de emoção.

– É claro, uma mulher com um talento enorme como o seu... Leva tempo para criar um trabalho tão memorável. – Hartley levou-a até a mesa de comes e bebes e gesticulou para que um criado preparasse um prato para ela.

– E o senhor? – perguntou Amanda. – Escreveu mais versos?

– Lamento que não – disse ele, animado. – Passei a maior parte do tempo com minha irmã e os filhos dela. Ela tem cinco filhas e dois filhos, e todos têm olhos brilhantes e travessos como um bando de filhotes de raposa.

– O senhor gosta de crianças – afirmou Amanda, mas a frase soou como uma pergunta.

– Ah, demais. Crianças têm um jeito especial de nos fazer lembrar o verdadeiro propósito da vida.

– Que é...?

– Ora, amar e ser amado, é claro.

Amanda ficou espantada com a sinceridade simples dele. E sentiu um sorriso de encantamento surgir em seus lábios. Como era impressionante encontrar um homem que não tinha medo dos próprios sentimentos.

A expressão nos olhos castanhos de Hartley era firme e cálida, mas sua boca se suavizou com certa tristeza em meio à barba cuidadosamente aparada quando ele voltou a falar:

– Minha falecida esposa e eu nunca conseguimos ter filhos, para nosso desapontamento. Uma casa sem crianças é silenciosa demais.

Enquanto os dois seguiam pela fila junto à mesa, o sorriso de Amanda permaneceu no rosto. Hartley era um cavalheiro interessante, gentil e inteligente, e atraente apesar de não ser verdadeiramente belo. Havia algo no rosto largo e simétrico dele, no nariz grande e nos belos olhos azuis, que ela achava extremamente atraente. Era o tipo de rosto que se podia ver todo dia sem nunca se cansar. Mas ela estivera ofuscada demais por Jack Devlin para reparar em Hartley antes. Pois bem, prometeu a si mesma silenciosamente, não voltaria a cometer o mesmo erro.

– Talvez a senhorita me permita visitá-la em algum momento – sugeriu Hartley. – Seria um prazer levá-la para tomar um ar enquanto passeamos na minha carruagem, quando o tempo esquentar.

O Sr. Charles Hartley não era um herói de conto de fadas, ou uma figura vistosa saída de um livro, mas um homem estável, tranquilo, que compartilhava os mesmos interesses que ela. Hartley jamais a arrebataria do chão, mas a ajudaria a manter os pés bem plantados nele. Embora não fosse o que se poderia chamar de empolgante, Amanda já tivera bastante empolgação em seu breve caso com Jack Devlin, o suficiente para uma vida inteira. Agora ela queria algo – alguém – que fosse firme e real, cuja principal ambição aparentemente fosse levar uma vida agradável e comum.

– Eu gostaria muito – disse Amanda, e para seu alívio, ela logo descobriu que enquanto estava na companhia solícita de Charles Hartley, havia sido capaz de tirar da mente qualquer pensamento sobre Jack Devlin.

Capítulo 13

Ao fazer as últimas rondas do dia, Oscar Fretwell passava por todos os andares do prédio, para checar equipamentos e trancar portas. Naquela noite, parou diante do escritório de Devlin e viu uma luz acesa lá dentro, e sentiu um cheiro estranho vindo pelas frestas da porta... um cheiro pungente de fumaça. Ligeiramente alarmado, Fretwell bateu à porta e abriu-a.

– Sr. Devlin.

Fretwell parou e olhou para o homem que era seu patrão e amigo com um espanto mal disfarçado. Devlin estava sentado diante da escrivaninha, cercado pelas sempre presentes pilhas de documentos e livros, dando baforadas em um longo charuto. Um prato de cristal cheio de tocos de charuto queimados e uma bela caixa de cedro com metade das unidades faltando atestava que ele já vinha fumando há algum tempo.

Em um esforço para recompor as ideias antes de falar, Fretwell aproveitou para retirar os óculos e limpar as lentes com um cuidado escrupuloso. Quando voltou a colocar os óculos, avaliou melhor o amigo. Embora raramente o tratasse como Jack, pois achava necessário demonstrar absoluto respeito pelo homem diante dos empregados, naquele momento preferiu chamá-lo assim. Primeiro porque todos já tinham ido para casa. Além disso, porque Fretwell sentiu necessidade de reforçar o vínculo que existia entre os dois desde que eram jovens.

– Jack – disse baixinho –, eu não sabia que você gostava de tabaco.

– Hoje eu gosto. – Devlin tragou outra vez o charuto, os olhos azuis semicerrados pousando brevemente no rosto do amigo. – Vá para casa, Fretwell. Não quero conversar.

Fretwell ignorou a ordem resmungada, foi até a janela, abriu a tranca e levantou o painel de vidro para deixar a brisa fresca entrar no cômodo abafado. A fumaça azulada e densa que pairava no ar começou lentamente a se dispersar. Com o olhar irônico de Jack ainda fixo nele, Fretwell se aproximou da escrivaninha, examinou a caixa de charutos e pegou um.

– Posso?

Devlin assentiu com um grunhido, pegou um copo de uísque e o virou em dois goles. Fretwell tirou uma tesourinha minúscula do próprio bolso e tentou cortar a ponta do charuto, mas as folhas enroladas com firmeza resistiram aos seus esforços. Ele continuou a praticamente serrar o charuto com determinação até Devlin bufar e estender a mão.

– Me dê isso aqui.

Ele pegou um cortador afiado na gaveta da escrivaninha, fez um corte circular ao redor da ponta e removeu a parte mal cortada pela tesourinha de Fretwell. Jack entregou o charuto de volta a Fretwell com uma caixa de fósforos e observou o amigo acender e tragar até o tabaco produzir uma fumaça picante e aromática que flutuou suavemente.

Fretwell sentou-se em uma cadeira próxima e fumou em um silêncio amigável enquanto pensava no que poderia dizer. A verdade era que Devlin parecia o próprio diabo. As últimas semanas de trabalho incansável, de bebedeira e pouco sono finalmente estavam cobrando seu preço. Fretwell nunca o vira naquele estado.

Devlin nunca lhe parecera um homem particularmente feliz, parecia ver a vida como uma batalha a ser vencida, em vez de algo onde poderia encontrar certo divertimento... e, dado o passado dele, não poderia culpá-lo. Mas Devlin sempre parecera invencível. Enquanto as preocupações com os negócios iam se sucedendo, ele era arrogante de um jeito encantador, sempre impassível, reagindo às boas e más notícias com um humor mordaz e a mente firme.

Naquele momento, no entanto, estava claro que alguma coisa perturbava Devlin, algo com que se importava verdadeiramente. O manto da invencibilidade havia caído, deixando entrever um homem tão atormentado que parecia não conseguir encontrar refúgio em nada.

Fretwell não teve dificuldade alguma em supor quando o problema começara – no primeiro encontro entre Jack e Amanda Briars.

– Jack – começou ele, com cautela –, é óbvio que você tem estado um tanto preocupado ultimamente. Não há nada, ou ninguém... Não gostaria de conversar...

– Não. – Devlin passou a mão pelos cabelos negros, despenteando os cachos volumosos, puxando distraidamente a mecha que caía sobre a testa.

– Bem, há uma coisa para a qual eu gostaria de chamar a sua atenção. – Fretwell soltou algumas baforadas do charuto, pensativamente, antes de continuar. – Parece que dois de seus escritores começaram... não sei bem como chamar... um envolvimento de algum tipo.

– É mesmo. – Devlin arqueou a sobrancelha negra.

– E como você sempre gosta de estar bem informado sobre qualquer acontecimento pessoal em relação aos autores, acho que precisa ser colocado a par dos rumores. Parece que a Srta. Briars e o Sr. Charles Hartley têm sido vistos juntos com bastante frequência ultimamente. Uma vez no teatro, algumas vezes em passeios de carruagem no parque e em vários eventos sociais...

– Eu sei – interrompeu Devlin, emburrado.

– Perdão, mas achei que aquela vez em que você e a Srta. Briars...

– Você está se transformando em uma velha enxerida, Oscar. Precisa encontrar uma mulher e parar de se preocupar com os assuntos particulares dos outros.

– Tenho uma mulher – retrucou Fretwell com extrema dignidade. – E não escolho interferir em sua vida privada, ou mesmo comentar sobre ela, a menos que comece a afetar seu trabalho. Como tenho uma parcela desse negócio, por menor que seja, tenho o direito de ficar preocupado. Se você se permitir entrar em declínio, todo os empregados da Devlin's vão sofrer. Incluindo eu.

Jack continuou emburrado, suspirou e apagou o charuto no prato de cristal.

– Maldição, Oscar – disse com a voz cansada. Só mesmo seu gerente e amigo de longa data ousaria pressioná-lo daquela maneira. – Como já ficou claro que você não vai me deixar em paz até eu responder... Sim, admito que em certo momento estive interessado na Srta. Briars.

– Um interesse bastante forte – murmurou Fretwell.

– Pois bem, agora está tudo acabado.

– Está?

Devlin deixou escapar uma risada baixa e sem humor.

– A Srta. Briars tem bom senso demais para desejar manter qualquer ligação pessoal comigo. – Ele esfregou a parte de cima do nariz e disse em uma voz inexpressiva: – Hartley é uma boa escolha para ela, não acha?

Fretwell se viu compelido a responder com honestidade:

– Se eu fosse a Srta. Briars, me casaria com Hartley sem hesitar. Ele é um dos homens mais decentes que já conheci.

– Está tudo certo então – falou Devlin bruscamente. – Desejo o melhor para os dois. É só uma questão de tempo até que se casem.

– Mas... mas e quanto a você? Vai ficar parado e deixar que ela se vá com outro homem?

– Não apenas ficarei parado, como a acompanharei eu mesmo à capela, se ela quiser. O casamento da Srta. Briars com Hartley vai ser melhor para todos os envolvidos.

Fretwell balançou a cabeça, pois compreendia o temor íntimo que levava Devlin a afastar de si a mulher que claramente significava tanto para ele. Era um isolamento estranho, autoimposto, que todos os sobreviventes de Knatchford Heath pareciam compartilhar. Nenhum deles parecia ser capaz de forjar laços duradouros com ninguém.

Os poucos que haviam ousado se casar, como Guy Stubbins, gerente de contas da Devlin's, tinham uniões bastante conturbadas. Confiança e fidelidade eram terrivelmente difíceis para os que haviam suportado o inferno de Knatchford Heath. O próprio Fretwell vinha evitando o matrimônio a qualquer custo e preferia amar e perder uma boa mulher do que correr o risco de criar laços permanentes com ela.

Ainda assim, odiava ver Jack sofrer com o mesmo destino, ainda mais porque os sentimentos do homem pareciam ser mais profundos do que ele suspeitara a princípio. Depois que Amanda Briars se casasse com outro, era provável que Devlin nunca mais voltasse a ser o mesmo.

– O que você vai fazer, Jack? – perguntou Fretwell em voz alta.

Devlin fingiu não ter entendido a pergunta.

– Essa noite? Vou sair do trabalho e ir até o estabelecimento de Gemma Bradshaw. Talvez pague pela companhia de uma mulher bem-disposta.

– Mas você nunca dorme com prostitutas – lembrou Fretwell, surpreso.

Devlin abriu um sorriso sombrio e indicou o prato cheio de cinzas.

– Também não fumo.

– Nunca fiz um piquenique dentro de casa antes – comentou Amanda com uma risada, ao se ver cercada por olhos brilhantes.

Charles Hartley a convidara para a sua pequena propriedade, construída nos arredores de Londres, onde a irmã mais nova dele, Eugenie, estava oferecendo um almoço. Amanda gostou imensamente de conhecê-la. Os olhos muito escuros da irmã de Charles eram cheios de uma jovialidade e animação que contrariavam a condição de matrona de uma mãe de sete filhos. Eugenie possuía a mesma aura de serenidade que tornava Charles tão atraente.

Os Hartleys eram uma família de sangue respeitável, não eram aristocratas, mas eram honrados e tinham boa situação financeira. Isso fazia Amanda admirar ainda mais Charles. Ele tinha meios para levar uma vida indolente se desejasse, e ainda assim resolvera se ocupar escrevendo para crianças.

– Não é um autêntico piquenique – admitiu Charles. – No entanto, é o melhor que conseguimos fazer, considerando o fato de que está frio demais para ficarmos ao ar livre nesse momento.

– Eu gostaria que seus filhos estivessem aqui – disse Amanda em um impulso para Eugenie. – O Sr. Hartley fala deles com tanta frequência que sinto como se já os conhecesse.

– Santo Deus! – exclamou Eugenie, rindo. – Não para o nosso primeiro encontro. Meus filhos são um bando de traquinas. Eles a fariam sair correndo, assustada, e nunca mais a veríamos de novo.

– Duvido muito.

Amanda sentou-se na cadeira que Charles puxara para ela. O piquenique dentro de casa tinha sido arrumado no solário de formato octogonal, com um átrio no centro do piso de pedra. Ali, havia um "jardim branco", plantado com rosas brancas, lilases nevados e magnólias prateadas que deixavam um aroma delicioso ao redor da mesa posta com linho, cristais e prataria. Por cima da toalha de mesa branca haviam sido espalhadas pétalas de rosa cor-de-rosa que combinavam com a porcelana de Sèvres de estampa florida.

Eugenie pegou uma taça de champanhe e olhou para Charles com uma expressão sorridente.

– Não vai fazer um brinde, caro irmão?

Ele olhou para Amanda e concordou.

– À amizade – disse simplesmente, mas o calor em seus olhos parecia esconder um sentimento mais profundo do que esse.

Amanda deu um gole no champanhe, que achou refrescante, ácido e frio. Ela se sentia alegre e completamente à vontade na companhia de Charles Hartley. Nos últimos tempos eles haviam passado bastante tempo juntos, passeando na carruagem dele, ou indo a festas e conferências. Charles era um perfeito cavalheiro, e a fazia se perguntar se a mente dele era capaz de abrigar pensamentos ou ideias impróprias. Ele parecia incapaz de qualquer rudeza ou vulgaridade. *Todos os homens são grosseirões primitivos*, dissera Jack a ela certa vez... bem, ele estava errado. Charles Hartley era a prova viva disso.

A paixão temerária que atormentara Amanda havia esmorecido, como as cinzas ardentes de uma fogueira que antes queimava com todo vigor. Ela ainda pensava em Jack com muito mais frequência do que achava razoável. Nas raras ocasiões em que se encontravam sentia os mesmos arrepios frios e quentes, a mesma consciência excruciante da presença dele, o mesmo anseio intenso por coisas que não poderia ter. Felizmente, esses encontros não aconteciam com frequência. E quando aconteciam, Jack era sempre extremamente educado, os olhos azuis com uma expressão simpática, mas fria, e falava apenas sobre negócios.

Charles Hartley, por outro lado, não fazia segredo de seus sentimentos. Era fácil gostar daquele viúvo gentil e descomplicado, que claramente queria e precisava de uma esposa. Ele era tudo o que Amanda admirava em um homem – inteligente, virtuoso, tinha uma personalidade sensata, mas temperada com um espírito irônico.

Como parecia estranho que, depois de tantos anos, a vida de Amanda tivesse finalmente chegado àquilo... ser cortejada por um homem, sabendo quase com certeza que o próximo passo seria o casamento se ela assim desejasse. Havia algo em Charles Hartley que era diferente de qualquer outro homem que Amanda já conhecera: era surpreendentemente fácil confiar nele. Ela sabia no fundo da alma que ele sempre a trataria com respeito. Mais ainda, os dois compartilhavam os mesmos valores, os mesmos interesses. Em um curto espaço de tempo, Charles se tornara um amigo extremamente querido.

Amanda desejou ser capaz de se forçar a sentir mais atração física por ele. Mas sempre que tentava se imaginar na cama com Charles, a ideia não soava nem um pouco empolgante. Talvez fosse um desejo que se desenvolvesse com o tempo... ou talvez ela acabasse conseguindo encontrar satisfação no tipo de casamento agradável, mas sem paixão, que as irmãs pareciam ter.

Aquele era o caminho certo a tomar, garantiu Amanda a si mesma, em seu íntimo. Sophia estava certa – estava na hora de Amanda ter uma família. Se Charles Hartley acabasse realmente pedindo-a em casamento, ela aceitaria. Então, diminuiria o ritmo de trabalho, talvez até desistisse inteiramente da carreira, e se entregaria às preocupações rotineiras que todas as mulheres comuns encaram. *É sempre mais difícil para quem nada contra a corrente*, aconselhara Sophia, e a verdade daquelas palavras tocava mais fundo em Amanda a cada dia. Como seria bom, agradável, abandonar seus desejos infrutíferos e finalmente ser como todas as outras.

Enquanto Amanda se vestia para um passeio de carruagem com Charles, percebeu que seu melhor vestido de passeio verde-maçã, em gorgorão de seda, com um corpete em V que a favorecia muito, estava tão apertado que quase não fechava.

– Sukey – disse ela, com um suspiro de aborrecimento, enquanto a criada se esforçava para fechar os botões nas costas –, talvez você possa apertar um pouco mais os cordões do meu espartilho, sim? Acho que vou precisar de regime. Só Deus sabe o que eu fiz para ganhar tanto peso nas últimas semanas.

Para surpresa de Amanda, Sukey não riu, se lamentou nem deu qualquer conselho. A criada ficou apenas parada atrás dela, sem se mover.

– Sukey? – chamou Amanda, e se virou.

Ela ficou perplexa ao ver a estranha expressão no rosto da criada.

– Talvez seja melhor não apertar mais seu espartilho, Srta. Amanda – disse Sukey, em seu sotaque carregado, com muito cuidado. – Pode lhe fazer mal se a senhorita estiver... – Ela se interrompeu.

– Se eu estiver o quê? – Amanda estava espantada com o silêncio da criada. – Sukey, me diga logo o que está pensando. Meu Deus, até parece acreditar que eu estou...

Foi a vez de Amanda se interromper abruptamente ao compreender a pergunta silenciosa de Sukey. Ela sentiu o sangue desaparecendo da face e levou a mão ao abdômen.

– Srta. Amanda – perguntou a criada com cautela –, qual foi a última vez que seus incômodos mensais vieram?

– Há muito tempo – respondeu Amanda, a voz soando distante e alheia. – Há dois meses pelo menos. Andei ocupada e distraída demais para pensar nisso até agora...

Sukey assentiu, parecendo ter perdido a capacidade de falar.

Amanda se virou e foi até uma cadeira próxima. Ela sentou-se com o vestido cintilante ainda aberto e o tecido se amarfanhou em pregas. Foi dominada por uma sensação estranha, como se estivesse suspensa no ar, sem conseguir apoiar os pés no chão. Essa leveza não era agradável. Amanda desejou desesperadamente uma maneira de se ancorar, de conseguir se agarrar a algo sólido.

– Srta. Amanda – disse Sukey um instante depois –, o Sr. Hartley vai chegar logo.

– Peça para ele ir embora – pediu Amanda em uma voz entorpecida. – Diga a ele... diga que não estou me sentindo bem. E então mande chamar um médico.

– Sim, Srta. Amanda.

Ela sabia que o médico iria apenas confirmar o que subitamente passara a ser uma certeza. As mudanças recentes em seu corpo e o instinto feminino apontavam para a mesma conclusão. Estava esperando um filho de Jack Devlin... e não conseguiria imaginar dilema pior.

Mulheres solteiras que se viam grávidas normalmente eram descritas como estando "em uma situação embaraçosa". Essa expressão era tão pouco eficiente que quase fez Amanda começar a rir de desespero. Situação embaraçosa? Não, aquilo era um desastre que mudaria a vida dela de todas as maneiras.

– Eu vou ficar com a senhorita – murmurou Sukey. – Não importa o que aconteça.

Mesmo com o caos que eram seus pensamentos no momento, Amanda ficou comovida com a lealdade instantânea da criada. Ela buscou cegamente a mão áspera da outra mulher e apertou-a.

– Obrigada, Sukey – disse com a voz embargada. – Não sei o que vou fazer se... se houver um bebê... eu teria que ir para algum lugar. Para o exterior, eu acho. Teria que viver longe da Inglaterra por um bom tempo.

– Já me cansei da Inglaterra há anos – declarou Sukey em tom decidido. – Toda essa chuva, esse céu cinza, um frio que entra nos ossos... não, não é para uma mulher com a minha natureza quente. Agora, a França, ou a Itália... esses são lugares com os quais sempre sonhei.

Uma risada melancólica ficou presa na garganta de Amanda, que só conseguiu sussurrar em resposta:

– Vamos ver, Sukey. Vamos ver o que faremos.

Amanda se recusou a ver Charles Hartley, ou qualquer outra pessoa, por uma semana depois que o médico confirmou sua gravidez. Ela mandou um bilhete a Hartley explicando que estava sofrendo com sintomas de uma gripe, e que precisava de vários dias para descansar e se recuperar. Ele respondeu com uma mensagem simpática e mandou entregar um lindo arranjo de flores de estufa na casa dela.

Havia muito em que pensar, decisões importantes a serem tomadas. Por mais que tentasse, Amanda não conseguia culpar Jack pela condição em que se encontrava. Ela era uma mulher madura, que compreendia os riscos e consequências de um caso amoroso. Aos olhos dela, a responsabilidade estava toda em seus ombros. Embora Sukey houvesse sugerido, hesitante, que Amanda desse a notícia a Jack, a simples ideia a fazia se encolher, horrorizada. De forma alguma! Se havia uma coisa que Amanda sabia com certeza era que Jack Devlin não queria ser pai ou marido. Ela não colocaria nos ombros dele o fardo desse problema – era capaz de cuidar de si mesma e do bebê.

Só havia uma opção, portanto. Arrumaria tudo e iria para a França assim que possível. Talvez inventasse um marido fictício que morrera, deixando-a viúva... um tipo de estratagema que a permitisse fazer parte da sociedade francesa. Ainda conseguiria ganhar um bom dinheiro publicando do exterior. Não havia razão para que Jack jamais descobrisse sobre um filho que ele certamente não queria, e de cuja existência muito provavelmente se ressentiria. Ninguém saberia da verdade, a não ser sua irmã, Sophia, e Sukey, é claro.

Amanda concentrou toda a sua energia em planejar e fazer listas, preparando-se para a reviravolta drástica que sua vida estava prestes a sofrer. Quando já estava quase tudo pronto, ela aceitou que Charles Hartley a visitasse certa manhã, para se despedir dele.

Charles chegou com um buquê de flores. Usava um paletó marrom elegante e extremamente tradicional e calça também marrom, com uma gravata de seda escura amarrada com habilidade, o tecido se destacando sob a barba. Amanda sentiu uma pontada de tristeza por saber que nunca mais o veria depois daquele dia. Sentiria falta do rosto franco e gentil, da companhia confortável e descomplicada. Era um prazer estar com um homem que não a instigava, que não a desafiava, um homem que levava uma vida tão calma e pacata quanto a de Jack Devlin era acelerada e turbulenta.

– Adorável como sempre, embora um pouco pálida – declarou Charles, sorrindo para Amanda, enquanto entregava a Sukey o sobretudo e o chapéu de copa alta. – Fiquei preocupado, Srta. Briars.

– Estou muito melhor agora, obrigada – respondeu Amanda, forçando-se a colocar um sorriso no rosto.

Ela pediu a Sukey que levasse as flores e as colocasse na água, e convidou Charles a se sentar ao seu lado no sofá. Eles passaram alguns minutos em uma conversa leve, sem nenhum tema em particular, enquanto a mente de Amanda tentava selecionar uma entre as várias formas de contar a ele que estava indo embora da Inglaterra para sempre. Finalmente ela se deu conta de que não havia uma forma delicada de colocar a questão, e falou com a sua objetividade natural:

– Ah, Charles, fico feliz por termos essa oportunidade de conversar, já que será a última. Eu recentemente decidi que a Inglaterra não é mais o melhor lugar para eu viver, sabe? Estou planejando me estabelecer em outro país... na França, na verdade, porque acho que o clima ameno e o ritmo de vida mais lento vão combinar melhor comigo. Vou sentir muita falta de você, e espero que possamos nos corresponder de vez em quando.

O rosto de Charles não mostrou qualquer expressão, e ele absorveu a notícia silenciosamente.

– Por quê? – murmurou por fim, e pegou uma das mãos dela entre as suas, muito grandes. – Você está doente, Amanda? Por isso precisa de um clima mais quente? Ou há circunstâncias de outra natureza que estão impelindo você a se mudar? Não tenho a intenção de bisbilhotar, mas tenho uma boa razão para perguntar, como explicarei a seguir.

– Não estou doente – disse Amanda, com um sorriso morto. – Você é muito gentil, Charles, demonstrando tanta preocupação com o meu bem-estar...

– Não é gentileza que inspira as minhas perguntas – disse ele baixinho. Ao menos por uma vez, a testa sempre tão serena estava franzida e a boca cerrada a ponto de quase desaparecer na barba bem-aparada. – Não quero que vá a lugar algum, Amanda. Eu preciso dizer uma coisa... Não era a minha intenção revelar isso tão cedo, mas parece que as circunstâncias estão me forçando a ser um pouco precipitado. Amanda, você deve saber o quanto eu gosto...

– Por favor – interrompeu ela, o coração se contraindo, ansiosa e alarmada. Não queria que Charles fizesse qualquer confissão. Que Deus não permitisse que ele dissesse que a amava quando estava grávida do filho de outro homem! – Charles, você é um amigo querido, e tive a sorte de poder conhecê-lo melhor nas últimas semanas. Mas vamos deixar as coisas como estão, por favor. Partirei em questão de dias e nada que você possa dizer vai mudar esse fato.

– Lamento, mas não vou ficar com isso guardado. – Ele apertou as mãos dela com mais força, embora sua voz permanecesse calma e cálida. – Não vou deixar que se vá sem dizer quanto a admiro. Você é muito especial para mim, Amanda. É uma das melhores mulheres que já conheci, e quero...

– Não – disse ela, sentindo a garganta arder subitamente. – Não sou uma boa mulher, não sou boa de forma alguma. Eu cometi erros horríveis, Charles, erros que não quero ter que explicar. Por favor, não vamos dizer mais nada, vamos nos separar como amigos, por favor.

Ele a fitou por um longo tempo.

– Você está em algum tipo de apuro – afirmou baixinho. – Me deixe ajudar. É financeiro? Com a justiça?

– É um tipo de problema que ninguém pode resolver. – Ela não conseguiu encará-lo. – Por favor, é melhor você ir agora – disse ela, e se levantou da cadeira. – Adeus, Charles.

Ele puxou-a de volta para o sofá.

– Amanda – murmurou –, à luz do que sinto por você, acho que você me deve ao menos a... a chance de ajudar alguém com quem me importo profundamente. Qual é o problema?

Amanda sentia-se ao mesmo tempo comovida e irritada com a insistência dele, e se forçou a encarar diretamente os olhos castanhos gentis.

– Estou grávida – disse em um rompante. – Entende? Não há nada que você ou qualquer pessoa possa fazer. Agora, por favor, vá embora, para que eu possa tentar organizar essa enorme confusão que fiz da minha vida.

Charles arregalou os olhos e entreabriu os lábios. De todos os motivos que poderia ter suspeitado, claramente aquele era o último. Quantas pessoas ficariam chocadas da mesma forma, pensou Amanda, com o fato da romancista solteirona e sensata ter tido um caso e ter acabado grávida? Apesar do dilema em que se encontrava, ela quase sentiu uma satisfação soturna por ter feito algo tão absolutamente imprevisível.

Charles continuou a segurar as mãos dela com força.

– O pai... presumo que seja Jack Devlin – disse ele, mais em tom de afirmação do que questionamento, a voz sem qualquer traço de censura.

Amanda enrubesceu enquanto continuava a encará-lo.

– Você ouviu os rumores, então.

– Sim. Mas eu pude ver que seja o que for que tenha acontecido entre vocês no passado estava definitivamente terminado.

Amanda deixou escapar uma risadinha irônica.

– Ao que parece, não totalmente – conseguiu responder.

A reação de Charles não foi de forma alguma o que ela teria esperado. Em vez de se afastar dela com desprezo, ele parecia tão calmo e próximo como sempre, genuinamente interessado no bem-estar de Amanda. Ela sabia que Charles era cavalheiro demais para trair sua confiança. Qualquer coisa que dissesse a ele não se transformaria em material de fofoca. Era um tremendo alívio poder confiar em alguém, e Amanda se pegou apertando as mãos dele de volta, enquanto falava.

– Ele não sabe, nem nunca vai saber. Jack deixou bem claro no passado que não quer se casar. E ele com certeza não é o tipo de marido que eu gostaria de ter. Por isso estou indo embora... Não posso ficar na Inglaterra sendo mãe solteira.

– É claro. É claro. Mas você precisa contar a ele. Não conheço Devlin bem, mas ele precisa ter a oportunidade de assumir a responsabilidade por você e pelo filho. Não é justo com ele, ou com a criança, guardar um segredo desses.

– Não há por que contar a ele. Sei o que ele vai responder.

– Você não pode carregar esse fardo sozinha, Amanda.

– Sim, eu posso. – De repente, ela se sentiu muito calma, e chegou até a dar um breve sorriso, enquanto olhava para o rosto largo e preocupado de Charles. – Sinceramente, eu posso. A criança não vai sofrer de forma alguma, nem eu.

– Toda criança precisa de um pai. E você vai precisar de um marido para ajudá-la e sustentá-la.

Amanda balançou a cabeça, decidida.

– Jack nunca me pediria em casamento, e se fizesse isso, eu não aceitaria.

As palavras dela pareceram liberar um viés temerário de Charles, um impulso extraordinário que o levou a fazer uma pergunta que a pegou desprevenida.

– E se *eu* a pedisse em casamento?

Amanda o encarou sem piscar, imaginando se ele perdera a cabeça.

– Charles – disse ela, pacientemente, como se suspeitasse de certa forma que ele não havia entendido muito bem o que ela dissera –, estou esperando o filho de outro homem.

– Eu gostaria de ter filhos. Veria o filho que você carrega como se fosse meu. E gostaria muito de ter você como esposa.

– Mas por quê? – perguntou Amanda com uma risada espantada. – Acabei de contar que vou ter um filho fora dos laços do casamento. Você sabe o que isso diz a respeito do meu caráter. Não sou o tipo de esposa de que você precisa, Charles...

– Deixe que eu julgue seu caráter, que por sinal acho tão valoroso como sempre. – Ele sorriu diante do rosto pálido dela. – Por favor, me dê a honra de se tornar minha esposa, Amanda. Não há necessidade de se mudar para longe da sua família e dos seus amigos. Teríamos uma vida muito boa juntos. Você sabe que combinamos. Eu quero você... e quero essa criança também.

– Mas como você pode aceitar o filho bastardo de alguém como se fosse seu?

– Talvez se eu fosse muito mais novo, realmente não aceitasse. Mas estou entrando no outono da vida, e a nossa perspectiva muda muito com a maturidade. Estou vendo uma chance de ser pai e, por Deus, eu quero aceitá-la.

Amanda o encarava com um silêncio espantando, então deixou escapar uma risada relutante.

– Você me surpreende, Charles.

– *Você* me surpreende – retrucou ele, a barba se abrindo em um sorriso. – Vamos, não demore tanto para considerar a minha proposta... não é muito lisonjeiro.

– Se eu aceitasse – perguntou ela, insegura –, você assumiria esse filho como seu?

– Sim... mas com uma condição. Primeiro você precisa contar a verdade a Devlin. Eu não poderia em sã consciência roubar a oportunidade de um homem de conhecer o próprio filho. Se o que você diz sobre ele é verdade, Devlin certamente não vai causar qualquer problema para nós. Vai até ficar feliz por se ver absolvido da responsabilidade por você e pela criança. Só não devemos começar um casamento com mentiras.

– Não posso fazer isso.

Amanda balançou a cabeça, decidida. Não conseguia imaginar qual seria a reação de Jack. Raiva? Apontaria o dedo na cara dela? Ficaria ressentido ou faria graça da situação? Ah, ela preferia arder no fogo do inferno a procurá-lo para dar a notícia de que teria um filho bastardo!

– Amanda – disse Charles em um tom tranquilo –, é provável que ele venha a descobrir algum dia. Você não pode passar a vida com essa possibilidade pairando sobre a sua cabeça. Confie em mim em relação a isso... contar a ele sobre o filho é a coisa certa a fazer. Depois disso, você não terá nada a temer em relação a Devlin.

Ela balançou a cabeça, infeliz.

– Não sei se seria justo para nenhum de nós se eu concordasse em me casar com você, e não estou certa de que contar a Jack sobre o bebê seja a coisa certa. Ah, Charles... eu queria tanto saber o que fazer! Eu costumava ter tanta certeza sobre as escolhas certas... costumava me achar tão sábia e prática, e agora o caráter elevado que imaginei possuir está em farrapos, e...

Charles a interrompeu com uma risadinha.

– O que *você* deseja fazer, Amanda? A escolha é simples. Você pode ir para o exterior e viver no meio de estranhos, e criar seu filho sem pai. Ou pode permanecer na Inglaterra e se casar com um homem que a respeita e que se importa com você.

Amanda o encarou, insegura. Colocada daquela maneira, a escolha a ser feita era clara. Uma curiosa mistura de alívio e resignação fez os olhos dela arderem. Charles Hartley era tão tranquilamente forte, com uma bússola moral irreparável que impressionava.

– Eu não tinha ideia de que você era capaz de ser tão persuasivo, Charles – disse ela, fungando, e ele começou a sorrir.

Nos quatro meses desde que Jack começara a publicar capítulos regulares de *Uma dama incompleta*, a história se tornara uma sensação. O clamor no "Row", a área da Paternoster Row que ficava ao norte de St. Paul's, era ensurdecedor a cada mês no Magazine Day, e os representantes de livreiros só queriam uma coisa: a edição mais recente de *Uma dama incompleta*.

A procura vinha sendo mais alta do que as projeções mais otimistas de Jack. O sucesso da publicação do romance de Amanda em formato de folhetim poderia ser atribuída à qualidade excelente do trabalho, à ambiguidade moral da heroína do livro, e ao fato de Jack ter se disposto a pagar caro por divulgação, incluindo anúncios nos mais conhecidos jornais de Londres.

Agora, lojas vendiam produtos inspirados em *Uma dama incompleta*: uma colônia criada especialmente com base no romance; luvas cor de rubi semelhantes as que a heroína usava; lenços finos onde se lia escrito "Dama" em vermelho, para serem usados ao redor do pescoço, ou amarrados ao redor da aba de um chapéu. A música mais requisitada em qualquer baile elegante era a valsa "Dama incompleta", composta por um admirador do trabalho de Amanda.

Deveria estar satisfeito, disse Jack a si mesmo. Afinal, tanto ele quanto Amanda estavam ganhando uma fortuna com o romance, e isso continuaria a acontecer. Não havia dúvidas de que ele venderia muitas edições do livro completo, quando finalmente o imprimisse em um belo formato em três volumes. E Amanda pareceu gostar da perspectiva de escrever um romance inédito para ser publicado em formato de folhetim.

No entanto, se tornara impossível para Jack ter prazer nas coisas que costumava ter antes. O dinheiro já não o empolgava mais. Não precisava de mais riqueza... tinha mais do que o necessário para a vida inteira. Como o livreiro mais poderoso de Londres, além de editor, havia adquirido tanta influência na distribuição dos romances de outros editores que era capaz de conseguir enormes descontos para qualquer livro que desejasse ter. E não hesitava em fazer uso dessa vantagem, o que o tornara ainda mais rico, embora não exatamente admirado.

Jack sabia que estava sendo chamado de gigante no mundo editorial – um reconhecimento pelo qual ansiara e trabalhara muito para conquistar.

Mas o trabalho havia perdido a capacidade de entretê-lo. Até mesmo os fantasmas do passado já não o assombravam como antes. Agora, os dias passavam em uma névoa cinzenta e tediosa. Ele nunca se sentira daquela forma, despojado de qualquer emoção, até mesmo do sofrimento. Se alguém ao menos pudesse lhe dizer como se libertar da melancolia sufocante que o envolvera...

– É apenas um caso de *ennui*, meu rapaz – dissera um amigo aristocrático em tom irônico, usando o termo da classe alta para um caso terminal de tédio. – Bom para você... um forte caso de *ennui* está muito na moda atualmente. Você dificilmente seria um homem importante se não sofresse disso. Se deseja alívio, precisa ir a um clube, beber, jogar cartas, se deitar com uma bela moça bem-disposta. Ou viajar para outros cantos da Europa, para uma mudança de cenário.

No entanto, Jack sabia que nenhuma daquelas sugestões o ajudaria em nada. Ele ficava apenas sentado na prisão que se tornara seu escritório, negociando responsavelmente acordos comerciais, ou olhando sem ver para a pilha de trabalho que parecia exatamente com a mesma que ele havia encarado no mês anterior, e no mês antes desse. E esperava agoniado por notícias de Amanda Briars.

Como um fiel cão farejador, Fretwell lhe dava breves atualizações sempre que ficava sabendo de alguma coisa... que Amanda fora vista na ópera com Charles Hartley uma noite, ou que Amanda visitara Tea Gardens e parecia muito bem. Jack ruminava cada pequena informação incessantemente, amaldiçoando-se por se importar tanto com detalhes da vida dela. Mas Amanda era a única coisa que parecia capaz de fazer a pulsação dele voltar a acelerar. Ele, que sempre fora conhecido por sua motivação insaciável, agora só conseguia se interessar pelas atividades sociais tediosas de uma romancista solteirona.

Quando se pegou frustrado e inquieto demais para ir ao trabalho certa manhã, Jack decidiu que o cansaço físico talvez lhe fizesse bem. Ele não estava conseguindo se concentrar no escritório, e havia trabalho a ser feito em outras partes do prédio. Jack deixou uma pilha de originais e de contratos ainda não lidos em cima da escrivaninha e se ocupou em carregar baús com livros recém-embalados para uma carroça na rua, que os levaria para um navio atracado no porto.

Jack tirou o paletó e trabalhava em mangas de camisa, levantando baús e caixotes no ombro e carregando-os pelos longos lances de escada até o térreo do prédio. Embora os funcionários do estoque tivessem ficado um pouco nervosos a princípio, ao ver o proprietário da Devlin's se dedicando a uma atividade tão subalterna, o trabalho duro logo os fez perder qualquer traço de constrangimento.

Depois que Jack fez pelo menos meia dúzia de viagens do quinto andar até a rua, levando caixotes cheios de livros até a carroça atrás do prédio, Oscar Fretwell conseguiu encontrá-lo.

– Devlin – chamou, parecendo perturbado. – Sr. Devlin, eu... – Ele parou, impressionado ao ver Jack colocando um caixote dentro da carroça. – Devlin, posso perguntar o que está pretendendo com isso? Não há necessidade de você carregar essas caixas e... Deus sabe que contratamos homens em número bastante para carregar tudo e...

– Estou cansado de ficar sentado diante daquela maldita escrivaninha – disse Jack, irritado. – Queria esticar as pernas.

– Uma caminhada no parque teria tido o mesmo efeito – murmurou Fretwell. – Um homem na sua posição não precisa recorrer ao trabalho no estoque.

Jack deu um breve sorriso e passou a manga da camisa pela testa suada. Era bom suar e exercitar os músculos, fazer alguma coisa que não exigisse pensar demais, apenas esforço físico.

– Poupe-me do sermão, Fretwell. Eu não ia ajudar ninguém ficando no escritório, e preferi fazer alguma coisa mais produtiva do que passear no parque. Agora, você tem alguma coisa para me dizer? Porque, caso contrário, tenho mais caixotes para carregar.

– Tenho. – O gerente hesitou e encarou Devlin com um olhar cauteloso. – Você tem uma visita... a Srta. Briars está esperando no seu escritório. Se desejar, posso dizer a ela que você não está disponível. – Fretwell se interrompeu quando Jack saiu correndo para as escadas antes mesmo que ele tivesse tempo de terminar a frase.

Amanda estava ali, querendo vê-lo, quando tinha tomado tanto cuidado para evitá-lo por tanto tempo. Jack sentiu um aperto no peito, seus batimentos cardíacos ficaram estranhos. Ele se esforçou para não subir dois degraus de uma vez, para seguir a um passo moderado pelos cinco andares até sua sala. Ainda assim, a respiração estava agitada quando chegou ao quinto andar. Para seu constrangimento, sabia que os pulmões sobrecarregados não tinham nada a ver com esforço físico. Estava tão, tão ansioso para estar em um mesmo cômodo com Amanda Briars que ofegava como um rapazinho apaixonado. Ele debateu consigo mesmo se deveria trocar a camisa, lavar o rosto, encontrar o paletó, tudo em um esforço para parecer apresentável. Mas decidiu não fazer nada disso. Não queria deixar Amanda esperando por mais tempo do que o necessário.

Jack se esforçou para manter uma expressão impassível, entrou no escritório e deixou a porta ligeiramente aberta. O olhar dele foi atraído imediatamente para Amanda, que estava parada perto de escrivaninha, com um pacote bem embrulhado ao lado do corpo. Uma estranha expressão atravessou o rosto dela ao vê-lo... Jack leu ansiedade e prazer antes que ela as disfarçasse com um sorriso animado e forçado.

– Sr. Devlin – disse Amanda rapidamente, e caminhou na direção dele –, eu trouxe as revisões do último capítulo de *Uma dama incompleta*... e uma proposta para um novo folhetim, se estiver interessado.

– É claro que estou interessado – respondeu Jack, a voz rouca. – Olá, Amanda. Você parece bem.

A declaração banal nem começava a descrever a reação dele à aparência dela. Amanda parecia renovada e muito feminina em um vestido azul e branco com um laço branco perfeito fechando a gola no pescoço e uma fileira de botões de pérola que descia pela frente do corpete. Quando parou diante dele, Jack pensou ter detectado o aroma de limão e um toque de perfume. Todos os seus sentidos se acenderam em resposta.

Ele queria pressionar seu corpo quente e suado ao dela, beijá-la, mordê-la, devorá-la, queria enfiar as mãos grandes no penteado elegantemente trançado, puxar a fileira de botões de pérola até os seios suntuosos esparramarem em suas mãos. Sentia-se dominado por uma fome que parecia consumir tudo, como se não tivesse comido por dias e de repente se percebesse desnutrido. Depois de semanas sem sentir nada, a onda violenta de sensações quase deixou Jack tonto.

– Estou muito bem, obrigada. – O sorriso forçado desapareceu quando ela o encarou, e algo se acendeu nos olhos cinza-prata. – Você está com uma mancha de sujeira no rosto – murmurou Amanda.

Ela pegou um lenço limpo e passado da manga e estendeu na direção do rosto dele. Depois de hesitar por um momento quase imperceptível, passou o lenço no lado direito da face de Jack. Ele permaneceu imóvel, os músculos cada vez mais rígidos até seu corpo parecer rijo como mármore. Depois de limpar a mancha, Amanda usou o outro lado do lenço para secar o suor que escorria do rosto dele.

– O que, em nome de Deus, você andou fazendo? – murmurou.

– Estava trabalhando – respondeu Jack, e precisou de toda a sua força de vontade para evitar olhar para ela de cima a baixo.

Um leve sorriso tocou os lábios macios de Amanda.

– Como sempre, você não parece capaz de levar a vida com leveza.

A declaração não soou como um elogio. Na verdade, soou quase com um toque de piedade, como se ela agora tivesse uma nova compreensão da vida que escapava a ele. Jack ficou muito sério e se inclinou sobre ela para colocar o embrulho em cima da mesa, forçando-a de propósito a recuar um passo, ou seu corpo entraria em contato direto com o dele. E ficou satisfeito ao vê-la ruborizar, perdendo parte da compostura.

– Posso perguntar por que me trouxe isso pessoalmente? – perguntou ele, se referindo às revisões.

– Peço desculpas se você preferia que...

– Não, não é isso – resmungou ele. – Eu só queria saber se você tinha algum motivo em particular para me ver hoje.

– Na verdade, tenho. – Amanda pigarreou, parecendo desconfortável. – Vou a uma festa esta noite dada pelo meu advogado, o Sr. Talbot. Acredito que você também tenha recebido um convite... ele deixou escapar que você estava na lista de convidados.

Jack deu de ombros.

– É provável que eu tenha recebido, sim. Mas duvido que vá comparecer.

Por algum motivo, a informação pareceu deixá-la mais relaxada.

– Entendo. Bem, então talvez seja melhor você saber da notícia por mim, agora de manhã. À luz da nossa... considerando que eu e você... Bem, não quero que você seja pego de surpresa quando souber...

– Souber o quê, Amanda?

O rubor no rosto dela se intensificou.

– Essa noite, o Sr. Hartley e eu vamos anunciar nosso noivado na festa do Sr. Talbot.

Aquela era uma notícia que Jack já esperava, mas ainda assim ficou espantado com a própria reação. Foi como se um enorme abismo se escancarasse dentro dele, fazendo transbordar dor e uma raiva intensa. A parte racional da mente de Jack argumentou que ele não tinha o direito de estar com raiva, mas estava. A fúria ardente era direcionada a Amanda e a Hartley, mas acima de tudo a ele mesmo. Jack controlou de forma implacável sua expressão e se forçou a permanecer imóvel, embora suas mãos realmente tremessem de vontade de sacudir Amanda.

– Ele é um bom homem. – O tom dela era tenso e defensivo. – Temos tudo em comum. Espero ser muito feliz com ele.

– Com certeza você será – murmurou Jack.

Amanda recuperou a compostura como se recolocasse um manto invisível e endireitou os ombros.

– E espero que você e eu possamos seguir como estamos agora.

Jack sabia exatamente o que ela queria dizer. Eles manteriam a fachada de uma amizade distante, trabalhariam juntos ocasionalmente, e o relacionamento seria mantido cuidadosamente impessoal. Como se ele nunca tivesse tirado a inocência dela. Como se nunca a tivesse tocado e beijado intimamente, como se não conhecesse a doçura do corpo dela.

Jack abaixou o queixo assentindo brevemente.

– Você contou a Hartley sobre o nosso caso? – perguntou, sem conseguir evitar.

Amanda o surpreendeu confirmando com um aceno de cabeça.

– Ele sabe – murmurou ela, torcendo os lábios em uma expressão irônica. – Charles é um homem muito indulgente. Um verdadeiro cavalheiro.

Jack se sentiu dominado pela amargura. Teria *ele* aceitado uma informação daquelas como um cavalheiro? Duvidava muito. Charles Hartley era mesmo o melhor dos homens.

– Ótimo – disse Jack bruscamente, sentindo a necessidade de irritá-la. – Eu odiaria que ele se colocasse no meio do nosso relacionamento profissional... Pretendo fazer uma pilha de dinheiro com você e seus livros.

Ela franziu a testa e os cantos da boca ficaram tensos.

– Ah, sim. Que Deus não permita que nada se coloque entre você e seus lucros. Tenha um bom dia, Sr. Devlin. Tenho muito a fazer hoje... arranjos para o casamento.

Amanda se virou para sair, as plumas brancas do pequeno *bonnet* azul se agitando a cada passo que dava em direção à porta.

Jack se absteve de perguntar sarcasticamente se seria convidado para o evento abençoado. Imóvel como uma pedra, simplesmente observou Amanda se mover sem se oferecer para acompanhá-la até a saída, como um cavalheiro deveria ter feito.

Amanda parou perto da porta e olhou para trás por cima do ombro. Por algum motivo, pareceu que ela queria dizer mais alguma coisa a ele.

– Jack...

A testa de Amanda agora se franzia em preocupação, e ela pareceu estar lutando com as palavras. Seus olhos se encontraram, os dela, cinza e perturbados, encarando o azul duro e opaco dos dele. Então, Amanda balançou a cabeça, frustrada, se virou e saiu do escritório.

Com a cabeça, o coração e o ventre ardendo, Jack voltou para trás da escrivaninha e sentou-se pesadamente. Ele vasculhou uma gaveta em busca de um copo e a sempre presente garrafa de uísque.

O doce sabor amadeirado encheu sua boca e desceu quente pela garganta, fazendo-a relaxar. Jack terminou aquela dose e se serviu de outra. Talvez Fretwell estivesse certo, pensou, com amargor: um homem na posição dele tinha coisas melhores a fazer do que carregar caixotes. Na verdade, iria esquecer qualquer tipo de trabalho pelo resto do dia. Ficaria simplesmente sentado ali, e beberia até todo sentimento e pensamento se extinguirem, até que as imagens de Amanda nua na cama com o educado Charles Hartley se afogassem em um mar de álcool.

– Sr. Devlin. – Oscar Fretwell apareceu na porta, o rosto marcado de preocupação. – Não desejo incomodá-lo, mas...

– Estou ocupado – grunhiu Jack.

– Sim, senhor. No entanto, o senhor tem outra visita, o Sr. Francis Tode. Parece que é um advogado a cargo da distribuição dos bens do seu pai.

Jack ficou imóvel por um instante, olhando sem piscar para o gerente. Distribuição dos bens do pai dele. Não poderia haver outra razão para isso que não...

– Mande-o entrar.

Tode parecia um anfíbio, de baixa estatura, careca, com bochechas grandes e olhos pretos úmidos desproporcionalmente grandes para o tamanho do rosto. No entanto, tinha um olhar muito inteligente e uma postura séria e responsável de que Jack gostou imediatamente.

– Sr. Devlin. – Ele se adiantou para que trocassem um aperto de mãos. – Obrigado por concordar em me receber. Lamento não termos nos conhecido sob circunstâncias mais felizes, porque venho como emissário de uma notícia triste.

– O conde está morto – disse Jack, e gesticulou para que o advogado se sentasse.

Era a única explicação que fazia sentido.

Tode assentiu, os olhos mostrando educada simpatia.

– Sim, Sr. Devlin. Seu pai faleceu enquanto dormia, na noite passada. – Ele olhou de relance para a garrafa de uísque em cima da escrivaninha de Jack e acrescentou: – Parece que o senhor já sabia.

Jack soltou uma risadinha diante da presunção do homem de que ele estaria bebendo para aplacar o sofrimento pela morte do pai.

– Não, eu não sabia.

Houve um momento de silêncio constrangedor.

– Santo Deus, como o senhor se parece com o seu pai – comentou o advogado, encarando o rosto duro de Jack como se estivesse hipnotizado. – Certamente não há dúvidas em relação à paternidade.

Mal-humorado, Jack girou o uísque no copo.

– Infelizmente.

O advogado não pareceu surpreso com o comentário negativo. Sem dúvida o conde ganhara muitos inimigos durante a sua longa e perniciosa vida, incluindo alguns filhos bastardos amargamente descontentes.

– Estou ciente do fato de que o senhor e o conde não eram... próximos.

Jack deu outro sorrisinho diante do eufemismo e não fez qualquer comentário.

– No entanto – continuou Tode –, antes de morrer, o conde julgou adequado inclui-lo no testamento. Algo simbólico, é claro, para um homem obviamente abastado... ainda assim, trata-se de um bem de família. O conde deixou uma propriedade no campo em seu nome, com um pequeno solar, em Hertfordshire. Bem localizada e em bom estado. Uma joia na verdade. Foi construída pelo seu trisavô.

– Que honra – murmurou Jack.

Tode ignorou o sarcasmo.

– Seus irmãos e irmãs certamente pensam assim – comentou. – Muitos deles estavam de olho na propriedade antes do seu pai falecer. Não é necessário dizer que ficaram extremamente surpresos por ela ter sido deixada para o senhor.

Ótimo, pensou Jack, com um toque de satisfação cruel. Sentiu prazer em desagradar o grupo privilegiado de esnobes que havia escolhido não prestar atenção nele. Sem dúvida devia estar havendo muitas reclamações e lamentos pelo fato de uma propriedade ancestral da família ter sido deixada para o meio-irmão ilegítimo.

– Seu pai fez o aditamento há pouco tempo – contou Tode. – Talvez lhe interesse saber que ele acompanhava suas conquistas com grande interesse. Parecia acreditar que o senhor se parecia com ele de várias maneiras.

– Ele provavelmente estava certo – falou Jack, sentindo-se dominado por uma onda de desprezo por si mesmo.

O advogado inclinou um pouco a cabeça e fitou Jack com uma expressão pensativa.

– O conde era um homem muito complicado. Aparentemente, tinha tudo que alguém poderia desejar no mundo, e ainda assim o pobre camarada não parecia ter talento para a felicidade.

O fim da frase interessou a Jack, arrancando-o temporariamente do poço de amargura em que se encontrava.

– E para ser feliz é necessário algum tipo particular de talento? – perguntou, ainda encarando o copo de uísque.

– Sempre achei que sim. Conheço um arrendatário de uma fazenda nas terras do seu pai que mora em um chalé rudimentar, de pedra e com o chão de terra, e ainda assim sempre achei que ele encontrava mais prazer na vida do que o seu pai. Acabei chegando a conclusão de que a felicidade é algo que o sujeito escolhe, e não que meramente se abate sobre ele.

Jack deu de ombros.

– Eu não saberia.

Eles permaneceram sentados em silêncio até Tode pigarrear e se levantar.

– Eu lhe desejo o melhor, Sr. Devlin. Agora preciso ir, mas em breve mandarei os documentos que dizem respeito a sua herança. – Ele parou por um momento, claramente constrangido, antes de acrescentar: – Temo que não haja uma maneira diplomática de dizer isso... no entanto, os filhos legítimos do conde me pediram para lhe dizer que não desejam ter qualquer contato com o senhor. Em outras palavras, o funeral...

– Não tenha medo, não pretendo comparecer – disse Jack, com uma risada breve e desagradável. – Pode informar aos meus meios-irmãos e irmãs que tenho tão pouco interesse neles quanto eles em mim.

– Sim, Sr. Devlin. Se eu puder lhe ser útil de alguma forma, por favor não hesite em me informar.

Depois que o advogado partiu, Jack se levantou e ficou andando ao redor da sala. O uísque lhe subira à cabeça – ao que parecia, sua tolerância usual para a bebida havia desaparecido. Sua cabeça doía e ele se sentia vazio, faminto, esgotado. Deu um sorriso melancólico. O dia fora um inferno até ali, e a manhã ainda nem terminara.

Ele sentiu-se curiosamente alheio ao passado e ao futuro, como se de alguma maneira visse a própria vida de fora. Jack catalogou mentalmente todas as razões por que deveria estar satisfeito. Tinha dinheiro, posses, terras, e agora herdara uma propriedade de família, um direito de nascença que deveria ter sido dado a um herdeiro legítimo, não a um bastardo. Deveria estar muito satisfeito.

Mas não se importava com nada daquilo. Só queria uma coisa: Amanda Briars em sua cama. Naquela noite e em todas as noites. Para possuí-la, para ser possuído por ela.

Por algum motivo, Amanda era a única coisa que evitaria que ele terminasse a vida como o pai – rico, insensível, desprezível. Se não pudesse tê-la... se tivesse que passar o resto da vida vendo-a envelhecer ao lado de Charles Hartley...

Como um tigre enjaulado, Jack andou para lá e para cá, xingando. Amanda havia feito o que claramente era uma boa escolha para ela. Hartley jamais a encorajaria a fazer nada anticonvencional, que não fosse adequado a uma dama. Ele a envolveria em um decoro confortável e em pouco tempo a mulher que certa vez tentara contratar um amante de aluguel como presente de aniversário para si mesma estaria enterrada em meio a camadas de respeitabilidade.

Jack parou perto da janela, e pousou as mãos no vidro frio. Mesmo arrasado, ele reconhecia que era muito melhor para Amanda se casar com um homem como Hartley. Não importava o que fosse preciso, Jack reprimiria os próprios desejos egoístas e colocaria as necessidades dela em primeiro lugar. Mesmo se o matasse, aceitaria o casamento e desejaria o melhor para o casal. Assim, Amanda nunca saberia o que ele sentia por ela.

Amanda sorriu para o seu quase noivo.

– A que horas faremos o anúncio, Charles?

– Talbot me deixou à vontade para fazê-lo quando eu achar melhor. Pensei que seria melhor esperarmos até as danças começarem, e você e eu começaríamos a primeira valsa como um casal de noivos.

– Parece um plano perfeito. – Amanda tentou ignorar a sensação de inquietude na boca do estômago.

Eles estavam juntos em um dos balcões que davam para fora, no salão de visitas da casa do Sr. Thaddeus Talbot. A festa estava cheia, com mais de 150 convidados reunidos para apreciar a boa música e os comes e bebes abundantes que eram uma regra em qualquer evento de Talbot. Naquela noite, Amanda e Charles anunciariam suas futuras núpcias aos amigos e conhecidos. Depois disso, os proclamas seriam lidos na igreja por três semanas e eles se casariam em uma cerimônia discreta em Windsor.

As irmãs de Amanda, Sophia e Helen, haviam ficado encantadas com a novidade de que a irmã mais nova iria se casar.

Aprovo inteiramente a sua escolha, e não consigo disfarçar meu enorme prazer por você ter escutado o meu conselho, escrevera Sophia. *Por tudo o que se sabe, o Sr. Hartley é um cavalheiro decente, de vida tranquila, de linhagem estimada e com uma fortuna sólida. Não tenho dúvidas de que esse casamento será muito benéfico para todos. Esperamos ansiosos para receber o Sr. Hartley em nossa família, querida Amanda. Parabéns pela escolha criteriosa de um parceiro...*

Criteriosa, pensou Amanda, achando divertido. Dificilmente aquele era o modo como no passado ela teria desejado descrever a escolha de um noivo, mas certamente era o caso.

Hartley olhou ao redor, para se certificar de que não estavam sendo observados, e se inclinou para dar um beijo na testa dela. Era uma sensação estranha para Amanda, ser beijada por um homem de barba, a maciez dos lábios cercada por pelos ásperos.

– Você me fez tão feliz, Amanda. Combinamos tanto, não é?

– Sim, combinamos – concordou ela com uma risadinha.

Charles pegou as mãos enluvadas dela e as apertou carinhosamente.

– Vou pegar um copo de ponche para você. Acho melhor aproveitarmos alguns momentos de privacidade aqui... está tão mais tranquilo do que naquela aglomeração lá dentro... Você espera por mim?

– É claro que sim, meu querido. – Amanda também apertou as mãos dele e suspirou quando a sensação de inquietação se foi. – Mas não demore, Charles... vou sentir sua falta.

– Não vou demorar – respondeu ele com uma risada carinhosa. – Não sou tolo de deixar a mulher mais atraente dessa festa desacompanhada por mais do que alguns minutos.

Ele abriu as portas de vidro que levavam ao salão. O som alto da música e das conversas acompanhou sua saída, mas o barulho logo foi abafado quando as portas se fecharam novamente.

Mal-humorado, Jack examinou a aglomeração de convidados no salão de visitas da casa de Thaddeus Talbot, em busca de um relance de Amanda. A música fluía do cercado de vidro em um dos extremos do salão, uma versão exuberante de uma música folclórica croata emprestando uma atmosfera de vivacidade à reunião.

Uma bela noite para um anúncio de noivado, pensou ele, deprimido. Jack não encontrou Amanda, mas viu a forma alta de Charles Hartley na mesa de comidas e bebidas.

Cada partícula de seu ser se rebelou diante da ideia de ter uma conversa civilizada com aquele homem. Ainda assim, por algum motivo, parecia necessário fazer isso. Iria se obrigar a aceitar a situação como um cavalheiro, não importava o quanto aquele comportamento fosse alheio a sua natureza.

Jack se forçou a manter o rosto sem qualquer expressão e se aproximou de Hartley, que estava pedindo a um criado que enchesse dois copos com ponche.

– Boa noite, Hartley – murmurou.

O homem se virou na direção dele, o rosto largo e quadrado parecendo tranquilo, o sorriso gentil em meio à barba bem-aparada.

– Parece que devo lhe dar os parabéns – completou Devlin.

– Obrigado – disse Hartley com cautela.

Em um acordo tácito, os dois se afastaram da mesa e encontraram um canto vazio do salão onde poderiam conversar sem que ninguém os escutasse.

– Amanda me disse que o visitou essa manhã – comentou Hartley. – Achei que depois que ela lhe desse a notícia você talvez... – Ele parou e lançou um olhar avaliativo na direção de Jack. – Mas parece que você não faz objeção ao casamento.

– Por que eu faria? Naturalmente desejo o melhor para a Srta. Briars.

– E as circunstâncias não o perturbam?

Jack achou que Hartley se referia ao caso amoroso que tivera com Amanda e balançou a cabeça.

– Não – disse com um sorriso tenso. – Se você é capaz de passar por cima das circunstâncias, então eu também sou.

Hartley pareceu perplexo e falou em um murmúrio muito baixo.

– Gostaria que soubesse de uma coisa, Devlin. Farei o melhor possível para que Amanda seja feliz, e serei um excelente pai para o seu filho. Talvez seja mais fácil dessa forma, sem o seu envolvimento...

– Filho? – repetiu Jack em voz alta, encarando o outro homem. – Mas de que diabos você está falando?

Hartley ficou absolutamente imóvel, e pareceu dedicar uma atenção fora do comum a um ponto distante no piso. Quando voltou a levantar a cabeça, seus olhos castanhos estavam marcados pelo desalento.

– Ah, você não sabia, não é? Amanda me garantiu que havia lhe contado essa manhã...

– Me contado o quê? Que ela... – Jack se interrompeu, absolutamente confuso, se perguntando a que, em nome de Deus, Hartley estava se referindo.

Então de repente tudo ficou claro. Um filho, um filho... Santo Deus.

A novidade foi como uma explosão em seu cérebro, deixando cada célula, cada nervo, em chamas.

– Meu Deus – sussurrou ele. – Ela está grávida, não está? De um filho meu. E teria se casado com você sem me contar.

O silêncio de Hartley por si só foi uma resposta.

A princípio, Jack ficou perplexo demais para sentir alguma coisa. Então, a fúria o dominou e seu rosto ficou muito vermelho.

– Parece que Amanda acabou não conseguindo se forçar a falar com você sobre o assunto. – O murmúrio baixo de Hartley penetrou o zumbido furioso na mente de Jack.

– Mas ela vai ter que falar! Maldição – murmurou Jack de volta. – É melhor você adiar o seu anúncio de noivado, Hartley.

– Talvez seja – disse ele.

– Me diga onde ela está.

Hartley fez o que ele pediu e Jack saiu em busca de Amanda, a mente perturbada com recordações nada bem-vindas. Ele tinha lembranças demais de meninos pequenos e indefesos, lutando para sobreviver em um mundo impiedoso. Ele havia tentado protegê-los... e ainda guardava marcas desse esforço no corpo. Mas desde então, só quisera ser responsável por si mesmo. A vida dele tinha sido apenas dele, para ser levada em seus próprios termos. Para um homem que não queria ter uma família, evitar esse tipo de destino tinha sido bastante simples.

Até aquele momento.

O fato de Amanda ter tentado excluí-lo tão definitivamente da situação o enfurecia. Ela sabia muito bem que ele não queria assumir o risco de um casamento e de tudo que vinha com isso. Talvez devesse ser grato por ela tê-lo absolvido completamente dessa responsabilidade. Mas gratidão era a última coisa que sentia. Estava dominado pelo ultraje, por um sentimento de posse, por uma necessidade primitiva de reivindicar Amanda para si de uma vez por todas.

Capítulo 14

Uma brisa suave soprava através das folhas, trazendo consigo o cheiro de terra e de lavanda. Amanda foi até a lateral do balcão, onde ficava completamente fora de vista, e se apoiou na parede da casa, a textura áspera dos tijolos vermelhos roçando em seus ombros nus.

Ela usava um vestido azul, de gorgorão de seda, com as costas baixas, e um drapeado de gaze que cobria o corpete em um padrão em xis. As mangas longas também eram feitas de gaze transparente e ela calçava luvas brancas. O relance dos braços nus sob o tecido azul fino fazia Amanda se sentir sofisticada e ousada.

As portas francesas se abriram e fecharam rapidamente. Amanda se virou, os olhos já tão acostumados à escuridão que foram temporariamente ofuscados pela luz do lado de dentro.

– Nossa, mas tão rápido, Charles? A fila para o ponche deve ter diminuído consideravelmente desde que chegamos.

Não houve resposta. Em segundos Amanda se deu conta de que a silhueta diante dela não era de Charles Hartley. O homem que se aproximava era alto, de ombros largos, e se movia com uma graça furtiva que não poderia pertencer a outra pessoa que não Jack Devlin.

A noite pareceu girar ao redor de Amanda. Ela oscilou ligeiramente sobre os sapatinhos de salto. Os movimentos de Jack tinham uma determinação que a alarmou, como se ele estivesse pronto para encurralar e devorar Amanda como um tigre faria com sua presa.

– O que você quer? – perguntou Amanda, a voz cautelosa. – Já aviso que Charles vai voltar logo, e...

– Olá, Amanda. – A voz dele era suave e ameaçadora. – Tem alguma coisa que gostaria de me contar?

– O quê? – Ela balançou a cabeça, atordoada. – Você não deveria estar aqui esta noite. Você disse que não viria. Por que...

– Eu queria dar os parabéns a você e a Hartley.

– Ah, que gentil da sua parte.

– Hartley também parece achar. Falei com ele há menos de um minuto.

Uma sensação de inquietude a dominou quando o viu se inclinar acima dela. Inexplicavelmente, seus dentes começaram a bater, como se o corpo estivesse ciente de alguma coisa que a mente ainda não havia processado.

– Sobre o que vocês conversaram?

– Arrisque um palpite. – Ao ver que Amanda permanecia em um silêncio obstinado, trêmula sob o vestido fino, Jack estendeu a mão para ela e deixou escapar um grunhido baixo. – Sua covardezinha.

Espantada demais para reagir, Amanda permaneceu rígida enquanto os braços dele se fechavam ao redor dela, como um castigo. A mão de Jack segurou-a pela nuca, sem se preocupar com o penteado elegante, e forçou-a a levantar o rosto. Amanda prendeu a respiração, tentou se desvencilhar, mas Jack capturou sua boca em um beijo abrasador, insistente, faminto, devorando o calor e o sabor dela. Amanda estremeceu e o empurrou, esforçando-se para ignorar o prazer insano que se acendeu dentro dela, a reação apaixonada que era imune à vergonha ou à razão.

O calor e a pressão dos lábios de Jack era deliciosa, e o desejo que sentia por ele era tamanho que Amanda estava ofegante ao se afastar dele. Ela cambaleou um passo para trás, tentando se equilibrar em um universo que de repente saíra totalmente do prumo. A parede de tijolos atrás de suas costas impediu que recuasse mais.

– Você está louco – sussurrou ela, o coração batendo com tamanha violência que doía.

– Diga, Amanda – falou Jack com a voz rouca, e deixou as mãos deslizarem pelo corpo dela, fazendo-a estremecer dentro do vestido de seda azul. – Diga o que deveria ter me dito hoje de manhã quando foi ao escritório.

– Vá embora. Alguém vai acabar nos vendo. Charles vai voltar, e ele...

– Ele concordou em adiar o anúncio do noivado até eu e você termos a oportunidade de conversar.

– Conversar sobre o quê? – gritou Amanda, afastando as mãos dele e tentando desesperadamente se fingir de desentendida. – Não tenho interesse em discutir nada com você, com certeza não sobre um relacionamento do passado que não significa mais nada!

– Significa para mim. – Ele pousou a mão grande sobre a barriga dela, em um gesto claramente possessivo. – Principalmente levando em consideração a criança que você está carregando.

Amanda se sentiu fraca de culpa e de medo. Se não estivesse tão assustada com a fúria contida de Jack, teria se inclinado na direção dele em busca de apoio.

– Charles não deveria ter contado. – Ela empurrou o peito dele, que permaneceu tão inflexível quanto a parede de tijolos e cimento atrás dela. – Eu não queria que você soubesse.

– Maldita seja você, Amanda! Eu tenho o direito de saber.

– Isso não muda nada. Ainda vou me casar com ele.

– O diabo que vai... – apressou-se a dizer ele. – Se estivesse tomando a decisão apenas por você, eu não diria uma palavra a respeito. Mas há mais alguém envolvido agora... meu filho. Tenho direito de opinar sobre o futuro dele.

– Não – retrucou ela em um sussurro frenético. – Não quando a decisão que tomei é certa para mim e para o bebê. V-você não pode me dar o que Charles pode. Meu Deus, você sequer gosta de crianças!

– Não vou dar as costas ao meu próprio filho.

– Você não tem escolha.

– Não tenho? – Ele segurou-a com firmeza, mas sem machucá-la. – Escute com muita atenção – falou Jack, em um tom tão baixo que arrepiou os pelos da nuca de Amanda. – Até esse assunto estar acertado, não vai haver noivado algum. Vou esperá-la na frente da casa, em minha carruagem. Se você não sair em exatos quinze minutos, vou voltar aqui e carregar você à força. Podemos sair discretamente, ou fazer uma cena que seria o tema das fofocas de todas as salas de visita de Londres pela manhã. Você decide.

Ele nunca falara com ela daquela forma, a voz suave com um toque cortante. Amanda não tinha escolha senão acreditar nele. Queria gritar e xingar, a frustração que sentia era quase insuportável. Para seu profundo desgosto, ela se pegou à beira das lágrimas, como as heroínas bobas dos romances baratos das quais sempre tivera prazer em zombar. E sentiu a boca estremecer enquanto se esforçava para controlar as emoções que pareciam prestes a explodir.

Jack percebeu aquele sinal de fraqueza e algo em seu rosto se suavizou.

– Não precisa chorar. Não há motivo para lágrimas, *mhuirnin* – disse ele em uma voz mais gentil.

Ela mal conseguiu falar, a garganta apertada de desespero.

– Para onde vai me levar?

– Para a minha casa.

– P-preciso falar com Charles primeiro.

– Amanda – falou Jack baixinho –, você realmente acha que ele pode livrá-la de mim?

Sim, sim!, a mente dela gritou silenciosamente. Mas ao levantar os olhos para o rosto moreno do homem que já fora seu amante, e naquele momento era seu adversário, todas as suas esperanças viraram pó. Havia dois lados em Jack Devlin, o canalha encantador, e o manipulador cruel. Amanda sabia que ele faria o que fosse preciso para que as coisas saíssem do seu jeito.

– Não – sussurrou em tom amargo.

Apesar da tensão absurda entre eles, Jack abriu um sorrisinho.

– Quinze minutos – alertou ele, e deixou-a ali na escuridão, trêmula.

Uma prova do talento de Jack para negociações foi o fato de ter permanecido em silêncio durante todo o trajeto até sua casa. Enquanto ele se mantinha em silêncio estratégico, Amanda ardia em uma mistura de confusão e ultraje. O espartilho e os cordões que amarravam seu vestido pareciam comprimir a parte superior do corpo até ela mal conseguir respirar. O vestido de seda azul que pouco tempo antes parecera tão leve e elegante agora estava apertado e desconfortável, e as joias que usava pesavam demais. Os grampos que mantinham o penteado no lugar arranhavam seu couro cabeludo. Ela se sentia presa, amarrada, e extremamente infeliz. Quando chegaram ao destino, o debate que vinha travando internamente já a deixara exausta.

O hall de entrada de mármore tinha iluminação suave, apenas um lampião aceso para afastar as sombras dos semblantes imaculados das estátuas de mármore. A maior parte dos empregados já se recolhera, a não ser pelo mordomo e dois criados. A luz das estrelas entrava por uma janela de mosaico no alto, lançando reflexos lavanda, azul e verde através da escadaria central.

Jack manteve uma das mãos nas costas de Amanda e guiou-a por dois lances de escada. Eles entraram em um conjunto de aposentos como ela nunca vira antes, uma sala de recepção particular, que era conectada a um quarto mais além. Seus encontros anteriores haviam ocorrido sempre na casa dela, nunca na dele, e Amanda observou com curiosidade o ambiente desconhecido. Era um refúgio sombrio, masculino e luxuoso, as paredes cobertas de couro estampado, o piso com um carpete grosso, em um padrão Aubusson em carmim e dourado.

Jack acendeu um lampião em gestos rápidos, foi até Amanda e tirou as luvas dela, puxando a ponta de cada dedo até soltá-las. Ela ficou tensa quando sentiu as mãos nuas serem envolvidas pelo calor das dele.

– Isso é culpa minha, não sua – disse Jack, a voz baixa. Ele acariciou com os polegares os nós dos dedos dela. – Diferentemente de você, eu tinha experiência sexual. Deveria ter tomado mais cuidado para evitar que isso acontecesse.

– Sim, você deveria.

Jack puxou-a contra o corpo, ignorando o modo como ela se encolheu quando os braços dele a envolveram. A proximidade de Jack provocou um arrepio por todo o corpo dela e um tremor que misturava nervosismo e empolgação. Ele puxou Amanda para mais perto com gentileza e falou contra a massa de cabelos penteados.

– Você ama Hartley?

Santo Deus, como ela quis mentir. Sua boca tremeu em um espasmo, tentando formar a palavra "sim", mas não conseguiu emitir som algum. Finalmente ela curvou os ombros para a frente, derrotada, e sentiu-se muito fraca depois da intensa batalha interna.

– Não – disse com a voz rouca. – Gosto de Charles, tenho muito carinho por ele, mas não é amor.

Jack deixou escapar um suspiro e suas mãos foram dos braços para as costas dela.

– Eu quis você, Amanda. Cada maldito dia desde que você partiu. Pensei em procurar outra mulher, mas não consegui.

– Se está me pedindo para continuar o nosso caso, eu não posso. – Ela sentiu lágrimas quentes molharem seus cílios. – Não vou me tornar sua amante e condenar meu filho a uma vida de segredo e vergonha.

Jack levou a mão ao queixo de Amanda e forçou-a a olhar para ele.

Havia uma estranha mistura de ternura e determinação em sua expressão implacável.

– Quando eu era garoto costumava me perguntar por que havia nascido bastardo, por que não tinha uma família como as outras crianças. Em vez disso, eu via a minha mãe receber vários amantes, sempre torcendo e rezando para que um deles a pedisse em casamento. A cada novo homem ela me dizia para chamá-lo de papai... até a palavra perder completamente o sentido para mim. Entenda uma coisa, Amanda, meu filho não vai crescer sem um pai de verdade. Eu quero dar o meu nome a ele. Quero me casar com você.

A sala girou de forma estranha e Amanda cambaleou contra o corpo de Jack.

– Você não quer realmente. O que você quer de verdade é aplacar a sua consciência dizendo a si mesmo que tomou a atitude mais honrada. Mas logo você vai se cansar de mim e não vai demorar muito para que eu me veja exilada em uma casa de campo para que você possa se esquecer convenientemente de mim e do nosso filho...

Jack interrompeu o fluxo nervoso de palavras amargas e amedrontadas sacudindo Amanda levemente, com uma expressão muito severa no rosto.

– Maldição, Amanda! Você não acredita nisso de verdade. Tem tão pouca confiança em mim? – Ao ler a resposta nos olhos dela, ele xingou baixinho. – Amanda... você sabe que nunca quebro minhas promessas. Prometo que serei um bom marido. Um bom pai.

– Você não sabe como ser essas coisas!

– Posso aprender.

– Não se "aprende" a querer uma família – disse ela em tom sarcástico.

– Mas eu quero você de verdade.

Jack a beijou, a boca pressionando, exigindo, até ela enfim recebê-lo. Ele deixou as mãos correrem pelas costas dela, pelas nádegas, moldando, apertando, como se tentasse puxá-la para dentro de si. Mesmo através das camadas de saias, Amanda conseguia sentir a forma dura e arqueada do membro rígido dele.

– Amanda...

Jack respirava em arquejos, roçando os lábios pelo rosto e pelos cabelos dela, beijando-a em todos os pontos que conseguia alcançar.

– Não consigo parar de querer você... preciso de você. Tenho que ter você. E você também precisa de mim, mesmo sendo teimosa demais para admitir.

– Preciso de um marido firme, estável e fiel – retrucou ela, ofegante. – Esse ardor um dia vai acabar, Jack, e aí...

– Nunca – protestou ele.

A boca de Jack se fechou mais uma vez sobre a de Amanda em um beijo devastador, provocando uma intensa onda de desejo por todo o corpo dela. Ele a pegou no colo e levou-a até a cama enorme de quatro colunas, a respiração entrecortada, enquanto se esforçava para manter o autocontrole. Jack ficou parado acima dela, despiu o colete e a gravata de seda e começou a abrir a camisa.

A mente de Amanda estava nublada em uma mistura de confusão e desejo. Ele não podia simplesmente carregá-la para a cama daquela forma primitiva... e ainda assim ela não conseguia ignorar o clamor insistente do próprio corpo. Todo aquele período de privação subitamente se tornou demais, e Amanda desejou Jack com uma urgência que era quase dolorosa.

Com o rosto muito vermelho, tremendo, ela viu Jack despir a camisa e jogá-la no chão, revelando o peito musculoso, a pele cintilando, e a largura dos ombros muito morenos. Ele se inclinou sobre ela e segurou suas pernas. Enquanto abria e tirava os sapatos de Amanda, Jack passava a mão quente pelos dedos dos pés frios dela, aquecendo-os gentilmente. Ele levantou as saias dela acima dos joelhos e puxou os calções de baixo, os dedos ainda gentis.

– Você fez isso com Hartley? – perguntou, os olhos fixos nos joelhos dela, enquanto removia as ligas e despia as meias.

– Fiz o quê? – perguntou Amanda, abalada.

O ciúme emprestou um tom cáustico a voz dele.

– Sem joguinhos comigo, Amanda. Não sobre isso.

– Não tive relações íntimas com Charles – murmurou ela, mordendo o lábio enquanto ele acabava de tirar as meias de seda e acariciava a panturrilha dela.

Amanda não conseguia ver o rosto dele, mas sentiu que sua resposta o aliviara. Ele puxou os calções dela com cuidado, despindo-os por baixo das saias, e estendeu a mão para as costas do vestido. Amanda se manteve muito quieta, o corpo ardendo de expectativa enquanto ele tirava sua roupa, puxando-a pela cabeça. Ela deixou escapar um discreto grunhido de alívio quando o espartilho foi aberto e finalmente se viu livre da pressão das barbatanas. Então, sentiu as mãos de Jack correndo por seu corpo, tateando delicadamente através do algodão fino como papel da camisa de baixo. Ele segurou os seios dela, o calor de suas mãos fazendo os mamilos enrijecerem em uma sensação aguda. Amanda gemeu quando ele se inclinou e abocanhou o bico rígido, lambendo e acariciando. O tecido delicado da camisa de baixo logo ficou úmido, e ela arqueou o corpo, sussurrando coisas incoerentes.

Jack segurou as pontas da camisa de baixo e rasgou-a com precisão e facilidade, expondo as curvas abundantes dos seios de Amanda. Ele segurou a carne pálida e fria nas mãos, beijou e sugou até Amanda ficar tensa e sem ar.

– Vai aceitar ser minha esposa? – sussurrou Jack, o hálito quente contra os mamilos rosados e úmidos. Como ela continuou em silêncio, os dedos dele apertaram as curvas dos seios, encorajando-a a responder. – Vai?

– Não – disse Amanda, e Jack soltou uma risada súbita, os olhos cintilando de paixão.

– Então vou mantê-la nessa cama até você mudar de ideia. – Jack levou a mão à frente da calça, abriu-a e subiu em cima dela. – Em algum momento você vai aceitar. Duvida do quanto sou perseverante?

Amanda abriu as pernas. O corpo inteiro se sobressaltou em resposta à ponta rígida e quente do sexo dele roçando contra a entrada do seu. Amanda arqueou o corpo novamente, desejando Jack com tamanho desespero que teve que cerrar os dentes para não gritar.

– Você é minha – sussurrou ele, penetrando-a lentamente, a ponta do pênis tateando dentro dela. – Seu coração, seu corpo, sua mente, a semente crescendo em sua barriga... você inteira. – E então Jack a preencheu por completo, arremetendo fundo, até Amanda ter que levantar as pernas ao redor das costas dele para acomodá-lo.

– Agora me diga... a quem você pertence – sussurrou ele, continuando a arremeter ritmicamente, esticando a carne de Amanda até ela gemer com o peso dele dentro dela, acima dela, ao redor dela.

– Você – disse ela, sem respirar. – Você. Ah, Jack...

Ele arremeteu mais uma vez, e outra, o corpo incansável, deslizando as mãos por entre as coxas dela para tocar e acariciar o clitóris. Amanda chegou ao clímax rapidamente, dominada pelo puro prazer de ser possuída por ele.

Sem se afastar, Jack então girou o corpo até estar de costas e Amanda montada sobre seu corpo longo e musculoso. Segurou-a pelos quadris para guiá-la em um novo ritmo.

– Não consigo – gemeu ela, os seios balançando diante do rosto dele.

Mas as mãos de Jack continuaram a segurá-la e a movê-la insistentemente, até a necessidade urgente de alívio voltar a crescer. Dessa vez, enquanto o corpo de Amanda se sacudia em espasmos de prazer, ele se juntou a ela, deixando o auge do próprio êxtase jorrar no centro do corpo dela. Os dois permaneceram colados por longos minutos, os corpos ainda latejando, a pele quente e salgada com os suores misturados.

Jack segurou a cabeça de Amanda e puxou-a para um beijo. Seus lábios estavam quentes e provocantes e ele a beijou suavemente.

– Amanda... – sussurrou Jack, e ela o sentiu sorrir contra a sua boca. – Juro que até o amanhecer ouvirei um "sim" de você.

O casamento discreto e apressado de Amanda e Jack Devlin causou alvoroço entre amigos e familiares. Sophia não poderia ter desaprovado mais, e previu que a união algum dia acabaria desfeita.

– Acho que nem preciso dizer que vocês dois não têm nada em comum – disse a irmã de Amanda, em tom ácido –, a não ser por certos apetites físicos que são indecentes demais para mencionar.

Se Amanda não estivesse no meio de um turbilhão emocional, ela teria retrucado que havia mais uma coisa que ela e Jack tinham em comum. No entanto, ainda não estava pronta para contar sobre a gravidez e conseguiu permanecer em silêncio.

Mas não fora tão fácil encarar Charles Hartley. Ela teria preferido ser condenada por ele a ter que suportar a bondade e gentileza que aquele homem demonstrou. Ele foi tão indulgente, tão terrivelmente compreensivo, que Amanda sentiu-se arrasada enquanto tentava explicar que não iria se casar com ele, e sim com Jack Devlin.

– É isso que você quer, Amanda? – foi a única pergunta de Charles, e ela respondeu com um aceno envergonhado de cabeça.

– Charles – conseguiu dizer, quase engasgando de tanta culpa –, você foi incrivelmente maltratado por mim...

– Não, nunca diga isso – interrompeu ele, já estendendo a mão para ela, mas logo se contendo. Charles recuou e deu um sorrisinho. – Fiquei muito feliz por conhecer você, Amanda. Tudo o que desejo é o seu bem. E se casar-se com Devlin vai garantir a sua felicidade, aceito sem reclamar.

Para irritação de Amanda, quando ela repetiu essa conversa para Jack, mais tarde, ele não pareceu sentir nem uma ponta de remorso. Apenas deu de ombros, despreocupado.

– Hartley poderia ter lutado por você – argumentou. – Escolheu não fazer isso. Por que você ou eu teríamos culpa?

– Charles estava sendo um cavalheiro – retorquiu ela. – Algo com que você obviamente tem pouca experiência.

Jack sorriu, puxou-a para o colo e passou a mão de forma insolente pelo corpete do vestido dela.

– Cavalheiros nem sempre conseguem o que querem.

– E canalhas conseguem? – perguntou ela, fazendo Jack rir.

– Bem, este aqui sim.

Ele a beijou intensamente, até todos os pensamentos sobre Charles Hartley sumirem da mente dela.

Para consternação de Amanda, a notícia de seu casamento apressado encheu as páginas de fofocas dos jornais de Londres com especulações chocantes. As publicações que eram de propriedade de Jack foram moderadamente respeitosas, é claro, mas as que ele não possuía foram implacáveis. O público parecia empolgado com o casamento entre o editor mais bem-sucedido de Londres e uma celebrada romancista. Durante os quinze dias que se seguiram ao casamento, novos detalhes do relacionamento deles – muitos inventados – vinham à tona todo dia em publicações como *The Mercury*, *The Post*, *The Public Ledger*, *The Journal* e *The Standard*. Como compreendia o apetite voraz da indústria de notícias, Amanda disse a si mesma que logo os fofoqueiros perderiam o interesse e encontrariam um novo assunto para explorar. No entanto, houve uma história que conseguiu perturbá-la e, apesar de ser obviamente falsa, a incomodou a ponto de fazê-la comentar a respeito com o agora marido.

– Jack – disse Amanda, cautelosa, aproximando-se dele no enorme quarto decorado em tons de verde e vinho.

– Hum?

Ele vestiu um elegante colete grafite que combinava perfeitamente com a calça. As linhas esguias e poderosas do seu corpo eram bem marcadas pelas roupas, que seguiam a tendência da moda – ajustadas, mas confortáveis. Jack pegou a meia estampada que havia sido escolhida pelo valete e examinou-a criticamente.

Amanda estendeu o jornal para ele.

– Você viu essa matéria não seção de fofocas do *London Report's*?

Jack colocou a meia de lado, pegou o jornal e examinou a página com a velocidade de quem tinha prática naquilo.

– Você sabe que não leio fofocas.

Amanda franziu a testa e cruzou os braços diante do peito.

– É sobre nós.

Ele deu um sorriso, ainda examinando a página.

– Não leio fofocas, em especial sobre mim. Fico profundamente irritado quando é mentira e ainda mais quando é verdade.

– Bem, talvez você possa me explicar em que categoria classificaria essa em especial... verdadeira ou falsa.

Jack percebeu a tensão na voz da esposa, olhou para ela e deixou o jornal em cima de uma mesa próxima.

– Bem, me diga você qual é a notícia – sugeriu ele, agora em tom sério ao ver que ela estava realmente aborrecida. Jack pousou as mãos nos ombros de Amanda e acariciou seus braços. – Relaxe – pediu gentilmente. – Seja o que for, não tenho dúvida de que não é de grande importância.

Ela permaneceu tensa contra o corpo dele.

– É uma notinha maldosa, especulando sobre as uniões entre mulheres mais velhas e homens mais novos. Há um parágrafo debochado comentando como você deve ser esperto para colher os lucros do "entusiasmo grato" de uma mulher mais velha. É uma matéria absolutamente horrorosa, que me faz soar como uma velha louca de desejo que conseguiu enredar um jovem para atender suas necessidades na cama. Agora, eu quero saber de uma vez por todas se há alguma verdade nisso!

Ela esperava por uma negativa imediata.

Em vez disso, a expressão de Jack se tornou defensiva, e Amanda percebeu com um peso no coração que ele não iria refutar a alegação do jornal.

– Não existem provas concretas da minha idade – disse ele, cuidadosamente. – Nasci bastardo e a minha mãe nunca registrou o evento nos livros de nenhuma paróquia. Qualquer especulação de que eu seja mais jovem do que você é apenas isso... uma conjectura, que ninguém pode confirmar.

Amanda levantou rapidamente a cabeça e o encarou sem acreditar.

– Quando nos conhecemos você me disse que tinha 31 anos. Isso é verdade ou não?

Jack suspirou e esfregou a nuca. Amanda podia praticamente ver os cálculos que ele fazia mentalmente, enquanto buscava uma estratégia para lidar com a situação. Ela não queria ser manipulada! Só queria saber se Jack havia mentido para ela sobre uma coisa tão fundamental como a idade. Finalmente ele pareceu reconhecer que não havia como evitar admitir.

– Não – resmungou. – Mas, caso não se lembre, você estava extremamente sensível por estar fazendo trinta anos naquele dia. E eu percebi que se você soubesse que eu talvez fosse um ou dois anos mais jovem, provavelmente me mandaria embora na hora.

– Um ano ou dois? – repetiu ela, a voz carregada de desconfiança. – Só isso?

Ele cerrou a boca com impaciência, então confessou:

– Cinco anos, maldição.

De repente, Amanda teve a sensação de que não conseguia respirar direito, como se os pulmões tivessem murchado dentro do peito.

– Você tem só 25 anos? – conseguiu dizer ela, em um sussurro ofegante.

– Isso não faz diferença. – O jeito sensato deixou Amanda furiosa, além de perturbada.

– Faz toda a diferença do mundo! – gritou Amanda. – Se não fosse por nenhum outro motivo, faz porque você mentiu para mim!

– Não queria que você pensasse em mim como um homem mais novo.

– Você *é* um homem mais novo! – Ela o encarou muito irritada. – Cinco anos... Meu Deus, não consigo acreditar que me casei com alguém que é praticamente... um menino!

A palavra pareceu pegá-lo desprevenido e o rosto dele endureceu.

– Pare com isso – disse Jack em voz baixa. Ele segurou Amanda quando ela tentava se afastar, as mãos grandes puxando-a mais para perto. – Não sou um menino, Amanda. Cuido das minhas responsabilidades e, como você sabe, tenho muitas. Não sou um covarde, um jogador, um trapaceiro. Sou leal às pessoas com quem me importo. Não conheço outros requisitos além desses para fazer de alguém um homem.

– Sinceridade, talvez? – sugeriu ela, o tom ácido.

– Eu não deveria ter mentido para você – admitiu ele. – Juro que isso não vai mais acontecer. Por favor, me perdoe.

– Isso não pode ser resolvido tão facilmente. – Amanda esfregou os olhos, ainda furiosa. – Eu não *quero* ser casada com um homem mais novo.

– Pois bem, mas foi com um que se casou – disse ele, categoricamente. – E ele não vai a lugar nenhum.

– Eu poderia pedir uma anulação!

A súbita risada de Jack a enfureceu.

– Se fizer isso, minha pesseguinha, eu me veria forçado a tornar público quantas vezes a tive e de que maneiras. Nenhum magistrado na Inglaterra lhe daria uma anulação depois disso.

– Você não ousaria!

Ele sorriu e puxou o corpo resistente dela contra o dele.

– Não. Porque você não vai me deixar. Vai me perdoar, e vamos deixar isso para trás de uma vez por todas.

Amanda lutou para se agarrar ao que lhe restava de raiva.

– Não quero perdoar você – disse, a voz abafada contra o ombro dele. Mas logo parou de se debater e se permitiu relaxar contra o peito do marido, ainda fungando.

Jack abraçou Amanda por um longo tempo, aconchegando-a ao corpo dele, sussurrando pedidos de desculpas e palavras afetuosas junto à curva do pescoço dela, junto à pele macia próxima da orelha. Amanda começou a relaxar, incapaz de levar adiante o ressentimento e a humilhação de descobrir que era mais velha do que o marido. Na verdade, já não havia nada que pudesse fazer a respeito. Eles estavam unidos legalmente e de todas as outras maneiras.

As mãos de Jack alcançaram os quadris de Amanda e ele pressionou o ventre dela contra a forma poderosa de sua ereção.

– Se acha que vou para a cama com você depois disso – disse ela, o rosto encostado na camisa dele –, está absolutamente louco.

Jack esfregou-a lentamente contra o próprio sexo entumecido.

– Sim. Estou louco por você. Amo você. Sinto desejo por você constantemente. Amo sua língua afiada, seus olhos cinza enormes e seu corpo voluptuoso. Agora venha para a cama comigo que eu quero demonstrar o que um homem mais novo pode fazer por você.

Surpresa ao ouvir a palavra "amo" escapar dos lábios dele, Amanda inspirou fundo, sentindo a pressão do pênis através da camisola fina de babados. Jack abaixou a camisola até desnudar a parte de cima do corpo dela.

– Mais tarde – disse Amanda, mas as pontas dos dedos dele já deixavam uma trilha de fogo pelas costas dela, arrepiando os pelos do corpo em uma súbita expectativa.

– Não, tem que ser agora – insistiu Jack, com um toque de travessura na voz. Ele continuou a pressionar o ventre contra o dela. – Afinal, não posso me permitir andar desse jeito por aí o dia todo.

– Pelo que já aprendi até agora, essa é a sua condição natural – foi a resposta atrevida dela. Amanda sentiu a boca de Jack tocar seu pescoço e chegar à veia que pulsava na base.

– E dependo exclusivamente de você para aliviar esse estado.

Jack puxou a fita que fechava a frente da camisola. A musselina branca e fina deslizou pelo corpo de Amanda e Jack pressionou os membros nus da esposa contra seu corpo, ainda vestido.

– Você vai se atrasar para o trabalho – disse Amanda.

A mão ousada de Jack chegou à forma volumosa do traseiro dela, apertando e acariciando a carne flexível.

– Estou ajudando você com o *seu* trabalho – informou ele. – Isso aqui é material novo para seu próximo romance.

Amanda deixou escapar uma risadinha relutante.

– Eu jamais colocaria uma cena tão vulgar no meu livro.

– *Os pecados da Sra. D.* – imaginou ele, erguendo-a nos braços e carregando-a para a cama desfeita. – Vamos arrumar um pouco de competição para Gemma Bradshaw, sim? – Jack deixou-a sobre a cama, e fitou com um olhar de desejo a carne rosada e abundante e os pelos ruivos.

– Jack – disse ela, a voz débil, dividida entre o desejo e a mortificação. E estendeu a mão para cobrir o corpo nu com um lençol.

Ele se juntou a ela entre o emaranhado de lençóis muito brancos, ainda completamente vestido. Então, tirou o lençol das mãos de Amanda, afastou-o dela e se posicionou a cima do corpo aberto da esposa.

– Você não pode resolver tudo me levando para a cama – disse ela, ligeiramente sem fôlego ao sentir o tecido sedoso do colete dele roçar em seus seios.

– Não. Mas posso fazer nós dois nos sentirmos muito, muito melhor.

Amanda ergueu as mãos para os braços do marido, e deixou que corressem pela forma musculosa coberta pelas mangas finas da camisa.

– Existe mais alguma coisa sobre a qual você tenha mentido para mim?

Os olhos de Jack a encararam diretamente.

– Nada – disse, sem hesitação. – Só essa mínima e inconsequente diferença de idade.

– Cinco anos – gemeu ela, o desconforto renovado. – Santo Deus, cada aniversário vai ser um lembrete agonizante. Não consigo suportar isso.

Em vez de parecer arrependido, o canalha teve a coragem de sorrir.

– Então me permita aliviar seu sofrimento, minha querida. Basta ficar deitada aqui.

Amanda teria gostado de prolongar suas reclamações por pelo menos mais alguns minutos, mas a boca de Jack cobriu a dela com gentileza e o cheiro limpo e salgado da pele dele instigou os sentidos dela. Amanda arqueou o corpo enquanto uma onda de prazer a percorria. Parecia estranho ser abraçada nua contra o corpo dele completamente vestido... sentia-se mais exposta, muito mais vulnerável, do que se ele também estivesse nu. Amanda gemeu baixinho e estendeu a mão para se livrar das camadas de roupa que escondiam o corpo do marido.

– Não – sussurrou Jack, e abaixou-se para beijar o ângulo firme da clavícula dela. – Abaixe as mãos.

– Quero tirar sua roupa – protestou ela, mas ele segurou seus pulsos e pressionou-os com firmeza ao lado do corpo.

Amanda fechou os olhos, o ritmo da respiração mais acelerado. O hálito dele tocou suavemente o mamilo dela, que arqueou novamente o corpo com um gemido silencioso ao sentir o toque delicioso da língua de Jack.

– Jack – disse ela, ofegante, e estendeu a mão para a cabeça dele, mas ele voltou a levar as mãos dela para a lateral do corpo.

– Eu disse para ficar parada. Seja uma boa moça, Amanda, e vai ter o que quer.

Perplexa, excitada, ela tentou relaxar sob o corpo dele, embora tivesse que cerrar os punhos para se controlar e não voltar a tocá-lo.

Jack soltou um murmúrio de aprovação, inclinou-se sobre os seios dela e beijou com delicadeza o espaço entre eles, as curvas macias abaixo, o volume flexível nas laterais. Os mamilos dela se enrijeceram a ponto de deixar os bicos doloridos, e Amanda sentiu que começava a suar enquanto esperava e esperava até ele finalmente capturá-los com a boca e sugar. Um prazer imenso disparou daquele pequeno ponto de contato para o restante do corpo, e ela sentiu o ventre estremecer, já se preparando para recebê-lo.

Uma das mãos grandes de Jack se apoiou suavemente na barriga de Amanda, logo acima do sexo. Ela não conseguiu conter a ondulação suplicante dos quadris e Jack pressionou-a com firmeza contra o colchão.

– Eu disse para não se mexer – disse Jack, o tom mais travesso do que ameaçador.

– Não consigo evitar – retrucou ela em um arquejo.

Jack riu baixinho. E deixou o dedo correr ao redor do umbigo dela, despertando a pele sensível.

– Você *vai* conseguir, se quiser que eu continue.

– Está bem – concordou Amanda, já muito além do orgulho ou da dignidade. – Vou ficar parada. Mas *anda logo*, Jack.

As súplicas desavergonhadas dela pareceram deliciá-lo. Perversamente, Jack passou a agir ainda mais lentamente, se é que isso era possível, cobrindo cada centímetro da pele dela com beijos demorados e mordidinhas. Amanda sentiu-o tocar os pelos entre suas pernas, a palma da mão roçando com a gentileza de uma brisa, e quis sentir os dedos dele sobre ela, dentro dela, com tamanho desespero que não conseguiu conter mais um gemido de súplica.

Os lábios de Jack roçaram seus pelos e quando encontraram o que buscavam, a sucção forte e imediata da boca dele fez Amanda prender subitamente a respiração. Uma onda escaldante e avassaladora de prazer a dominou, e ela sentiu os dedos dele acariciando a fenda entre suas coxas. O dedo úmido de Jack desceu mais, bem mais baixo, introduzindo-se suavemente entre as nádegas dela de um modo que fez Amanda se sobressaltar, inquieta.

– Não – sussurrou. – Não, Jack...

Mas Jack deixou o dedo deslizar para dentro dela, em um lugar tão estranho e proibido que a mente de Amanda ficou vazia com o choque. Ele continuou o movimento, gentilmente, e ela tentou afastá-lo, mas por algum motivo seu corpo estremecia e se abria, até o prazer envolvê-la em uma nuvem quente e pesada. Amanda gritou de novo, e de novo, se contorcendo, arqueando o corpo, até finalmente as sensações diminuírem de intensidade e ela começar a respirar em arquejos frenéticos.

Enquanto ainda sentia os membros vibrando de prazer, Amanda viu Jack abrir a calça. Ele a penetrou fundo, com força, e ela o envolveu com as pernas enquanto ele a possuía. Amanda beijou o rosto tenso, a boca, a pele barbeada, amando sentir o calor dele dentro de si, o modo como ele gemia... como um homem completamente saciado.

Então ficaram entrelaçados por vários minutos, a coxa nua dela por cima da perna dele ainda coberta pela calça. Amanda sentia-se tão exausta e plena que duvidou que algum dia fosse conseguir voltar a se mexer. Ela pousou a mão em cima do abdômen firme do marido.

– Agora você pode ir trabalhar – disse, finalmente.

Ele deu uma risada rouca e a encheu de beijos antes de sair da cama.

Embora Jack Devlin não fosse um acadêmico, possuía uma combinação de inteligência e instinto que impressionavam Amanda. Bastaria apenas o peso das preocupações que ele tinha com os negócios para abater um homem menos capaz. Ainda assim, Jack lidava com tudo com uma competência estoica. Sua gama de interesses não tinha limites e ele dividia com Amanda muito do que o entusiasmava, abrindo a mente dela para ideias que até então não haviam lhe ocorrido.

Para surpresa de Amanda, Jack discutia negócios com ela, tratando-a de igual para igual e não como uma mera esposa. Nenhum homem jamais concedera a ela uma mistura daquelas de indulgência e respeito. Jack a encorajava a falar livremente, desafiando suas opiniões quando não concordava e aceitando abertamente quando estava errado. Ele a estimulava a ser ousada e aventureira, e a levava com ele para toda parte – eventos esportivos, tabernas, exposições científicas, até mesmo para reuniões de negócios, onde a presença de Amanda era recebida com franca surpresa pelos outros homens. Embora Jack provavelmente tivesse consciência de que esse tipo de comportamento não era tolerado pela sociedade, não parecia se importar.

Amanda reservava a maior parte das manhãs para escrever em uma sala espaçosa que havia sido redecorada para o seu uso. As paredes de um verde-sálvia relaxante eram cobertas por estantes altas de mogno, e gravuras emolduradas ocupavam o espaço entre elas. No lugar da mobília pesada que costumava se encontrar em uma biblioteca ou sala de leitura, a escrivaninha, as cadeiras e o sofá ali eram delicados e femininos. Como Jack estava sempre acrescentando novos itens à coleção de canetas de Amanda, muitas delas cravejadas de pedras ou com gravações, ela as mantinha em um estojo de couro e marfim sobre a escrivaninha.

À noite, Jack gostava de receber, já que havia uma horda interminável de pessoas que desejavam conquistar seus favores: políticos, artistas, comerciantes e até mesmo aristocratas. Amanda ficou surpresa ao perceber o quanto o marido era poderoso. As pessoas o tratavam com uma cordialidade cautelosa, pois sabiam que ele tinha a capacidade de influenciar o público sobre qualquer assunto. Eles eram convidados para toda parte – bailes, festas em iates, até simples piqueniques – e raramente eram vistos longe um do outro.

Ficou claro para Amanda que, apesar de toda a aparente compatibilidade com Charles Hartley, ele jamais teria sido capaz de adentrar em sua alma como Jack fazia. Ele a compreendia de forma tão completa que quase a assustava. Era um homem infinitamente flexível, imprevisível, às vezes tratando-a como a mulher madura que ela era, outras vezes segurando-a em seus braços como se Amanda fosse uma menininha, provocando-a e persuadindo-a até ela cair na gargalhada. Certa noite, ele mandou que um banho fosse preparado no quarto dele, diante da lareira, e que subissem com uma bandeja com o jantar. Então, dispensou as criadas e ele mesmo banhou Amanda, as mãos longas acariciando-a por baixo da água quente e perfumada. Depois, penteou os longos cabelos dela e alimentou-a, dando pequenas porções em sua boca, enquanto ela relaxava contra o peito dele e encarava o fogo, o pensamento perdido em devaneios.

O intenso apetite de Jack certamente se estendia ao quarto do casal, onde a intimidade que compartilhavam era tão primitiva e constante que Amanda as vezes temia não ter coragem de encará-lo à luz do dia. Jack não a deixava esconder nada dele, física ou emocionalmente, e ela nunca se sentia inteiramente confortável em se ver tão brutalmente exposta. Jack dava, tomava, exigia, até parecer que Amanda não pertencia mais a si mesma. E ensinou a ela coisas que nenhuma dama deveria saber. Jack era o tipo de marido que Amanda nunca soube que precisava: um homem que abalava a complacência e as inibições dela, um homem que a fazia brincar e se divertir até fazê-la perder toda a amargura em relação aos anos carregados de responsabilidade de sua juventude.

⁂

Com a publicação da última parte de *Uma dama incompleta*, a posição de Amanda como a principal romancista da Inglaterra se tornou incontestável. Jack fez planos para publicar o romance inteiro em três volumes, com uma edição mais luxuosa, encadernada em couro de bezerro, e outra mais acessível, encadernada em "falsa seda".

A procura pela edição era tão grande que Jack estimou que bateria recordes de vendas. Ele comemorou comprando um cordão de diamante e opala para Amanda, com brincos combinando. Era um conjunto tão absurdamente opulento que ela protestou ao vê-lo, rindo. O cordão havia sido feito originalmente para Catarina, a Grande, imperatriz da Rússia, três quartos de século antes. Era chamado de "lua e estrelas", com luas flamejantes de opala engastadas em filigrana de ouro, e aglomerados de estrelas de diamante entre elas.

– Não tenho como usar uma coisa dessas – disse Amanda a Jack, sentada nua na cama, segurando os lençóis ao redor do corpo.

Ele se aproximou dela com o cordão na mão, o sol da manhã fazendo as pedras cintilarem com um brilho sobrenatural.

– Ah, sim, você tem.

Jack sentou-se atrás dela no colchão e afastou a massa de cachos ruivos para cima de um dos ombros. Enquanto ele prendia a joia pesada ao redor do seu pescoço, Amanda ficou sem fôlego ao sentir a frieza das pedras contra a pele ainda quente do sono. Ele deu um beijo no ombro nu da esposa e lhe entregou um espelho de mão.

– Gosta? – perguntou baixinho. – Podemos trocar por outro modelo, se preferir.

– O colar é magnífico – comentou Amanda, o tom irônico. – Mas não é apropriado para uma mulher como eu.

– Por que não?

– Porque conheço muito bem as minhas limitações. É o mesmo que amarrar uma pena de pavão à cauda de um pombo! – Ela levou a mão com relutância à nuca e tentou abrir o colar. – Você é muito generoso, mas esse não é...

– Limitações – repetiu, bufando.

Ele pegou as mãos dela e deitou-a gentilmente no colchão. Os olhos azuis ardentes percorreram o corpo nu da esposa, demorando-se no colo pálido, enquanto as opalas projetavam pequenos arco-íris sobre a pele dela. A expressão dele era carregada de desejo e adoração quando baixou a cabeça para beijar o pescoço de Amanda, a língua se aventurando nos pequenos espaços entre os diamantes e as opalas redondas. – Por que você não se vê como eu a vejo?

– Pare com isso – disse Amanda, ao sentir a protuberância do sexo rígido dele através do tecido do roupão. – Jack, não seja bobo.

– Você é linda – insistiu ele, colocando-se acima dela, as coxas musculosas posicionadas de cada lado do corpo dela. – E não vou permitir que deixe essa cama até você admitir isso.

– Jack – gemeu Amanda, revirando os olhos.

– Repita comigo... "Sou linda."

Amanda empurrou o peito dele e Jack segurou-a pelos pulsos e esticou-os acima da cabeça dela. O movimento fez os seios dela empinarem, enquanto a pesada teia de diamantes se aquecia com a temperatura da pele. Amanda sentiu-se enrubescer, mas forçou-se a encontrar o olhar intenso do marido.

– Sou linda – disse, no tom que se usaria para satisfazer um louco. – Agora pode aliviar a pressão nos meus pulsos?

Os dentes de Jack cintilaram em um sorriso malicioso.

– Eu aliviarei a pressão que a consome, madame. – Ele se abaixou mais, a boca quase tocando a dela. – Diga de novo – sussurrou perto dos lábios de Amanda.

Ela tentou desvencilhar as mãos, fingindo que lutava para se soltar. Jack permitiu que ela se contorcesse sob seu corpo até abrir o roupão, jogar o lençol de lado e colar o ventre nu ao dela. O calor abrasador do sexo dele pulsou contra o dela e Amanda sentiu o corpo vibrar em resposta. Com a respiração pesada, ela afastou as pernas, abrindo-se para ele. Jack beijou os seios dela, o calor úmido da boca cercado pela aspereza da barba ainda por fazer.

– Diga – sussurrou. – Diga.

Ela se rendeu com um gemido, excitada demais para se preocupar se soaria como uma tola.

– Sou linda – disse por entre os dentes. – Ah, Jack...

– Linda o bastante para usar um colar feito para uma imperatriz.

– Sim. Sim. Ah, Deus...

Ele deslizou para dentro do corpo dela, fazendo-a gemer mais alto e flexionar o corpo em um prazer desesperado. Amanda envolveu Jack com os braços e as pernas, os quadris se inclinando com urgência para acompanhar cada arremetida. Ela encarou o rosto acima dela. Os olhos de Jack estavam fechados. As mãos dele seguravam com gentileza as laterais da cabeça dela, e ele fez amor com ela até Amanda gemer de prazer. Jack estremeceu e se entregou ao próprio clímax, pulsando violentamente dentro do corpo quente dela. Quando finalmente recuperou o fôlego, sorriu e empurrou o sexo agora flácido mais fundo dentro dela.

– Isso vai ensinar você a não recusar os meus presentes. – Jack rolou para o lado, levando Amanda com ele.

– Sim, senhor – murmurou ela, fingindo submissão, e ele sorriu e deu uma palmadinha de aprovação no traseiro dela.

À medida que ia tomando conhecimento dos vários projetos do marido, Amanda acabou se vendo particularmente interessada em uma publicação negligenciada chamada *Coventry Quarterly Review*. A revista literária já vinha sofrendo há algum tempo com a falta de atenção não intencional de Jack, e consistia em artigos críticos que examinavam desenvolvimentos recentes na literatura e na história. Ficou claro para Amanda que a *Review* poderia se sair esplendidamente bem se ao menos tivesse um editor forte o bastante para moldá-la e dar à publicação algum peso intelectual.

Cheia de ideias, Amanda escreveu uma proposta que incluía sugestões de possíveis tópicos, de colaboradores, de livros para serem resenhados, assim como um esboço da direção geral a ser seguida.

A Review *deve ser refeita como uma publicação imparcial e progressista,* propôs ela, *favorável à reforma e à mudança social. Por outro lado, deve manter certa tolerância pelos sistemas e estruturas existentes, e buscar refi-*

ná-los em vez de destruí-los, assim como preservar as melhores características da sociedade, ao mesmo tempo que elimina os piores...

– Está bom – declarou Jack, depois de ler a proposta, o olhar distante, enquanto a mente transitava por uma variedade de pensamentos. – Muito bom.

Os dois estavam sentados juntos na estufa externa. Jack se acomodara em uma cadeira e levantara os pés, enquanto Amanda estava enrodilhada nas almofadas de um sofazinho com uma xícara de chá nas mãos. A brisa fresca da tarde entrava pelos arcos abertos.

Jack pareceu chegar a uma decisão e olhou para Amanda com uma expressão entusiasmada nos olhos azuis.

– Você organizou um excelente curso de ação para a *Review*. Agora preciso de um editor disponível, que esteja disposto, ou seja capaz de lidar com um projeto desses.

– Talvez o Sr. Fretwell? – sugeriu ela.

Jack balançou a cabeça na mesma hora.

– Não, Fretwell é ocupado demais e duvido que ele tivesse interesse. É um pouco mais intelectual do que o gosto dele.

– Bem, você vai encontrar alguém – insistiu Amanda, fitando-o por cima da xícara. – Não pode simplesmente deixar a *Review* fracassar antes mesmo de começar direito.

– Encontrei alguém. *Você*. Se estiver disposta a aceitar.

Amanda deu uma risada melancólica, certa de que ele estava apenas brincando.

– Você sabe que isso é impossível.

– Por quê?

Ela brincou distraidamente com um cacho que caía sobre a testa.

– Ninguém leria uma publicação dessas se soubesse que uma mulher está à frente dela. Nenhum escritor de respeito iria sequer contribuir para ela. Seria diferente se fosse uma publicação de moda, ou um periódico leve para o entretenimento das damas, mas algo de mais peso como a *Review*...
– Ela balançou a cabeça diante da ideia.

O rosto de Jack assumiu uma expressão que Amanda já aprendera a reconhecer como o prazer dele diante de um desafio aparentemente impossível.

– E se colocássemos Fretwell apenas como um editor de fachada? – sugeriu. – Você fica como "editora-assistente", mas fica à frente de tudo.

– Mais cedo ou mais tarde a verdade virá à tona.

– Sim, mas então você já terá estabelecido tamanha credibilidade e feito um trabalho tão bom que ninguém ousará sugerir substituí-la. – Jack se levantou e começou a andar pela estufa, o entusiasmo cada vez maior. E lançou um olhar cheio de desafio e orgulho para Amanda. – Você, a primeira mulher editora de uma revista importante... por Deus, eu gostaria de ver isso.

Amanda estava alarmada.

– Você está sendo ridículo. Não fiz nada para merecer uma responsabilidade dessas. E mesmo se me sair bem, ninguém jamais me aprovaria.

Jack sorriu ao ouvir isso.

– Se você desse alguma importância à aprovação dos outros, jamais teria se casado comigo no lugar de Charles Hartley.

– Sim, mas isso... é afrontoso. – Ela parecia não conseguir se ver como editora de uma revista. – Além do mais – acrescentou com o cenho franzido –, eu mal tenho tempo para trabalhar em meus livros.

– Está dizendo que não quer fazer isso?

– É claro que eu quero! Mas e quanto ao meu estado? Logo vou ficar confinada dentro de casa, e depois terei um bebê recém-nascido para cuidar.

– Isso pode ser resolvido. Contrate quantas pessoas quiser para ajudar. Não há motivo para que você não possa fazer a maior parte do trabalho em casa.

Amanda se dedicou a terminar o chá enquanto refletia.

– Eu seria a única responsável pela revista? – perguntou. – Encomendaria todos os artigos... contrataria uma equipe nova... selecionaria os livros para serem resenhados? Sem me reportar a ninguém?

– Nem a mim – disse ele sem rodeios.

– E quando eventualmente descobrirem que uma mulher tem sido a verdadeira editora, e não o Sr. Fretwell, e eu me tornar uma figura notória, e todos os críticos tiverem o que dizer a meu respeito... você vai me apoiar?

O sorriso de Jack vacilou ligeiramente, e ele parou acima dela, as mãos apoiadas de cada lado do corpo dela.

– É claro que vou. Que absurdo você sequer perguntar uma coisa dessas.

– Pois bem. Vou fazer da *Review* um veículo escandalosamente liberal.

As mãos de Amanda tocaram as costas das dele, as pontas dos dedos se aventurando por baixo da manga do paletó. O sorriso cintilante de Amanda fez Jack sorrir também.

– Ótimo – disse ele, baixinho. – Pode colocar fogo no mundo. Só permita que eu ofereça os fósforos.

Cheia de um misto de empolgação e espanto, Amanda ergueu os lábios para receber o beijo dele.

Capítulo 15

Enquanto esquematizava seus planos para a *Coventry Quarterly Review*, Amanda fez uma descoberta irônica e surpreendente – seu casamento com Jack lhe dera muito mais liberdade do que ela já tivera como mulher solteira. Por causa dele, ela agora tinha o dinheiro e a influência para fazer o que desejasse... e mais importante, tinha um marido que a encorajava a realizar exatamente o que queria.

Ele não se acovardava com a inteligência dela. Tinha orgulho das conquistas de Amanda e não hesitava em elogiá-la para os outros. Jack a estimulava a ser ousada, a falar o que lhe passava pela mente, a se comportar de maneiras que uma esposa "decorosa" jamais ousaria. Todas as noites, em seus momentos de privacidade, ele a seduzia, provocava e desnorteava, e Amanda amava cada segundo. Nunca sonhara que um homem se sentiria daquela forma em relação a ela, que sentiria tanto desejo pelo corpo nada perfeito dela.

Uma surpresa ainda maior foi o aparente prazer que Jack sentia com a vida doméstica deles. Para um homem que levava uma existência de socialização incansável, ele parecia muito satisfeito em diminuir o ritmo quase frenético dos dias. Jack relutava em aceitar mais do que uns poucos convites dos muitos que chegavam toda semana, preferindo passar as noites a sós com Amanda.

– Poderíamos sair com um pouco mais de frequência se você quiser – sugerira Amanda a ele certa noite, enquanto os dois se preparavam para jantar a sós. – Fomos convidados para pelo menos três festas esta semana, para não mencionar uma *soirée* no sábado e uma festa em um iate no domingo. Não quero que você renuncie ao prazer da companhia de outras pessoas por uma ideia equivocada de que desejo manter você só para mim...

– Amanda – ele a havia interrompido, e a tomara nos braços –, passei os últimos anos saindo praticamente todas as noites e me sentindo sozinho no meio da multidão. Agora que finalmente tenho um lar e uma esposa, quero aproveitar. Se você quiser ir, eu a acompanharei aonde quiser. Mas da minha parte, prefiro ficar aqui.

Ela acariciou o rosto dele.

– Você não está entediado, então?

– Não – retrucou ele, subitamente introspectivo. E encarou-a com o cenho franzido. – Estou mudando – comentou, sério. – Você está me transformando em um homem domesticado.

Amanda revirou os olhos.

– "Domesticado" é a última palavra que eu usaria para descrevê-lo – falou. – Você é o marido mais anticonvencional que eu poderia imaginar. Me pergunto que tipo de pai você será.

– Ah, quero dar o melhor ao nosso filho. Vou mimar essa criança loucamente, irá para as melhores escolas, e quando voltar de uma grande viagem pelo mundo, vai administrar a Devlin's para mim.

– E se for uma menina?

– Então ela administrará a empresa para mim – foi a resposta imediata.

– Bobo... uma mulher jamais poderia fazer uma coisa dessas.

– A *minha* filha poderia – informou ele.

Em vez de discutir, Amanda sorriu.

– E o que você vai fazer enquanto seu filho ou sua filha estiverem à frente da sua loja e das suas empresas?

– Vou passar meus dias e minhas noites dando prazer a você – disse Jack. – Afinal, é uma ocupação desafiadora.

Ele riu e se esquivou quando ela tentou dar uma palmada em seu traseiro.

⁓

O pior dia da vida de Jack começou de forma inofensiva, com todos os rituais prazerosos de café da manhã e beijos de despedida, e uma promessa de voltar para casa para almoçar depois do trabalho da manhã no escritório. Caía uma chuva fina e constante do lado de fora, o céu cinzento pesado de nuvens que prometiam uma tempestade em pouco tempo. Quando Jack entrou no ambiente aquecido e convidativo da loja, onde os clientes já se acumulavam em busca de refúgio da chuva, sentiu um arrepio de prazer percorrer seu corpo.

O negócio dele estava desabrochando, uma esposa amorosa o esperava em casa e o futuro parecia infinitamente promissor. Parecia bom demais para ser verdade que a vida dele tivesse começado tão mal e acabasse tão bem depois daquela guinada. De algum modo, ele tinha conseguido mais do que merecia, e o pensamento o fez sorrir enquanto subia os lances de escada até sua sala.

Então trabalhou ativamente até o meio-dia, quando começou a empilhar documentos e originais em preparação, já pronto para sair para o almoço. Ao ouvir uma leve batida à porta, Jack ergueu o olhar e viu o rosto de Oscar Fretwell.

– Devlin – disse ele em voz baixa, parecendo perturbado –, chegou essa mensagem para você. O mensageiro disse que é bastante urgente.

Jack franziu o cenho, pegou o papel da mão do gerente-geral e leu rapidamente. As palavras escritas com tinta preta pareceram saltar do papel. Era a letra de Amanda, mas, em sua pressa, ela não se dera ao trabalho de assinar.

Jack, estou passando mal. Mandei chamar o médico. Venha para casa imediatamente.

Ele apertou com força o papel, amassando-o até transformá-lo em uma bola.

– Amanda – murmurou.

– Com posso ajudar? – perguntou Fretwell na mesma hora.

– Tome conta das coisas aqui – disse Jack por sobre o ombro, já saindo a passos largos do escritório. – Vou para casa.

Durante o trajeto rápido e frenético, os pensamentos de Jack pulavam de uma possibilidade para outra. O que, em nome de Deus, ela estava sentindo? Naquela manhã mesmo ela parecia extremamente bem... Talvez tivesse acontecido algum acidente. Um pânico crescente revirava as entranhas dele, e quando finalmente chegou em casa, seu rosto estava muito pálido e sombrio.

– Ah, senhor – disse Sukey, chorosa, quando ele entrou correndo em casa. – O médico está com ela agora mesmo... foi tão de repente... minha pobre Srta. Amanda.

– Onde está ela? – perguntou ele.

– N-no quarto, senhor – balbuciou Sukey.

O olhar dele encontrou a trouxa de roupas de cama nos braços da criada, que ela prontamente entregou para outra que passava, e mandou-a levar para lavar. Jack viu com alarde as manchas vermelhas no tecido muito branco.

Ele subiu apressado as escadas, três degraus por vez. No momento em que chegava ao quarto, um homem idoso, usando um jaleco branco, saía pela porta. Era um sujeito baixo, de ombros estreitos, mas tinha um ar de autoridade que excedia muito sua estatura física. O médico fechou a porta ao sair, levantando a cabeça para encarar Jack com um olhar firme.

– Sr. Devlin? Sou o Dr. Leighton.

Jack reconheceu o nome e estendeu a mão para apertar a do médico.

– Minha esposa o mencionou antes – disse, tenso. – Foi o senhor que confirmou a gravidez dela, certo?

– Sim. Sinto dizer, mas infelizmente esses assuntos nem sempre chegam à conclusão que esperamos.

Jack encarou o médico sem piscar, enquanto sentia o sangue correr gelado nas veias. E se viu dominado por uma sensação de descrença, de irrealidade.

– Ela perdeu o bebê – disse baixinho. – Como? Por quê?

– Às vezes não há explicação para um aborto – foi a resposta de Leighton, o tom grave. – Acontece com mulheres absolutamente saudáveis. Aprendi com a minha profissão que às vezes a natureza segue seu próprio curso, independentemente dos nossos desejos. Mas me permita assegurar, como já disse à Sra. Devlin, que isso não necessariamente vai impedir que ela conceba e dê à luz um bebê saudável na próxima vez.

Jack baixou os olhos para o carpete, muito concentrado. Estranhamente, não conseguiu evitar pensar no pai, agora gélido em seu túmulo, insensível na morte como fora na vida. Que tipo homem fazia tantos filhos, legítimos e ilegítimos, e se importava tão pouco com eles? Cada pequena vida parecia infinitamente valiosa para Jack, agora que ele perdera uma.

– Posso ter causado isso – murmurou. – Compartilhamos o mesmo quarto. Eu... deveria tê-la deixado sozinha...

– Não, não, Sr. Devlin. – Apesar da gravidade da situação, os lábios do médico se curvaram em um sorriso de compaixão. – Há casos em que eu teria prescrito que a paciente se abstivesse do intercurso conjugal durante a gravidez, mas esse não foi um deles. O senhor não causou o aborto, e o mesmo vale para a sua esposa. Eu posso garantir ao senhor que não foi culpa de ninguém. No entanto, recomendei repouso a ela durante os próximos dias, até o sangramento parar. Voltarei antes do fim da semana para ver como ela está se recuperando. Naturalmente, a Sra. Devlin ficará abatida por algum tempo, mas sua esposa parece ser uma mulher forte. Não vejo razão para que ela não se recupere rapidamente.

Depois que o médico foi embora, Jack entrou no quarto. O coração dele se dilacerou de tristeza ao ver como Amanda parecia pequena na cama, todo o fogo e vivacidade extintos. Ele foi até ela, afastou seus cabelos do rosto e beijou a testa quente.

– Eu sinto muito – sussurrou, encarando os olhos vazios da esposa.

Jack esperou por algum tipo de reação – desespero, raiva, esperança –, mas o rosto normalmente tão expressivo de Amanda permaneceu inerte. Ela segurou uma prega da camisola de dormir com o punho cerrado, apertando o tecido delicado sem parar.

– Amanda – disse ele, segurando o punho cerrado dela –, por favor, fale comigo.

– Não consigo – respondeu ela em uma voz sufocada, como se uma força externa estivesse apertando sua garganta.

Jack continuou segurando o punho gelado em seus dedos quentes.

– Amanda – sussurrou ele. – Eu entendo o que você está sentindo.

– Como você poderia? – perguntou ela rudemente. E puxou o punho até se desvencilhar, fixando o olhar em algum ponto distante da parede. – Estou cansada, Jack – sussurrou, embora seus olhos estivessem arregalados, sem piscar. – Quero dormir.

Abalado, magoado, Jack se afastou dela. Amanda nunca o tratara daquele jeito antes. Era a primeira vez que o deixava de fora do que estava sentindo, e era como se tivesse cortado obstinadamente qualquer conexão entre eles. Talvez, se ela descansasse, como o médico aconselhara, acordasse sem aquele terrível vazio nos olhos.

– Está certo – murmurou. – Vou ficar por perto, Amanda. Estarei aqui se você precisar de alguma coisa.

– Não – sussurrou ela sem nenhum traço de emoção. – Não preciso de nada.

Pelas três semanas seguintes, Jack se viu forçado a passar sozinho pelo luto da perda do bebê, enquanto Amanda permanecia em um refúgio interno que ninguém tinha permissão para compartilhar. Ela parecia determinada a se isolar de todos, incluindo ele. Jack já estava desesperado por não saber como acessá-la. De algum modo, a Amanda de verdade havia desaparecido, deixando apenas uma concha vazia. De acordo com o médico, ela só precisava de mais repouso. No entanto, Jack não tinha tanta certeza. Ele temia que a perda do bebê tivesse sido um golpe do qual a esposa nunca se recuperaria, que a mulher vibrante com quem se casara talvez nunca mais voltasse.

Desesperado, ele pediu para que Sophia viesse de Windsor para passar o fim de semana com eles, apesar de não gostar nada daquela víbora reprovadora. Sophia fez o melhor possível para consolar Amanda, mas sua presença teve pouco efeito.

– Meu conselho é ser paciente – disse ela a Jack antes de partir. – Amanda vai acabar se recuperando. Só espero que você não a pressione nem faça exigências que ela não está pronta a atender.

– O que está querendo dizer? – questionou Jack. No passado, Sophia não fizera segredo de sua opinião a respeito dele, de que o achava um canalha mal-educado, com o autocontrole de um javali no cio. – Sem dúvida acha que estou planejando atacar a sua irmã e exigir meus direitos de marido assim que você voltar para Windsor, certo?

– Não, não é isso que acho. – Os lábios de Sophia se curvaram em um sorriso inesperado. – Estava me referindo a exigências de natureza *emocional*, Devlin. Não acredito que você seja tão bruto a ponto de forçar suas necessidades a uma mulher nas condições de Amanda.

– Obrigado – disse ele em tom irônico.

Eles se fitaram por um momento e o sorriso permaneceu no rosto de Sophia.

– Talvez eu tenha errado em ser tão dura quando julguei você – anunciou. – Independentemente dos seus defeitos, nesses últimos dias ficou claro para mim que você parece amar a minha irmã.

Jack encontrou o olhar dela e a encarou.

– Sim, eu amo.

– Quem sabe com o tempo eu possa dar a minha aprovação ao casamento. Com certeza você não é Charles Hartley, mas imagino que Amanda poderia ter se casado com alguém pior.

Ele abriu um sorriso irônico.

– Você é muito gentil, Sophia.

– Leve Amanda a Windsor para uma visita quando ela estiver pronta – ordenou Sophia.

Jack se inclinou como se acatasse um decreto real. Eles compartilharam sorrisos estranhamente amigáveis antes que um criado acompanhasse Sophia até sua carruagem.

Ao subir as escadas, Jack encontrou a esposa diante da janela do quarto, vendo a irmã se afastar. Amanda fitava a cena do lado de fora como se estivesse petrificada, e uma veia pulsava visivelmente em seu pescoço. Havia uma bandeja de jantar intocada em uma mesa próxima.

– Amanda – sussurrou Jack, fazendo-a olhar para ele. Por um momento, os olhos sem vida dela se fixaram nos dele, então se desviaram quando ele parou atrás dela. Amanda ficou parada e suportou o breve abraço dele sem reagir. – Quanto tempo você vai continuar assim? – Jack não conseguiu evitar perguntar. Quando ela não respondeu, ele xingou baixinho. – Se ao menos você conversasse comigo, maldição...

– O que há para dizer? – perguntou ela, a voz desanimada.

Jack virou-a para que o encarasse.

– Se você não tem nada a dizer, então, por Deus, eu tenho! Você não foi a única que perdeu alguma coisa. Era meu filho, também.

– Não quero falar sobre isso – disse Amanda, desvencilhando-se dele. – Não agora.

– Chega de silêncio – insistiu Jack, seguindo-a. – Precisamos lidar com o que aconteceu, Amanda. Precisamos encontrar uma forma de superar.

– Não quero – falou ela, a voz embargada. – Quero... quero terminar o nosso casamento.

As palavras o chocaram.

– O quê? – perguntou, espantado. – Por que, em nome de Deus, você diria uma coisa dessas?

Amanda se esforçou para responder, mas não foi capaz de pronunciar mais nem uma palavra. De repente, toda a emoção que ela havia contido pelas últimas três semanas veio à tona com uma força devastadora. Embora tentasse refrear a dolorosa erupção, não conseguiu abafar os soluços que pareciam rasgá-la dentro do peito. Ela cruzou e descruzou os braços, segurou a cabeça, tentando conter os espasmos violentos. Estava assustada com a própria falta de autocontrole... com a sensação de que a alma iria se estilhaçar. Precisava de alguma coisa, de alguém, para restaurar sua sanidade que se desintegrava.

– Eu quero ficar sozinha – pediu em um gemido, cobrindo os olhos com as mãos, ainda chorando sem parar.

Amanda sentiu o olhar do marido percorrê-la e enrijeceu o corpo. Não conseguia se lembrar de ter desmoronado daquele jeito na frente de ninguém. Sempre acreditara que emoções feias deveriam ser administradas em particular.

Os braços de Jack se fecharam ao redor dela, aconchegando-a contra o peito largo.

– Amanda... querida... me abrace. Isso.

Ele era tão firme, tão estável, seu corpo sustentando o dela... O cheiro, a presença dele eram tão familiares que era como se ela o tivesse conhecido a vida toda.

Amanda se agarrou a Jack enquanto as palavras saíam de sua boca aos borbotões.

– O bebê era a única razão para termos nos casado. Agora ele se foi. As coisas nunca mais serão as mesmas entre nós.

– Você está falando coisas sem sentido.

– Você não queria o bebê – disse ela, ainda chorando. – Mas eu queria. Queria tanto, e agora eu o perdi e não consigo suportar isso.

– Eu também queria – falou Jack, a voz embargada. – Amanda, vamos superar isso e ter outro bebê.

– Não, estou velha demais – disse ela, e uma nova e dolorosa crise de choro a dominou. – Por isso eu abortei. Esperei tempo demais. Agora, nunca vou conseguir ter filhos.

– Shhh. Isso é um absurdo. O médico disse já ter feito o parto de mulheres muito mais velhas do que você. Você não está raciocinando bem.

Jack ergueu-a em seus braços com facilidade, levou-a até uma pequena poltrona forrada de veludo e sentou-se com ela ainda no colo. Ele pegou um guardanapo de linho na bandeja de jantar e secou os olhos e o rosto dela. Fez tudo de forma tão gentil e estável que Amanda sentiu parte do pânico evaporar. Ela assoou o nariz obedientemente no guardanapo, deixou escapar um suspiro trêmulo e apoiou a cabeça no ombro dele. Então, sentiu a mão de Jack em suas costas, movendo-se em uma carícia lenta e suave, que a acalmou.

Ele abraçou-a por um longo tempo, até a respiração dela finalmente encontrar o ritmo da dele e as lágrimas secarem em trilhas salgadas no rosto dela.

– Eu não me casei com você só por causa do bebê – disse Jack em tom tranquilo. – Eu me casei porque amo você. E se você algum dia você voltar a mencionar a ideia de me deixar, eu... – Ele parou, claramente tentando pensar em uma punição dramática o bastante. – Por favor, apenas não diga mais uma coisa dessas – completou.

– Nunca me senti tão mal como me sinto agora. Nem quando meus pais morreram.

O peito de Jack reverberou sob o ouvido dela quando ele voltou a falar.

– Nem eu. Mas... estou tão feliz por estar abraçando você. Essas últimas semanas têm sido um inferno. Não poder conversar com você, tocar você...

– Acha mesmo que poderemos ter outro bebê algum dia? – perguntou ela em um sussurro rouco.

– Se é isso que você quer.

– É o que *você* quer?

– A princípio foi difícil para mim aceitar a ideia de ser pai – admitiu Jack. Ele beijou o maxilar dela, e a lateral do pescoço. – Mas então nós começamos a fazer planos e o bebê se tornou real para mim. E me lembrei de todos os garotos em Knatchford Heath que eu não fui capaz de ajudar ou proteger, e em vez do antigo desespero, eu senti... esperança. Percebi que finalmente haveria uma criança neste mundo de quem eu *poderia* tomar conta. Foi um novo começo para mim. Eu... eu queria dar uma vida maravilhosa a ele.

Amanda levantou a cabeça e o encarou com os olhos marejados.

– Você teria feito isso – sussurrou.

– Então, não vamos desistir de ter esperança ainda, minha pesseguinha. Quando você estiver pronta, vou me devotar dia e noite à tarefa de engravidá-la. E se isso não acontecer, vamos encontrar outra forma. Deus sabe que não faltam crianças no mundo precisando de uma família.

– Você faria isso por mim? – perguntou ela, a voz trêmula, sem conseguir acreditar que o homem que antes se opunha tanto à ideia de ter uma família agora estivesse disposto a assumir um compromisso daqueles.

– Não só por você. – Ele beijou a ponta do nariz dela e a curva suave do rosto. – Por mim também.

Amanda passou os braços ao redor do pescoço dele e abraçou-o com força. Finalmente a dor e o luto começavam a afrouxar as garras de ferro que pareciam apertar seu coração. A sensação de alívio que experimentou foi tão aguda que a deixou zonza.

– Não sei o que fazer agora – murmurou ela.

Jack beijou-a de novo, a boca quente e terna tocando a pele ruborizada dela.

– Esta noite você vai parar de pensar por algumas horas, vai comer, vai descansar.

A ideia a fez se encolher com uma careta.

– Eu não consigo...

– Você não come direito há dias. – Ele estendeu a mão para a bandeja, tirou o pano que a cobria e pegou uma colher. – Acredito muito nos poderes restauradores da... – Jack olhou de relance para o conteúdo da tigela que estivera escondida. – Sopa de batatas.

Amanda olhou da colher para o rosto determinado dele e, pela primeira vez em três semanas, um sorriso trêmulo surgiu em seus lábios.

– Você é um tirano.

– E sou maior do que você – lembrou ele.

Ela pegou a colher da mão dele e se inclinou para olhar a sopa esbranquiçada com folhas de agrião picadas por cima. Em um pratinho ao lado havia um bolinho frito, e em outro, um pudim de frutas vermelhas decorado com framboesas frescas. Pudim *à la framboise*, como chamava a cozinheira, que recentemente havia começado a rebatizar muitas de suas receitas em francês.

Jack deixou a poltrona só para ela e observou-a mergulhar a colher na sopa. Amanda comeu lentamente, o calor da refeição preenchendo seu estômago, enquanto ele permanecia sentado ao lado dela e levava com frequência um cálice de vinho aos lábios da esposa. Amanda bebeu e comeu, a cor voltou ao seu rosto e ela por fim relaxou na cadeira. Então, desviou os olhos para o belo homem ao seu lado e uma onda de amor quase a engoliu. Jack a fazia ter a sensação de que tudo era possível. Impulsivamente, ela pegou a mão grande do marido e levou-a ao rosto.

– Eu amo você – disse.

Ele acariciou o rosto dela e deixou os nós dos dedos roçarem seu maxilar.

– Amo você mais do que a vida, Amanda.

Ele se aproximou mais e roçou a boca na dela, com muita gentileza, como se compreendesse como ela se sentia ferida e vulnerável... como se pudesse curá-la com um beijo. Amanda levou a mão à nuca do marido e deixou os dedos se perderem nos cachos volumosos. Ela aceitou a intrusão sutil da língua dele em sua boca, deixando-o saborear o gosto do vinho até o beijo parecer arder com um calor vulcânico.

Amanda virou a cabeça para o lado com um sussurro baixo, sentindo-se letárgica e à flor da pele, e fechou os olhos quando sentiu os dedos dele chegarem ao corpete de seu vestido. Jack abriu um botão, dois, três, em uma série de puxões delicados que acabaram deixando a pele dela exposta. Os lábios dele desceram pelo pescoço até encontrarem o ponto sensível na lateral, onde ele a mordiscou de leve, até Amanda deixar escapar um gemido baixo.

– Jack... estou tão cansada... acho que não...

– Você não tem que fazer nada – sussurrou ele junto ao pescoço dela. – Só me deixe tocá-la. Faz tanto tempo, meu amor...

Amanda respirou fundo e desistiu de falar, apenas deixou a cabeça encostar na poltrona. Sentindo-se em um sonho, ela não abriu os olhos quando sentiu que ele a mudava de posição, apenas esperou passivamente enquanto ele diminuía a luz dos abajures e voltava para junto dela. A penumbra era quase fantasmagórica, a luz mal penetrando a escuridão das pálpebras fechadas. Jack tirou a camisa e as mãos de Amanda encontraram o ombro nu dele, forte e quente, marcado pelos músculos. O marido se ajoelhou diante da poltrona, entre suas pernas abertas, e passou a mão por dentro da frente do vestido para segurar os seios dela com delicadeza. Jack deixou os polegares acariciarem os mamilos, roçando, provocando, até os bicos enrijecerem. Ele se inclinou para a frente para sugá-los.

Amanda arqueou o corpo, a cabeça ainda inclinada para trás, e deixou escapar um gemido de prazer ao sentir a sucção da boca dele. Jack segurou o outro mamilo entre o polegar e o indicador, em uma carícia suave, mas persistente, que a fez cravar a ponta dos dedos na superfície firme dos ombros dele. Ela se sentia presa pela boca e pelas mãos daquele homem, cada parte de seu ser concentrada na sedução lenta e deliberada de Jack. Ele levantou a bainha de renda do vestido até a cintura de Amanda e deixou os polegares correrem dos joelhos com covinhas até as curvas voluptuosas da parte interna das coxas dela. Amanda abriu as pernas para ele, os músculos estremecendo em resposta ao calor das mãos do marido. Embora Jack soubesse onde e como ela queria ser tocada, manteve as mãos no topo das coxas dela.

Jack possuiu a boca de Amanda com beijos tão leves e demorados que a fizeram cerrar os punhos, frustrada, querendo mais. Ele sorriu diante daquela boca suplicante e correu as mãos das coxas até os joelhos, levando os dedos até a depressão macia na parte de trás e dobrando-os, primeiro um, depois o outro, até as pernas de Amanda estarem apoiadas em cima dos braços da poltrona. Ela nunca se vira tão audaciosamente exposta, tão aberta diante dele.

– Jack – protestou Amanda, os seios se erguendo enquanto ela se esforçava para respirar –, o que está fazendo?

Ele demorou algum tempo para responder. A boca ágil desceu do pescoço dela até os bicos rígidos dos seios, enquanto as mãos acariciavam a colina discreta do abdômen, as curvas macias dos quadris, as formas voluptuosas das nádegas. Aquela dificilmente poderia ser descrita como uma posição lisonjeira, mas qualquer lampejo de vergonha e vaidade foi imediatamente extinto por uma torrente de desejo. Amanda se contorceu, sentindo um prazer crescente, e começou a tirar as pernas do braço da poltrona.

– Não – disse Jack em um sussurro suave, e pressionou o corpo dela para trás, mantendo as pernas abertas. – Estou saboreando a minha sobremesa. Amanda *à la framboise*.

Ele estendeu a mão para a mesa, pegou algo no prato de porcelana e levou aos lábios dela.

– Abra a boca – disse, e Amanda obedeceu, confusa.

A língua dela entrou em contato com uma framboesa madura. O sabor doce e picante explodiu em sua boca enquanto ela mastigava e engolia. Jack levou a boca à dela, fazendo-a abrir os lábios, e compartilhou o sabor da fruta com ela, a língua buscando cada traço de doçura. Outra framboesa foi colocada na pequena depressão do umbigo de Amanda, que ficou totalmente sem fôlego quando ele se inclinou para capturar a fruta com a língua, girando-a no local sensível.

– Chega, Jack – disse ela, trêmula. – Chega.

Mas ele pareceu não ouvir, as mãos ousadas e gentis já chegando ao meio das coxas dela... e de repente Amanda se sobressaltou com a sensação peculiar dos dedos dele enfiando alguma coisa dentro dela... framboesas, pensou, os músculos se contraindo ao sentir o suco da fruta escorrendo nos recessos mais íntimos do seu corpo. Ela mal conseguiu articular as palavras para dizer, trêmula:

– Jack, não. Tire isso daí, por favor.

Ele baixou a cabeça obedientemente e Amanda sentiu os membros tensos de vergonha e prazer quando a boca do marido cobriu seu sexo. Gemidos guturais escaparam por sua garganta enquanto ele lambia e, delicadamente, devorava a fruta doce junto com a umidade natural do corpo dela. Amanda fechou os olhos com força, a respiração ofegante, mantendo-se absolutamente imóvel enquanto a língua dele a acariciava gentilmente.

– Como você é deliciosa – sussurrou ele, tocando a carne sensível. – As framboesas acabaram, Amanda. Acha melhor eu parar agora?

Ela estendeu a mão para a cabeça dele, desesperada de desejo, e empurrou-o com mais força na direção de seu corpo, até a língua dele encontrar o ponto rígido que latejava em seu sexo. O silêncio no quarto era quebrado apenas pelos arquejos de Amanda, pelos sons de sucção e pelo ranger da cadeira enquanto Amanda balançava para a frente e para cima, se esforçando para capturar a boca do marido. Quando ela achou que não conseguiria mais suportar aquela tortura íntima, a tensão explodiu. Amanda gritou, estremeceu, as pernas se agitando contra os braços acolchoados da poltrona, e os espasmos continuaram e continuaram, até ela finalmente implorar para que ele parasse.

Quando as batidas do coração finalmente diminuíram seu ritmo e ela conseguiu reunir forças para se mover, Amanda tirou as pernas da cadeira e estendeu as mãos para Jack. Então, agarrou-se ao marido enquanto ele a erguia no colo e a carregava para a cama. Quando Jack a pousou sobre o colchão, Amanda se recusou a soltar o pescoço dele.

– Fique aqui comigo – pediu.

– Você precisa descansar – retrucou ele, e ficou parado ao lado da cama.

Ela segurou a frente da calça do marido antes que ele pudesse se afastar e abriu o primeiro botão.

– Tire isso – ordenou, e logo abriu o segundo e o terceiro botões.

O sorriso de Jack cintilou na semiescuridão do quarto. Ele obedeceu e despiu o resto das roupas que usava. O peso poderoso de seu corpo nu se juntou a Amanda na cama, fazendo-a estremecer agradavelmente ao sentir a pele quente dele.

– E agora? – perguntou Jack.

Ele prendeu a respiração ao sentir que ela subia em cima dele, os seios fartos roçando primeiro seu peito, depois o abdômen, enquanto os cachos longos passavam delicadamente por sua pele.

– Agora eu vou saborear a *minha* sobremesa – disse Amanda.

E por um longo tempo não houve palavras, nem pensamentos, apenas os dois unidos pela paixão.

Mais tarde, Jack aconchegou a esposa ao lado do corpo e deixou escapar um suspiro de satisfação. E logo soltou uma gargalhada, que despertou a curiosidade de Amanda.

– O que foi?

– Estava me lembrando daquela primeira noite em que nos conhecemos... quando você estava disposta a me pagar para fazer isso. Eu estava tentando calcular quanto me deve depois de todas as vezes que já dormimos juntos.

Por mais cansada que estivesse, Amanda não conseguiu conter uma súbita risada.

– Jack Devlin... como pode pensar em dinheiro em um momento como esse?

– Quero que você esteja tão endividada comigo a ponto de nunca poder se livrar de mim.

Ela sorriu e puxou a cabeça do marido para junto da sua.

– Sou sua – sussurrou junto aos lábios dele. – Agora e para sempre, Jack. Isso o satisfaz?

– Ah, sim.

E ele passou o resto da noite mostrando a ela quanto.

Epílogo

– Papai, o senhor tinha que me pegar! – exclamou o menininho, cambaleando na direção do corpo longo do pai, que estava esticado na relva.

Jack sorriu demoradamente para a criança de cabelos escuros que estava de pé acima dele. O filho – batizado de Edward, em homenagem ao pai de Amanda – tinha um estoque infinito de energia e um vocabulário que ultrapassava muito a média de uma criança de 3 anos de idade. O jovem Edward adorava falar, o que dificilmente seria uma surpresa para os que conheciam seus pais.

– Filho, passei praticamente a última hora inteira brincando de pegar você – lembrou Jack. – Deixe esse velho descansar alguns minutos.

– Mas eu ainda não terminei!

Jack deu uma gargalhada, pegou o menino e começou uma brincadeira de rolar e fazer cosquinhas.

Amanda levantou os olhos dos documentos em seu colo e observou os dois brincando. Eles estavam passando a parte mais quente do verão na propriedade do século XVII que Jack herdara, um lugar com um terreno tão maravilhoso que poderia ter sido tema de um quadro de Rubens. Só faltavam alguns anjos e nuvens no céu para a ilusão ser completa.

O verde cultivado ia de um trecho com piso de tijolos em padrão semicircular nos fundos da casa até o jardim principal, muito bem-cuidado, um arco de pedra, um jardim silvestre de cores vívidas e um lago oval abaixo. A família com frequência fazia piqueniques sob a sombra de uma antiga e majestosa árvore, o tronco cercado por arbustos carregados de hortênsias. O lago, com as margens cercadas por uma relva macia e por íris amarelas, garantia um lugar gostoso para molhar os pés.

Satisfeita depois do farto piquenique preparado pela cozinheira, Amanda tentou voltar a atenção para o trabalho que levara consigo. Após quatro anos sob sua direção, a *Coventry Quarterly Review* havia se tornado a revista literária mais lida da Inglaterra. Amanda tinha orgulho de suas conquistas, principalmente por ter provado que uma mulher podia ser responsável pela edição de uma revista e que era capaz de ser tão ousada, tão intelectual e ter um pensamento tão livre quanto qualquer homem. Quando o público acabou descobrindo que uma mulher era a força motriz por trás de uma revista nacional, a controvérsia só serviu para aumentar as vendas. Como prometera, Jack a defendera vigorosamente, negando com veemência qualquer sugestão de que provavelmente havia sido ele, e não a esposa, quem fizera o trabalho.

– Minha esposa não precisa da minha ajuda para formar a própria opinião – dissera ele aos críticos, em tom irônico. – Ela é mais competente e mais profissional do que a maioria dos homens que conheço.

Jack encorajara Amanda a desfrutar de sua recém-descoberta notoriedade, o que a tornou a convidada mais desejada em todos os jantares festivos mais elegantes de Londres. A "inteligência" e o "espírito original" dela eram universalmente louvados nos mais altos círculos literários e políticos.

– Estou sendo vista como um pônei amestrado, Jack – reclamara Amanda com Jack certa vez, depois de uma reunião em que cada palavra que disse recebeu uma atenção escrupulosa. – Por que é tão difícil para as pessoas acreditarem que alguém que usa vestido também possa ter algo na cabeça?

– Ninguém gosta de uma mulher inteligente demais – retrucara Jack, sorrindo diante da contrariedade da esposa. – Nós, homens, gostamos de manter nossa aparência de superioridade.

– Então por que *você* não se sente ameaçado pela inteligência de uma mulher? – perguntara ela, o cenho franzido.

– Porque sei como manejá-la – respondera ele com um sorriso de dar ódio, e recuara, ainda sorrindo, quando Amanda pulou em cima dele para se vingar.

Amanda sorriu com a lembrança e ficou ouvindo enquanto Jack contava uma história de dragões, arco-íris e feitiços, até Edward finalmente adormecer no colo dele. Com muito cuidado, Jack colocou o filho na manta sobre o gramado.

Amanda fingiu não perceber quando o marido se acomodou ao seu lado.

– Deixe isso para lá – ordenou ele, já enfiando o rosto nos cabelos soltos dela.

– Não posso.

– Por quê?

– Tenho um patrão exigente, que reclama quando a *Review* não é entregue no prazo.

– Você sabe como fazê-lo parar de reclamar.

– Não tenho tempo para isso agora – disse Amanda, recatada. – Me deixe trabalhar, por favor.

Mas ela não protestou quando sentiu Jack passar o braço ao redor do corpo dela. Ele colou a boca na lateral do pescoço de Amanda, provocando um choque de prazer que chegou aos dedos de seus pés.

– Tem alguma ideia do quanto eu desejo você?

Ele passou os dedos pela barriga dela, onde o segundo filho deles se movia devagar. A mão desceu pela perna de Amanda até o tornozelo e se insinuou por baixo das saias dela. O maço de papéis caiu na relva.

– Jack – disse Amanda ofegante, apoiando o corpo no dele –, não na frente de Edward.

– Ele está dormindo.

Amanda se virou nos braços do marido e levou a boca à dele, em um beijo lento e provocante.

– Você vai ter que esperar até de noite – disse, quando se afastaram. – Sinceramente, Jack, você é incorrigível. Estamos casados há quatro anos. A esta altura, já deveria estar cansado de mim como qualquer marido respeitável.

– Ah, esse é o seu problema – comentou ele em tom razoável, os dedos brincando atrás dos joelhos dela. – Nunca fui respeitável. Sou um canalha, esqueceu?

Amanda sorriu, deitou-se na grama e o puxou para cima de seu corpo, até os ombros de Jack bloquearem a luz do sol que incidia por entre as folhas da árvore.

– Felizmente eu descobri que é muito mais interessante ser casada com um canalha do que com um cavalheiro.

Jack sorriu, mas o brilho malicioso nos olhos azuis foi substituído por uma expressão pensativa.

– Se você pudesse voltar atrás e mudar as coisas... – murmurou ele, afastando os cachos soltos do rosto dela.

– Nem por toda a riqueza do mundo – retrucou Amanda e virou o rosto para beijar os dedos do marido. – Tenho tudo. Tenho coisas que nem sonhava ter.

– Então sonhe um pouco mais – sussurrou Jack, antes de beijá-la novamente.

CONHEÇA OUTRO LIVRO DA AUTORA

Um sedutor sem coração

Devon Ravenel, o libertino mais maliciosamente charmoso de Londres, acabou de herdar um condado. Só que a nova posição de poder traz muitas responsabilidades indesejadas – e algumas surpresas.

A propriedade está afundada em dívidas e as três inocentes irmãs mais novas do antigo conde ainda estão ocupando a casa. Junto com elas vive Kathleen, a bela e jovem viúva, dona de uma inteligência e uma determinação que só se comparam às do próprio Devon.

Assim que o conhece, Kathleen percebe que não deve confiar em um cafajeste como ele. Mas a ardente atração que logo nasce entre os dois é impossível de negar.

Ao perceber que está sucumbindo à sedução habilmente orquestrada por Devon, ela se vê diante de um dilema: será que deve entregar o coração ao homem mais perigoso que já conheceu?

Um sedutor sem coração inaugura a coleção Os Ravenels com uma narrativa elegante, romântica e voluptuosa que fará você prender o fôlego até o final.

CONHEÇA OS LIVROS DE LISA KLEYPAS

De repente uma noite de paixão

Os Hathaways
Desejo à meia-noite
Sedução ao amanhecer
Tentação ao pôr do sol
Manhã de núpcias
Paixão ao entardecer
Casamento Hathaway (e-book)

As Quatro Estações do Amor
Segredos de uma noite de verão
Era uma vez no outono
Pecados no inverno
Escândalos na primavera
Uma noite inesquecível

Os Ravenels
Um sedutor sem coração
Uma noiva para Winterborne
Um acordo pecaminoso
Um estranho irresistível
Uma herdeira apaixonada

Para saber mais sobre os títulos e autores da Editora Arqueiro,
visite o nosso site e siga as nossas redes sociais.
Além de informações sobre os próximos lançamentos,
você terá acesso a conteúdos exclusivos
e poderá participar de promoções e sorteios.

editoraarqueiro.com.br